文春文庫

# 呪われた町 下

スティーヴン・キング
永井 淳訳



文藝春秋

目次

## 主な登場人物

ベン・ミアーズ……………………小説家
スーザン・ノートン………………画家の卵　ベンの恋人
マーク・ペトリー …………………町に引っ越してきた利発な少年
アン・ノートン……………………スーザンの母
マット（マシュー）・バーク……高校の英語教師
ドナルド・キャラハン……………聖アンドルー教会の神父
ジミー・コディ……………………マットの主治医
パーキンズ・ギレスピー…………保安官
エヴァ・ミラー……………………ベンの暮らす下宿屋の主人
ウィーゼル・クレイグ……………下宿屋の掃除人
ローレンス・クロケット…………不動産業者
ラルフィー・グリック……………行方不明の少年
ダニー・グリック …………………ラルフィーの兄

マイク・ライアースン……墓地の管理人
カール・フォアマン……葬儀屋
メイベル・ワーツ……噂好きの老女
ホーマー・マクキャスリン……郡保安官
ミス・クーガン……ドラグストアの店員
チャーリー・ローズ……スクールバスの運転手
ウィン・ピューリントン……牛乳配達員
フロイド・ティビッツ……スーザンのボーイフレンド
コーリー・ブライアント……電話会社に勤める若者
ボニー・ソーヤー……コーリーと浮気する人妻
レジー・ソーヤー……ボニーの夫
R・T・ストレイカー……マーステン館を買った男　骨董家具店の経営者
カート・バーロー……同右
ヒューバート・マーステン……マーステン館を建てた実業家

呪われた町　下

# 第二部　アイスクリームの皇帝（承前）

# 第十章　ザ・ロット（その三）

## 1

町は闇を知っていた。

地球の自転が地上を太陽から隠すときに訪れる闇と、人間の魂の闇を知っていた。町は三つの要素で成り立っている。町はそこに住む人間であり、人間が住んだり商売をしたりするために建てた建物であり、そして土地である。住民はスコットランド系イギリス人とフランス人である。もちろんほかの人間もいることはいる――が、塩壺の中に投げこまれた一握りの胡椒《こしょう》みたいなもので、その数は知れている。この人種のるつぼはあまりよく溶けたためしがない。建物はほとんどが木造建築である。古い家の多くはニュー・イングランド特有の前二階後平屋のいわゆる塩箱《ソールトボックス》スタイルで、商店の大部分はなぜかわからないがにせ正面《フォールス・フロンテッド》になっている。町の人々はロレッタ・スターチャーが胸にパッドを入れていることを知っているのと同じように、これらのにせ正面の裏側にはなにもないことを知っている。土地は花崗岩層で、その上を薄い、すぐに穴のあく表層土がおおっている。この土地を耕すのは、労多くして報われることの少ない、みじめでばかげた行為である。馬鍬《まぐわ》は花崗岩の大きな塊にぶちあたって折れてしまう。五月に入ると、人々は地盤が乾いて固まるのを待ちかねたようにトラックを引っぱりだし、鍬を入れる前にトラック十台分あまりの石を拾って、この猛虎のような土地をはじめて飼い馴らした一九五五年以来石を捨ててきた、雑草におおわれた巨大な石の山にそれを捨てに行く。いくら手を洗っても爪の間に食いこんだ土がとれなくなり、指先が腫れあがって感覚を失い、奇妙に毛穴が拡がったような感じになるまで石を拾いまくってから、やっとトラクターに馬鍬を連結して耕しにかかるが、二畝《ふたうね》も掘りおこさないうちに、拾い残した石にぶつかって馬鍬の刃が折れてしまう。いちばん上の息子に連結器を持ちあげさせて折れた刃を取りかえにかかると、その年はじめての一匹の蚊が耳もとで血に飢えた羽音をたてる。目に涙がにじむようなその音を聞くたびに、正気をなくした人が自分の子供たちをみな殺しにしたり、州間道路で目をつぶってアクセルをいっぱいに踏みこんだり、銃口を口にくわえたライフルの引金に足の親指をかけたりする直前に聞くのは、この音にちがいないと思う。やがて汗で濡れた息子の手が滑って、馬鍬の別の丸い刃があなたの腕にかすり傷をつける。なにもかもほうりだして酒でも飲むか、抵当証書を保管している銀行へ行って破産を宣言したくなるような、絶望的で無情な一瞬に、土地と、あなたを土地に縛りつけている真綿でしめつけるような重力に激しい憎しみをおぼえるそんな瞬間に、あたりを見わますと、あなたはそれでもなお土地に愛着をおぼえ、土地が闇を知っていることを、昔からずっと闇を知っていたことを理解する。あなたは土地の虜《とりこ》になってしまったのだ、土地に雁字《がんじ》がらめに縛られてしまったのだ。それから家と、ハイスクールに入ったときに恋をした女の虜になってしまったのだ（ただその頃の彼女はまだ若く、あなたは女のことにはまるでうぶで、ひたすら彼女に熱をあげ、彼女は本のカバーにべったりあなたの名前を書いていた。そしてまずあなたが彼女を飼い馴らし、やがて彼女があなたを飼い馴らし、そのうちにおたがいにそんなことはどうでもよくなった)。それから子供たちが、頭板のこわれたがたぴしするダブル・ベッドで作られた子供たちが、あなたを虜にしてしまったのだ。あなたと彼女は日が暮れてからせっせと子供を作った——六人、七人、あるいは十人の子供たちを。あなたは銀行に縛られている、それから自動車販売店に、ルーイストンのシアーズ・ショップに、ブランズウィックのジョン・ディーアに縛られている。だがとりわけあなたは町に縛られている、それはなぜかといえば、あなたの妻の乳房の形を知っているように町を知っているからだ。あなたはクロッセンズで真昼間から油を売っているのがだれだか知っているし、だれが女のことで問題を起こしているかを、当の本人よりも前から知っている。たとえばレジー・ソーヤーが、女房のボニーとよろしくやっているあの電話会社の若僧に手を焼いている、といったぐあいに。どの道がどこに通じているか、金曜の午後にあなたとハンクとノリー・ガードナーがどこに車を停め、六個入りの缶ビール二パックをどこで飲めばよいかを知っている。このあたりの地形をくわしく知っているし、四月に長靴の上まで濡らさないようにして沼地を横切るにはどうすればよいかを知っている。あなたはあらゆることを知っているのだ。そして町もあなたを知っている。一日の馬鍬かけが終わったとき、トラクターのサドルに坐りっぱなしだったために股のつけ根が痛むこと、背中のしこりはただの嚢腫《のうしゅ》で、最初医者が心配したような悪性のものではないこと、月の最後の週に舞いこんでくる請求書の数々に頭を悩ましていることなどを知っている。町はあなたの嘘を見抜いてしまう。来年か再来年は妻と子供たちをディズニーランドへ連れて行こうとか、この秋に薪《たきぎ》を売れば新しいカラー・テレビを買う金ができるとか、すべてが望ましい方向に向かうだろうとかいった、自分自身に対する嘘まで見通してしまう。町に住むということは、毎日申し分のない性交をしているようなもので、それにくらべたらあなたと妻がぎしぎし音をたてるベッドの中でやっていることなど、ただの握手みたいなものだ。町に住むということは、単調で、官能的で、アルコール中毒に似ている。闇の中では、町はあなたのものであり、あなたは町のものであり、あなたと町は死人のように、あなたの北の畑にある石ころのように、一緒に眠る。ここには日々のゆるやかな死以外のいかなる生活もない。だから町に災いが襲いかかるとき、それはほとんど避けがたい運命のようにさえ思われる。町は災いの訪れと、それがどのような形をとるかを知っているように思える。

町はそれ自体の秘密を持ち、それを固く守っている。町の人々もそのすべては知らない。彼らはアルビー・クレーンの妻がニューヨークからきたセールスマンと駈落ちしたことを知っている——少なくとも知っていると思っている。だがアルビーは、セールスマンへの熱がさめたあとで彼女の頭を叩き割り、足にブロックを結《ゆわ》えつけて古井戸に沈め、それから二十年後に自分のベッドの上で心臓発作を起こして穏やかに息を引きとった。ちょうどこの物語の中でやがて彼の息子のジョーが死ぬのと同じように。そしていつかどこかの子供が枯れた黒イチゴの蔓《つる》に隠された古井戸を発見し、風雨にさらされて白くなめらかになった井戸の蓋を持ちあげて、ばらばらに崩れかけた白骨死体を見つけることだろう。その白骨死体はセールスマンからもらったネックレスの、緑色の苔におおわれたやつをあばら骨の上に垂らして、見えない目で古井戸の底から子供を見あげるのだ。

彼らはヒュービー・マーステンが妻を殺したことを知っている、が、彼が殺す前に妻にどんなことをさせたか、スイカズラの甘い香りがあばかれた納骨堂の吐気をさそう甘さのように、夏の熱気の中を漂うその日、彼が蒸し暑い台所で妻の頭を撃ち抜く前、二人のようすがどんなふうだったかを知らない。彼らは妻がみずから望んで夫に撃ち殺されたことを知らないのだ。

　町の年老いた女たちの何人か——メイベル・ワーツやグリニス・メイベリーやオードリー・ハーシーなどは、ラリー・マクラウドが二階の煖炉の中から紙の燃えかすを発見したことをおぼえている、が、それがヒューバート・マーステンと、滑稽なほど時代遅れなブライヒェンという名のオーストリア貴族との間で十二年間にわたってとりかわされた手紙の束だったことや、二人の文通は、一九三三年に非業の死を遂げたボストンの風変りな書籍商を通じて始められたことや、ヒューバートが首を吊る前にその手紙を一通ずつ残らず火に投げこんで、炎が厚手のクリーム色の便箋を黒く焦がし、優雅な細書きの筆跡を灰にするのを眺めたことを知っている者は一人もいない。ちょうどラリー・クロケットがポートランドの銀行の貸金庫に保管されている途方もない地権書類を眺めてほくそえむように、ヒューバート・マーステンが手紙を燃やしながらほくそえんでいたことを知っている者はいない。

　彼らはぴょんぴょん《ジャンピン》サイモンズ老人の未亡人のコレッタ・サイモンズが腸癌で苦しみながらじわじわ死にかけていることを知っている、が、むさくるしい居間の壁紙の中に、亭主の保険金を受けとってどこにも投資せずにしまいこんだまま、臨終近いいまはすっかり忘れてしまった三万ドル以上の現金が隠されていることを、彼らは知らない。

　彼らは一九五一年九月に町の半分を焼いた火事を知っているが、その火事が放火であり、火をつけた少年が一九五三年に卒業生代表で答辞を読み、その後ウォール・ストリートで十万ドル儲けたことを知らないし、たとえそのことを知っていたとしても、少年を放火に駆りたてた衝動や、その後二十年間、四十六歳の若さで、脳血栓で死ぬまで彼の心を蝕み続けた悩みまでは知らない。

彼らはジョン・グロッギンズ牧師がときおり夜半に、まだ禿頭の中に生々しく残る恐ろしい夢で目をさますことを知らない――その夢の中で、彼はすっ裸で木曜の晩の少女相手の聖書講義をおこない、少女たちはいつでも彼を迎え入れようとするのだ。

また、フロイド・ティビッツがあの金曜日に、奇妙に青ざめた肌に太陽が憎しみをこめて降り注ぐのを感じながら、ぼんやりした頭で一日じゅう歩きまわり、アン・ノートンを訪ねたことはうろおぼえだし、ベン・ミアーズに襲いかかったことはまるで思いだせず、冷やかな感謝と、なにかいいことがありそうだという期待で日没を迎えたことしかおぼえていないということを、彼らは知らない。

あるいはハル・グリフェンが戸棚の奥に六冊のポルノ・ブックを隠しており、暇さえあればそれを見ながら自慰にふけることを、彼らは知らない。

あるいはジョージ・ミドラーがスーツケースにいっぱいのシルクのスリップ、ブラジャー、パンティ、ストッキングを持っていて、ときおり金物屋の店の上にある自分の部屋のカーテンをしめ、ドアに閂《かんぬき》をおろしたうえにチェーンまでかけてから、寝台の姿見の前に立って息をはずませ、やがてひざまずいてマスターベーションにふけることを、彼らは知らない。

あるいはカール・フォアマンが、死体置場の下の部屋の、金属製の作業テーブルに横たわるマイク・ライアースンの遺体が冷たく震えだすのを見て、叫び声をあげようとしたが声にならず、やがてマイクが目をあけてテーブルの上に起きあがったとき、彼の悲鳴がガラスのように透明に、音もなく、喉につかえたことを、彼らは知らない。

あるいは生後十カ月のランディ・マクドゥガルが、ダニー・グリックが寝室の窓から入りこんでベビー・ベッドから彼を抱きあげ、母親に殴られた痣《あざ》がまだ消えずに残っている首に歯を立てたとき、少しもあばれなかったことを、彼らは知らない。

これらが町の秘密であり、そのうちのいくつかはいずれ知れわたるだろうが、永久に秘密のままで終わるものも中にはあるだろう。町はあくまでポーカー・フェイスを通してそれらの秘密を守り続けるのだ。

町は神の業や人間の業を好むのと同じように、悪魔の業を好んでいる。町は闇を知っている。そして闇はいたるところにあった。

## 2

サンディ・マクドゥガルは目をさましたとたんにどこかようすが変だと思ったが、原因はわからなかった。ベッドの片側はからっぽだった。今日はロイの休みの日で、友達と釣りにでかけてしまったのだ。正午ごろには帰ってくるだろう。なにかが燃えているようすはなかったし、体のどこかが痛いわけでもなかった。いったいどうしたというのだろう?

お日さまだわ。お日さまのようすがおかしいんだわ。

壁紙の上のほうで、窓の外の楓《かえで》の影を通して日ざしが揺れていた。いつもなら楓の影が壁に映るほど日が高くなる前に、ランディの泣き声で目をさましているはずだった――

彼女は胸騒ぎをおぼえながら化粧テーブルの上の時計に目を向けた。九時十分過ぎだった。

不安が喉にこみあげてきた。

「ランディ」と、彼女は叫んだ。部屋着をうしろにひらひらさせながら、トレーラーの狭い廊下を走った。「ランディ――」

赤ん坊の寝室には、ベビー・ベッドの上の小さな窓から日ざしがさんさんと降り注ぎ……その窓はあいていた。彼女は寝る前にその窓をしめたおぼえがあった。あけたままで寝たことは一度もなかった。

ベビー・ベッドはからっぽだった。

「ランディ、どこなの?」と、彼女は小声で呼んだ。

そして彼を見つけた。

洗いざらしのドクター・デントンを着た小さな体が、ぼろのように部屋の隅に投げだされていた。片足がエクスクラメーション・マークを逆さにしたようなグロテスクな恰好で突っ立っていた。

「ランディ!」

彼女は激しいショックを受けて顔をしかめながらランディのかたわらにひざまずき、両手で抱きあげた。ランディの体は冷えきっていた。

「ランディ、坊や、目をさましてよ、ランディ、ランディ、目をさまして――」

痣が消えていた。一夜にして跡形もなく消え去り、小さな顔にはしみ一つ見当たらなかった。

血色もよかった。ランディが生まれてからはじめて、彼女はその顔を美しいと思った。その美しさを目にして悲鳴をあげた——恐ろしい、悲痛な叫びだった。

「ランディ！　目をさましてよ！　いったいどうしたの、ランディ？」

彼女は赤ん坊を抱いて廊下を駆け戻った。部屋着が一方の肩からずり落ちた。子供用の高い椅子が台所におかれ、前の晩のランディの食べのこしのこびりついたトレイがそのままになっていた。彼女は朝の日溜りの中に据えられた椅子にランディを坐らせた。首ががくんと前に折れて、体がゆっくりと斜めに滑り落ち、トレイと椅子のアームの間にはさまって止まった。

「ランディ？」彼女はほほえみながら呼びかけた。目はひびの入った青いおはじきのように眼《がん》窩《か》からとびだしていた。ランディのほっぺたを軽く叩いた。「目をさますのよ、ランディ。さあ、ごはんよ。おなか、ちゅいたの？　お願いよ——ああ、神さま、お願い——」

彼女はくるりと回れ右して、ストーヴの上のキャビネットをあけ、急いで中をかきまわした。食料品の箱や缶詰や壜がキャビネットからこぼれ落ちた。油の壜ががしゃんと割れて、ストーヴと床にぬるぬるした油がとび散った。ジャーバーのチョコレート・カスタードの小さな壜を見つけて、食器の水切りからプラスチックのスプーンを一本とった。

「ごらん、ランディ。あんたの大好物よ。おめめをあけておいしいカスタードを見てごらん。チョコよ、ランディ」どす黒い怒りと恐怖が彼女にわれを忘れさせた。「目をさましてってたら！」と、ランディの透き通るような額と頬に唾をとばして叫んだ。「目をさまさないとひどいわよ！」

彼女は壜の蓋をあけて、チョコレート・カスタードをスプーンにすくった。すでに真相を知った彼女の手は、スプーンの中身があらかたこぼれてしまうほど激しく震えた。わずかに残ったものをしまりのない小さな唇の間に押しこんだ。それもぺちゃっといやな音をたてて、口からトレイにこぼれてしまった。スプーンがランディの歯にぶつかってかちっと鳴った。

「ランディ、ママをからかうのはおよし」

彼女はもう一方の手をのばして、鉤《かぎ》形に曲げた人差指で無理に口をこじあけ、残りのカスタードを口の中に押しこんだ。

「ほうら」サンディ・マクドゥガルは望みを打ち砕かれて、名状しがたい笑みを口もとに浮かべた。台所の椅子に腰かけて、全身の緊張をといた。これでいい。そろそろランディもわたしがいまだに愛していることを知って、残酷ないたずらをやめるだろう。

「おいちい？　チョコはおいちいでしょ、ランディ？　ママに笑ってみせてよ。いい子だから笑ってちょうだい」

彼女は震える指をのばしてランディの口の両端を押しあげた。

ぺちゃっ――チョコレートがトレイにこぼれ落ちた。

彼女は悲鳴を発した。

3

土曜日の朝、トニー・グリックは妻のマージョリーが居間で倒れた音で目をさました。

「マージー」彼はベッドから床に足をおろしながら呼びかけた。「どうした、マージー？」

長い長い間をおいて、彼女が答えた。「なんでもないわよ、トニー」

彼はベッドの端に腰かけて、ぼんやり足を見おろした。上半身は裸で、縞のパジャマのズボンの紐が両脚の間に垂れさがっていた。髪の毛はくしゃくしゃに逆立っていた。濃い黒髪で、息子たちも二人ながら父親の髪を受けついでいた。世間の人々は彼をユダヤ人だと思っていたが、この黒い髪を見ればそうでないことがすぐにばれてしまうはずだ、と彼はしばしば思った。彼の祖父はリクッキという姓を名乗っていた。アメリカで暮らすにはもっと短くてすっきりしたアメリカ風の名前のほうが便利だと、だれかに入知恵されて、祖父は正式にグリックと改姓したが、その結果ある少数民族の現実を別の少数民族らしい名前と取りかえたにすぎないということには気がつかなかった。トニー・グリックはがっしりした体つきで、色浅黒く、筋肉隆々としていた。顔には酒場を出がけに一発パンチをくらったような、ぼうっとした表情を浮かべていた。

彼はこの一週間仕事を休んでひたすら眠った。眠りは悲しみを忘れさせる。夢も見なかった。七時半にはベッドに入り、翌朝十時に起きて、午後の二時から三時までまた昼寝をした。墓地で取り乱したときから、ほぼ一週間後のよく晴れたこの朝までに過ぎ去った時間は、ぼんやりと霧に包まれていて、まるで現実とは思えなかった。近所の人々が食べ物を運んできてくれた。鍋料理、ジャム、ケーキ、パイ。マージーはそんなにたくさんもらってもどうしていいかわからないといった。二人とも空腹を感じなかった。水曜の夜、彼は妻を抱こうとしたが結局二人して泣きだしてしまった。

マージーはひどくぐあいが悪そうだった。彼女のほうは悲しみに耐える方法として家じゅうの徹底的な掃除を選び、それ以外のすべての考えを閉めだしてしまう思いつめた熱心さで掃除に精を出した。くる日もくる日も、朝から晩までバケツのぶつかる音と電気掃除機の音が響きわたり、空気はアンモニアとリゾールの刺戟臭に満ちみちていた。息子たちの衣類とおもちゃを残らずボール箱に詰めて救世軍に持って行った。木曜の朝彼が寝室から出てきたとき、それぞれに中身を明示する札を貼ったボール箱が玄関脇に並べられていた。彼はこのものいわぬボール箱ほど恐ろしいものをいまだかつて見たことがなかった。彼女は家じゅうの敷物を裏庭に運びだして物干綱にかけ、容赦なく埃を叩きだした。トニーのぼんやりした意識の中でさえ、火曜日か水曜日以来彼女の顔色がひどく悪いことに気がついていた。唇からさえも自然の赤味が失われてしまったように見えた。目の下には褐色のくまができかかっていた。

これらもろもろの思いが、口に出していうよりも短い時間で彼の心の中を通過し、やがて彼がまたベッドの中に戻ろうとしたとき、ふたたび彼女が倒れる音が聞こえてきた。今度は呼んでも返事がなかった。

彼は起きあがって重い足どりで居間へ歩いて行った。妻は床に倒れて浅い呼吸をしながら、とろんとした目で天井を見あげていた。居間の家具の配置がえをしていた最中らしく、家具という家具がそれまでの場所から動かされて、部屋に奇妙にちぐはぐな印象を与えていた。

彼女のどこが悪いにせよ、病状は夜の間にかなり悪化したらしく、見るからにすぐれない顔色が鋭いナイフのように彼の朦朧《もうろう》とした意識に突き刺さった。まだ部屋着を着たままだったが、裾が股の中ほどまで割れていた。脚は大理石のように青白く、夏の休暇の間にしみついた日焼けは跡形もなく消えていた。両手が幽霊のようにふわふわと宙をさまよった。肺が充分な空気を吸いこめないかのように口をぱくぱくさせた。彼は妻の歯が奇妙に目立つことに気がついたが、別に気にもかけなかった。たぶん光線のかげんでそう見えるのだろう。

「マージー、どうしたんだ？」

彼女は答えようとしたが声が出なかった。恐ろしい不安が彼の全身を突き抜けた。彼は医者を呼ぼうとして立ちあがった。

電話に向かったとき、「いいの……なんでもないの」と、彼女がいった。その言葉は激しい息づかいの合間に発せられた。彼女はやっとの思いで上半身を起こした。日の当たる静かな部屋は、空気を求めて激しく喘《あえ》ぐ音に満たされた。

「手を引っぱって……起こして……日ざしが暑いわ……」

彼はそばに戻って妻を抱きあげたが、あまりの軽さにショックを受けた。まるで枯木の束でも抱えているような感じだった。

「……ソファに……」

彼は妻をソファに横たえて、肘掛けを背中にあてがった。正面の窓から敷物の上にさしこんでいた四角い日溜りから外へ出ると、呼吸がいくらか楽になったようだった。彼女はしばし目をつむった。土気色の唇と対照的な歯の白さが、ふたたび彼の目にとまった。彼はキスをしたい衝動に駆られた。

「医者を呼ぼう」

「いいえ。だいぶ楽になったわ。お日さまが……じりじり照りつけて。頭がぼうっとしてしまったの。だいぶよくなったわ」そういえば頬にほんのり赤味がさしていた。

「ほんとにいいのか?」

「ええ。もうだいじょうぶよ」

「お前は少し働きすぎだよ」

「そうね」と、彼女はおとなしくうなずいた。目に生気がなかった。

彼は指で髪の毛をかきむしった。「いつまでもこんな状態を続けちゃいけないな、マージー。お前の顔は……」といいかけて、彼女を傷つけまいとして途中でやめた。

「ひどい顔をしてるでしょう。知ってるわ。ゆうべ寝る前にバスルームの鏡をのぞいてみたんだけど、まるで自分がそこにいないみたいだったわ。ほんの少しの間だけど……」口もとにかすかな笑いが浮かんだ。「うしろの浴槽が見えるような気がしたほどよ。自分の体がほんの少ししか残っていないみたいで……おまけに、まるで血の気がないの……」

「やっぱり、リアドン先生に診てもらうほうがいいよ」

しかし彼女は聞いていないようだった。「このところ三晩か四晩たてつづけに、すてきな夢を見たのよ、トニー。夢だとは思えないほどはっきりしているの。その夢の中にダニーがあらわれたのよ。『マミー、マミー、ぼくうちへ帰れてうれしいよ!』といいながら。それから……こうもいったわ……」

「なんていったんだい?」と、彼はやさしくたずねた。

「あの子は……またわたしの赤ちゃんに戻ったんだっていうのよ。また小さな赤ちゃんのときみたいにわたしの胸にしゃぶりついて。で、わたしがおっぱいを吸わせてやると……少し痛いけどとってもいい気持になって、ちょうど乳ばなれの前だけど歯が生えはじめたころみたいな、そうやって乳首を軽く嚙むのよ……ああ、わたしったら、きっとばかみたいに聞こえるでしょうね。精神分析かなんかみたいに……」

「いや。そんなことはないさ」

彼は妻のかたわらにひざまずき、彼女は夫の首に両腕を巻きつけて弱々しい声で泣いた。腕はひんやりと冷たかった。「お医者さんは呼ばないで、トニー、お願いよ。今日は一日休むことにするわ」

「いいとも」と、彼は答えた。彼女の頼みを聞きいれたことが不安だった。

「とってもすてきな夢なのよ、トニー」と、彼女は彼の喉もとで話し続けた。唇の動きと、その下に隠された歯の固い感触が、思いがけないほど官能的だった。彼はいつの間にか勃起しはじめていた。「今夜もう一度あの夢を見たいわ」

「たぶん見られるさ」彼は彼女の髪を撫でながらいった。「きっと見られるとも」

4

「やあ、いい顔色をしてるな」と、ベンがいった。

病院の白と貧血症めいた緑の世界では、事実スーザン・ノートンの顔色は生気溌剌《はつらつ》としていた。彼女は黒い縦縞の入った明るい黄のブラウスに、短いブルーのデニムのスカートをはいていた。

「あなたもよ」と答えて、彼女はベッドに近づいて行った。

彼は熱烈なキスをして、片手を彼女の血の通ったヒップの曲線の上に這わせた。

「こら」彼女はキスを中断していった。「そんな悪さをすると、病院から追いだされちゃうぞ」

「ぼくのほうはかまわないよ」

「わたしもよ」

彼らは顔を見あわせた。

「愛してるわ、ベン」

「ぼくもだ」

「いますぐベッドの中にとびこみたいくらいよ……」

「ちょっと待ってくれ、いま毛布をめくるから」

「看護婦に見つかったらどう言訳するつもり？」

「溲瓶《しびん》を入れているところだというさ」

彼女は笑いながら首を振り、椅子を引きよせた。「町でいろんなことがあったのよ、ベン」

彼は急に真顔になった。「どんなこと？」

彼女はためらった。「あなたにどう話せばいいのか、自分でもなにを信じればいいのかわからないのよ。頭が変になりそう」

「とにかく話せよ、あとはぼくが自分で判断するから」

「あなたの状態はどうなの、ベン？」

「よくなっている。心配はないよ。マットの主治医のコディという医者が――」

「そうじゃなしに、心のほうよ。例のドラキュラ伯爵の話をどこまで信じているの？」

「ああ、あれか。マットがなにもかも話したんだね？」

「マットはこの病院にいるのよ。一階上の集中治療室《I・C・U》に」

「なんだって？」彼は肘を突いて体を起こした。「いったいどうしたんだ？」

「心臓発作よ」

「心臓発作だって！」

「コディ先生の話では一応落ち着いたそうよ。重症患者の中に入っているけど、発作後の四十八時間は強制的にその扱いをされるんですって。ちょうど発作が起きたとき、わたしがその場に居合わせたのよ」

「きみのおぼえていることを残らず話してくれ、スーザン」

彼の顔からは喜びの表情が消えていた。顔をしかめて、食い入るような目つきで彼女をみつめていた。白一色の病室と、白いシーツと、白い患者用のパジャマに埋もれて、ふたたび緊張し、神経をすりへらした病人の顔に戻っていた。

「まだわたしの質問に答えていないわ、ベン」

「ぼくがマットの話をどう考えているかということかい？」

「そうよ」

「じゃ、きみの考えていることでその質問に答えさせてもらおう。きみはマーステン館がぼくの妄想の原因だと考えている。だが、はたしてそうだろうか？」

「ええ、わたしはそう思うわ。とり憑かれて変になったとまではいわないけれど」

「それはわかってるよ、スーザン。きみのためにぼくの思考の推移を辿ってみよう、今のぼくにそれが可能だとしての話だが。そうすれば自分の考えを整理する助けになるかもしれないんだ。きみの顔を見ていると、なにかでひどいショックを受けたことがわかる。そうだろう？」

「ええ……でもわたしは信じないわ、信じようにも信じられないのよ――」

「しばらく黙って聞いてくれ。その信じられないという言葉が出たらおしまいだ。ぼくもそれで行きづまってしまったんだ。ぼくもマットの話を信じなかったよ、スーザン、なぜならそんな話がほんとであるはずがないからだ。しかし彼の話にはぼくの見るかぎりどこにも矛盾がなかった。となると、彼はどこかで正気を失ってしまったと結論するしかなくなってしまう。そうだろう？」

「ええ」

「きみの目には彼が正気でないように見えたかい？」

「いいえ。でも――」

「ちょっと待った」彼は片手をあげて制止した。「きみはまた信じられないという言葉を口にしようとしている」

「たぶんね」

「ぼくの目にも彼は正気を失っているようには見えなかった。そしてぼくたちは偏執病や強迫観念が一夜にして生まれるものではないことを知っている。それにはある期間が必要なんだ。丹精こめて水と肥料をやらなければそれは育たない。きみはマットの頭がおかしくなったという噂を聞いたことがあるかい？　マットがだれかにナイフを突きつけられたなどと、ありもしない妄想を口走るのを聞いたことがあるかい？　虫歯予防の弗素《ふっそ》が脳腫瘍の原因になるという説を唱えたり、愛国救済会だとか全国自由連盟だとかいういかがわしい運動に参加したことがあるかい？　降霊術だとか霊魂再来説だとかいったものに、過度の関心を示したことがあるかい？　きみの知っているかぎりで、彼に逮捕歴はあるかい？」

「どれもみんなノーよ。だけど、ベン……マットのことをこんなふうにはいいたくないんだけど、だれも知らない間に気が変になってしまう人間だっているわ。いつの間にかおかしくなってゆくのよ」

「ぼくはそうは思わない。正気を失うにはなんらかの徴候がある。そうなる前にはわからなくても、あとでそれに思い当たるんだ。もしきみが陪審の一人だとしたら、自動車事故に関するマットの証言を信じるかい？」

「ええ……」

「彼がきみに向かって、泥棒が忍び込んでマイク・ライアースンを殺すのを見たといったら信じるかい？」

「ええ、信じると思うわ」

「しかし、この話は信じない」

「だって、ベン、いくらなんでも――」

「ほら、また信じられないっていうんだろう」彼は彼女が抗議しかけるのを察して、手をあげて制した。「ぼくは彼の病状についてきみと議論するつもりはないんだよ、スーザン。ただ自分の一連の思考を述べているだけさ。わかったかい？」

「わかったわ。続けて」

「ぼくの二番目の考えは、だれかが彼を陥れようとしたということだ。彼に敵意か恨みを持つだれかがだよ」

「ええ、それはわたしも考えたわ」

「しかしマットは敵はいないといっている、ぼくはそれを信じるよ」

「だれにだって敵はいるわ」

「それは程度問題だ。忘れてはならない重要なことは——この一件には現実に死んだ人間が一人からんでいるということだよ。だれかがマットを陥れようとしたのなら、その目的のためにそいつがマイクを殺したことになる」

「どうしてなの？」

「死体がなければこの話はあまり意味をなさないからだよ。しかし、マットの話では、彼がマイクと会ったのはまったくの偶然だという。木曜の晩にだれかに呼ばれてデルの店へ行ったわけじゃないし、匿名の電話や手紙もなかった。この偶然の出会いが仕組まれた罠《わな》の可能性は除外しよう」

「するとほかにどんな納得のゆく説明が考えられるの？」

「マットが窓のあく音と、笑い声と、血を吸うような音を夢に見たという説明だ。マイクの死は原因不明だが、自然死だという可能性もある」

「あなただってそんなことは信じていないんでしょう？」

「彼が夢の中で窓のあく音を聞いたとは信じていないさ。窓は現実にあいていたからね。それに網戸が芝生に落ちていた。ぼくもパーキンズ・ギレスピーもそれを見ているんだよ。それにぼくはほかにも気づいたことがある。網戸は掛金式で、内側ではなく外側からロックするようになっている。内側からだとドライバーかペンキ・ナイフでこじりでもしないかぎりはずれないんだ。それでもかなり骨だし、こじったときに傷がつく。だが傷痕は見当たらなかった。しかもそれだけじゃない。窓の下の地面は比較的軟らかかった。二階の網戸を外からはずすには梯子が必要だ。梯子をかければ当然地面に跡がつく。だがそれも見当たらなかった。いちばん腑《ふ》に落ちないのはそこなんだよ。二階の網戸が外側からはずされているのに、下に梯子の跡がない」

　彼らは暗い表情で顔を見あわせた。

　彼が言葉をついだ。「ぼくは今朝このことを考えていた。考えれば考えるほど、マットの話が嘘じゃないような気がしてくる。そこで思いきってこの信じられないという言葉をしばらく使わないことにしたんだ。さあ、今度はきみがゆうべマットの家で起こったことを話す番だ。それですっきり説明がつくようなら、ぼくもこんなうれしいことはない」

「すっきりするどころか」と彼女は悲しそうにいった。「ますます不可解になるだけよ。ちょうど彼がマイク・ライアースンのことをわたしに話し終わったときだったわ。彼が急に二階にだれかいるといいだしたの。彼はこわごわようすを見に行ったわ」彼女は両手を膝の上に組んで、それが逃げだすのを防ごうとするかのようにしっかり握りしめていた。「しばらくは何事もなかった……やがてマットが招待を取り消すとかなんとか叫ぶ声が聞こえたの。それから……いったいどう説明したらいいのか……」

「続けるんだ。言葉なんかどうでもいい」

「だれかが――マットじゃなしにほかのだれかが、しゅっ、しゅっというような音をたてたような気がしたわ。それからどさっと人が倒れる音がしたの」彼女は青ざめた表情で彼を見た。「そしてだれかが、あんたを死人のように眠らせてやるぞ、先生、という声がはっきり聞こえたわ。文字通りそういったのよ。そしてマットにかける毛布を取りに行ったとき、これを見つけたの」

彼女はブラウスのポケットから指輪を取りだして、ベンの掌に落とした。

ベンは指輪を窓のほうにかざしてイニシアルをたしかめた。「M・C・R。マイク・ライアースンのかな？」

「マイク・コーリー・ライアースンよ。わたし、その指輪を一度落っことしてまた拾ったの――あなたかマットが見たがるだろうと思って。あなた、あずかっててよ。わたしは持っていたくないわ」

「これを持っていると――？」

「気味が悪いのよ。ひどく気味が悪いわ」彼女は挑戦的に顔をあげた。「でも、どう考えたってつじつまが合わないわ、ベン。むしろマットがなにかの理由でマイク・ライアースンを殺して、このばかげた吸血鬼の話をでっちあげたと思いたいところよ。網戸が芝生に落ちるような細工をして、わたしが下にいる間に、客室で腹話術をやってほかに人がいるように思わせ、マイクの指輪を落としておいたと――」

「そして話に真実味を与えるために心臓発作を起こしたというわけか」と、ベンは皮肉な口調でいった。「ぼくだって合理的に説明する望みを捨ててはいないんだよ、スーザン。むしろなんとかそれを見いだしたいと祈っているくらいだ。映画の中のモンスターは楽しいが、現実に彼らが夜中にそこらをうろついていると考えるのは、楽しくもなんともない。たしかに網戸に細工をすることはできる――屋根に固定したロープかなにかでね。それだけじゃない、マットは物知りだから、マイクをそんなふうにして殺す毒物――痕跡を残さない毒物の知識を持っていたかもしれない。もちろんマイクはほとんどなにも食べなかったそうだから、毒を盛ったとは考えにくいが――」

「マットがそういっているだけでしょう」

「彼は嘘なんかつかないよ。被害者の胃袋の検査が、検死解剖の重要な部分だということを知ってるからね。それに注射も跡が残る。しかし話を進めるために、それが可能だったと仮定しよう。それにマットほどの人なら心臓発作を偽装する方法も知っているにちがいない。しかし、彼がマイクを殺す動機は？」

彼女はお手上げだというように首を振った。

「かりにわれわれの思いもよらない動機があったとしても、なぜこんなまわりくどい手間をかけたり、とほうもない話をでっちあげたりしたのか？　エラリー・クイーンなら説明できるかもしれないけど、現実はエラリー・クイーンの小説とはちがうからね」

「でも……その話は尋常じゃないわ、ベン」

「そうさ、ヒロシマと同じようにね」

「そんないい方はよしてよ！」彼女はだしぬけに彼に嚙みついた。「インテリぶるのはやめて！　あなたらしくもないわ！　わたしたちはばかげた話をしてるのよ、こんなのは悪い夢よ、あり得ない妄想よ……」

「そんなことはないさ。まあ落ち着けよ。全世界がわれわれのまわりで崩れかかっているというのに、きみは吸血鬼にこだわっているんだ」

「セイラムズ・ロットはわたしの町よ」と、彼女はかたくなにいいはった。「そこでなにかが起こるとしたら、それは現実よ。考え方の問題じゃないわ」

「まさに同感だね」彼は恨めしそうに額の包帯に手をやった。「きみの前の恋人はすごい右パンチを持ってるよ」

「ごめんなさい。フロイドにそんな一面があるなんて知らなかったわ。どうしてこんなことをしたのかしら？」

「彼はいまどこにいるんだい？」

「町のトラ箱に入ってるわ。パーキンズ・ギレスピーがママにいってたそうよ、彼を郡に、つまりマクキャスリン郡保安官に引き渡すつもりだけど、その前にあなたが彼を訴えるかどうかたしかめるんだって」

「彼をかわいそうだと思うかい？」

「思わないわ。フロイドとはもう縁が切れたのよ」

「ぼくは訴えないよ」

彼女は眉を吊りあげた。

「そのかわり彼と話がしたい」

「わたしたちのことで？」

「いや、なぜオーバーコートを着て、帽子をかぶり、サングラスをかけて……それにプレイテックスのゴム手袋なんかはめていたのか、そのわけをききたいんだ」

「なんですって？」

「つまり」と、彼はスーザンの顔を見ながらいった。「あのときは日が照っていた。たぶん彼は日光に当たるのがいやだったんだろう」

彼らは言葉もなく顔を見あわせた。その問題についてはもうなにも話すことがないように思えた。

5

ノリーがフロイドのためにエクセレント・カフェから朝食を運んでやったとき、フロイドはぐっすり眠っていた。ポーリーン・ディケンズのこちこちのフライド・エッグ二個と、脂っぽいベーコン五、六きれのために彼を起こすのはかわいそうな気がしたので、ノリーは部屋に戻って自分でそれらを平らげ、コーヒーもかわりに飲んでやった。ポーリーンのコーヒーはうまかった——彼女のためにそれだけはほめてやってもいいだろう。ところが昼食を運んで行ったときも、フロイドは依然として朝と同じ姿勢で眠っていたので、ノリーは少し心配になって盆を床におき、鉄格子をスプーンで叩いた。

「おい、フロイド！　起きろよ、飯を持ってきてやったぜ」

それでもフロイドは目をさまさなかったので、ノリーはポケットから鍵束を取りだしてトラ箱をあけようとした。鍵穴に鍵をさしこむ前にふと手を止めた。先週の『ガンスモーク』は、腕っ節の強い悪党が病気のふりをして看守にとびかかる話だった。ノリーはフロイド・ティビッツをとくに腕っ節の強い男だと思ったことはなかったが、しかしベン・ミアーズを揺りかごで眠らせたわけでもなかった。

彼は片手にスプーンを持ち、もう一方の手に鍵束を持ってためらっていた。この大男の白いオープン・シャツは、暖かい日の正午ごろになると、いつも腋《わき》の下が汗で濡れている。彼はボウリング連盟に登録されたアヴェレージ一五一のボウラーで、週末には紙入れに入れたルーテル教会のポケット・カレンダーと背中合わせの、ポートランドの歓楽街のバーのリストを頼りに、転々と飲み歩くはしご酒の常習者だった。親切な男で、生まれつき人に騙されやすく、反応が鈍いかわりにめったに腹も立てない。これらのささやかな長所にもかかわらず、頭の回転があまり速いほうではなく、数分間はどうすればよいか決めかねて、スプーンで鉄格子を叩いたり、フロイドの名前を呼んだりしながら、せめて相手が身動きするか鼾《いびき》をかくかすることを願っていた。どうやら無線でパーキンズを呼びだして、指示を仰ぐほうがいいようだと考えたちょうどそのとき、当のパーキンズがオフィスの戸口から彼に声をかけた。

「いったいなんの真似だ、ノリー？　豚でも呼び集めているのか？」

ノリーは顔を赤らめた。「フロイドが全然動かないんだよ、パーク。もしかしたら……病気かもしれないぜ」

「それで、鉄格子をスプーンで叩けば気分がよくなるとでも思ってるのか？」パーキンズは彼と並んで立って、独房の鍵をはずした。

「おい、フロイド」と、フロイドの肩を揺さぶった。「だいじょうぶか――」

フロイドは鎖で吊ったベッドから床に転げ落ちた。

「なんてこった」と、ノリー。「死んでるんじゃないのか?」

しかしパーキンズはおそらく聞いていなかった。彼は不気味なほど穏やかなフロイドの顔をじっと見おろしていた。パーキンズが心底からおびえているらしいことが、徐々にノリーにもわかってきた。

「どうしたんだい、パーク?」

「なんでもない」と、パーキンズは答えた。「とにかく……ここから出よう」そしてほとんど独り言のようにつけ加えた。「ちきしょうめ、こいつの体にさわらなきゃよかった」

ノリーはようやくただならぬ恐怖心に襲われて、フロイドの死体を見おろした。

「いつまでぼんやりしてるんだ」と、パーキンズがいった。「医者を呼ばなくちゃ」

## 6

フランクリン・ボッディンとヴァージル・ラズバンが、ハーモニー・ヒル墓地から二マイル先にあるバーンズ・ロードの分れ道のはずれの、小割板を打ちつけたゲートに車で辿りついたのは、午後も半ばすぎだった。車はフランクリンの一九五七年型シヴォレー・ピックアップで、アイクの大統領第二期の最初の年には優雅なアイヴォリー・ブラックだったこの車が、いまでは汚い茶と赤の混じった色に変わっていた。トラックの荷台にはフランクリンのいわゆるがらくたが満載されていた。一カ月に一度ぐらいの割合で、彼とヴァージルはこのがらくたをごみ捨場まで運んでくる。このがらくたの大半を占めるのは、ビールの空壜、空缶、小さな空樽、ワインの空壜、ポポフのウォッカの空壜などだった。

「本日休業か」と、フランクリンがゲートにかかった札を、目を細めて見ながらいった。「おかしいな」彼は股のふくらみにもたせかけたドースンの壜からぐいと一口飲んで、腕で口を拭った。

「今日は土曜日だろう?」

「そうとも」と、ヴァージル・ラズバンが答えた。実は土曜日だか火曜日だかわかっちゃいない。それどころか、いまが何月なのかもわからないほど酔っていた。

「土曜日はごみ捨場が休みの日じゃないだろう?」と、フランクリン。札は一枚しかかかっていないのに、彼の目には三枚見えた。もう一度目を細めた。どの札にも「本日休業」と書いてある。ペンキの色は赤で、疑いもなくダッド・ロジャーズの番人小屋の中にあるペンキ缶から出たものだった。

「土曜日はいつもあいてたんだがな」と、ヴァージルがいった。彼はビール壜を顔のほうへ持っていったが、手もとが狂って左肩にビールをかけてしまった。

「休業か」フランクリンが腹立たしげにいった。「あの野郎め、きっと二日酔いでサボっていやがるんだ。おれがぶちのめしてくれる」彼はトラックのギヤをファーストに入れて、乱暴にクラッチを嚙ませた。股の間からビールの泡がふきだしてズボンを濡らした。

「やれやれ、フランクリン!」とヴァージルがけしかけた。そしてトラックがゲートを突き破って、空壜の散らばった道路の端のほうに押しやったとき、大きな音をたててゲップをした。フランクリンはギヤをセカンドに入れて、穴だらけのでこぼこ道を走り出した。トラックはくたびれたスプリングの上で狂ったように跳びはねた。荷台から壜がこぼれて路上に砕け散った。カモメの群が輪を描いてけたたましく鳴きながら空に舞いあがった。

ゲートから四分の一マイル先で、バーンズ・ロードの分れ道（いまはダンプ・ロードと呼ばれている）が行きどまりになって、ごみ捨場の空地に達する。密生したハンノキや楓《かえで》の林が切れたところに、いまダッドの小屋の脇に駐《と》まっている古いブルドーザーのひんぱんな使用で轍跡が刻まれた、広大なむきだしの土地が横たわっている。この平坦な土地の向うに、現在ごみ捨場に使われている砂利採掘あとの穴がある。廃材やごみや光を反射する空壜やアルミニウムの缶などが、巨大な砂丘のように拡がっている。

「くそいまいましい能なしの瘤《こぶ》つき野郎め、一週間もごみ埋めやごみ焼きをほったらかしてるみたいだぜ」と、フランクリンがいった。両足をブレーキ・ペダルにのせていっぱいに踏みこんだ。トラックは耳ざわりなブレーキの音を響かせて停まった。「あいつめ、きっと大酒くらって寝てやがるんだ」

「ダッドがそんな大酒飲みだとは知らなかったぜ」と、ヴァージルが窓から空壜を投げ捨て、床の茶色の袋から新しい壜を一本取りだしながらいった。ドアのラッチを使って栓を抜くと、さんざん揺られたビールの泡が手の上にふきだした。

窓の外に向かってぺっと唾を吐いたフランクリンは、窓がしまっていることに気がついて、傷だらけの埃っぽいガラスをシャツの袖で拭いた。「やつのようすを見に行ってみよう。なにかあったのかもしれんからな」

彼は大きな頼りない輪を描いてトラックをUターンさせ、ザ・ロットで集められたいちばん新しいごみの山の上に尻を向けて停まった。エンジンを切ると、突如として静寂が彼らの上にのしかかってきた。ひっきりなしに聞こえてくるカモメの鳴き声を除けば、ほかには物音ひとつしなかった。

「ばかに静かだな」と、ヴァージルがいった。

彼らはトラックからおりて後ろにまわった。フランクリンが荷台のゲートを支えているS字ボルトをはずして、がちゃんと下におろした。ごみ捨場の向うはしで餌をあさっていたカモメの群が、けたたましく鳴き叫びながら舞いあがった。

二人は荷台にあがって、ものもいわずにがらくたをおろしはじめた。グリーンのプラスチックの袋が澄んだ空気の中を舞い、地上に落下した衝撃でぱっくり口をあけた。それは彼らにとって手なれた仕事だった。彼らは外部の人間がめったに見ることのない（あるいは見たいとも思わない）町の一部だった——なぜかといえば、第一に町の人々は暗黙の了解のうちに彼らの存在を無視していたし、第二に彼ら自身が人目につかないようにする習性を身につけていたからである。たとえば道でフランクリンのトラックとすれちがったとしても、人々はそれがバックミラーから消えたとたんに忘れてしまう。ブリキの煙突から十一月の白い空に細々と煙を吐きだす彼らの小屋が目についたとしても、人々は気にもとめずにそれを見すごしてしまう。茶色の紙袋に入ったウォッカの壜を持って歩いてくるヴァージルに出会って声をかけたとしても、自分が話しかけた相手がだれだったかすぐに忘れてしまう。顔は見おぼえがあるのだが、どうしても名前を思いだせないのである。フランクリンの兄はリッチー（最近王座を追われたスタンリー・ストリート・エレメンタリー・スクールのがき大将）の父親のデレク・ボッディンだが、デレクは弟のフランクリンがまだ生きて町に住んでいることさえほとんど忘れてしまっている。彼は一家のもてあまし者の段階さえ通りこして、いまや完全に忘れられた存在だった。

トラックがからっぽになると、フランクリンは最後に残った空缶をぽんと足で蹴って、グリーンの作業ズボンをぐいと引きあげた。「さあ、ダッドのところへ行ってみるとするか」と、彼はいった。

彼らはトラックからおりた。ヴァージルが自分の生皮《きがわ》の靴紐を踏んでどすんと尻もちをついた。「ちきしょう、このできそこないめ」と、彼はろれつのまわらない舌で毒づいた。

彼らはダッドの防水紙で雨露をしのいでいる小屋のほうへ歩いて行った。ドアがしまっていた。

「ダッド！」と、フランクリンがどなった。「おい、ダッド・ロジャーズ！」ドアを一度叩いただけで、小屋全体がぐらぐら揺れた。ドアの内側の小さな掛金がはずれて、ドアがふらふらとあいた。小屋の中はからっぽだったが、胸の悪くなるような甘ったるい匂いがたちこめていて、二人は目を見合わせながら思わず顔をしかめた。フランクリンはその匂いから、一瞬、壺の中に何年も入れっぱなしにしたピクルスから汁がにじみでて、白っぽく変色した状態を連想した。

「こいつはひでえや」と、ヴァージルがいった。「腐った匂いよりなお始末が悪い」

ところが小屋の中はこざっぱりしていた。ダッドの着替えのシャツはベッドの上の釘にかかっていたし、ぐらぐらする台所の椅子はテーブルの前にきちんとおかれ、簡易ベッドは軍隊式に整頓されていた。横っ腹に真新しいペンキが滴った赤いペンキ缶は、ドアのかげの折りたたんだ新聞の上におかれていた。

「こんなところにぐずぐずしてたらヘドを吐きそうだよ」と、ヴァージルがいった。顔が白っぽく青ざめていた。

同じように気分が悪くなったフランクリンが、後ずさりしてドアをしめた。

彼らは月の山脈のように人気のない、荒涼としたごみ捨場を見まわした。

「やつはここにはいないようだ」と、フランクリンがいった。「森の中で昼寝でもしてるんだろう」

「おい、フランク」

「なんだ?」フランクリンはおかんむりだった。

「ドアは内側から鍵がかかっていたぜ。中にいないとしたら、やつはどうやって外へ出たんだ?」

フランクリンははっとして振りかえり、小屋を眺めた。窓から出たのさ、といいかけてやめた。窓は防水紙を四角に切り抜いて、プラスチックをはめこんだだけのもので、背中に瘤のあるダッドが通り抜けるには小さすぎた。

「気にすんなよ」と、フランクリンは不機嫌にいった。「それより早くここから出よう」

トラックのほうに戻りながら、フランクリンはビールの酔いの被膜を通ってなにかが心に滲《し》みこむのを感じた——それはあとでは思いだせない、あるいは思いだしたくないなにか、なにかが狂ってしまったような、ぞっとするような感覚だった。ごみ捨場が動悸《どうき》をうちはじめ、しかもそのゆるやかな動悸が恐るべき生命力に満ちみちているかのようだった。突然、彼は一刻も早くその場から逃げだしたい衝動に駆られた。

「鼠が一匹も見当たらないぜ」と、だしぬけにヴァージルがいった。

たしかに鼠はどこにもいなかった。見えるのはカモメだけだった。フランクリンはごみ捨場にがらくたを捨てにきて、鼠を見かけなかったことがあるだろうかと考えた。そんなことは過去に一度もなかった。そのことも彼には気に入らなかった。

「やつが毒入りの餌を仕掛けたんだよ、な、フランク?」

「帰ろう」と、フランクリンがいった。「とにかく早くここから出ようぜ」

## 7

夕食後、ベンはマット・バークを見舞う許可をもらった。それは短い訪問だった。マットが眠っていたからである。酸素テントはすでに取りのけられ、婦長の話では、マットは明日の朝目をさましたあと、短時間なら面会できるだろうということだった。

ベンはマットの顔がひどくやつれて老けこんでしまったと思った。いまはじめて見る老人の顔だった。病院のパジャマの襟から首筋のたるみをはみださせて静かに横たわっている姿は、弱々しく、無防備だった。もしもあの話がすべてほんとだとしたら、病院は少しも役に立たないよ、マット、とベンは心の中で呟いた。もしもあれがみなほんとの話だとしたら、ぼくたちは不信の砦の中にいることになる。そこでは悪夢を追いはらうのに、杭とバイブルとタチジャコウソウではなく、リゾールとメスと化学療法が使われるのだ。ここの連中は生命維持装置と注射とバリウム溶液の入った浣腸器で満足している。真実の柱に穴があいていたって、彼らは知りやしないし気にかけもしないのだ。

彼はベッドの枕もとに歩みよって、静かにマットの顔の向きを変えた。首に傷痕はなく、肌はすべすべしていた。

彼はわずかにためらってから、衣裳だんすに近づいて戸をあけた。中にマットの服がかかっていて、戸の内側の把手《とって》には、スーザンが訪ねたときに彼が首にかけていた十字架がぶらさがっていた。その細い鎖がやわらかい光の中で鈍く輝いていた。

ベンは十字架をベッドに持ち帰り、マットの首にかけてやった。

「あなた、なにをしてるんです？」

いつの間に入ってきたのか、水差しとタオルでおおった室内便器を持った看護婦が立っていた。

「この十字架を首にかけてやっていたんだよ」と、ベンが答えた。

「この方はカトリックですの？」

「いまはね」と、ベンは暗然とした表情で答えた。

## 8

ディープ・カット・ロードにあるソーヤー家の勝手口で、かすかにドアがノックされたとき、日はすでに暮れていた。ボニー・ソーヤーは薄笑いを浮かべながらドアをあけに行った。身につけているのは、皺《しわ》くちゃのエプロン一枚とハイヒールだけだった。

ドアをあけたとたんに、コーリー・ブライアントが目を丸くしてぽかんと口をあけた。「ボ、ボ、ボニー……」と、彼は口ごもった。

「どうかしたの、コーリー？」彼女はさりげなく戸口の柱に片手をかけて、むきだしの乳房がいちばんよい形に見えるアングルまで押しあげた。同時に気どったポーズで足を組み、脚を見せびらかした。

「おいおい、ボニー、いったいどうする気だい――」

「もしも電話会社の人だったら、でしょう？」彼女はそういってくすくす笑った。それから片手を張りきった乳房に当てて、「どう、わたしのメーターを調べたい？」

彼はやけくそ気味の唸り声を発して彼女を抱き寄せた。両手が彼女の尻にお椀のように重なり、糊のきいたエプロンが二人の間でがさがさ音をたてた。

「まあ」彼女は男に体を押しつけながらいった。「あたしの受話器をテストするの、電話屋さん？　今日は朝から大事な電話を待っていたのよ――」

彼は女を抱きあげて、足でドアをしめた。彼女に教わるまでもなく、寝室がどこにあるかを知っていた。

「彼はほんとに戻らないんだろうな？」

彼女の目が暗闇できらりと光った。「あら、いったいだれのこと、電話屋さん？　まさかうちのハンサムなだんなのことじゃないわね……彼ならいまごろヴァーモントのバーリントンにいるわ」

　彼は女をベッドの上に横におろした。脚がベッドの脇にぶらさがった。

「明りをつけて」突然彼女の口調がけだるそうに間のびした感じになった。「あんたのすることを見たいの」

　彼はベッドサイドのスタンドをつけて、上から彼女を見おろした。エプロンが片側に寄っていた。目は瞼が熱をもって腫れぼったく、瞳孔が拡がってきらきら輝いていた。

「そいつをとっちまえよ」と、彼がエプロンを指さした。

「あんたがとってよ。結び目はすぐにわかるわ、電話屋さん」

　彼は腰をかがめて結び目をほどきにかかった。彼女にかかると、いつもはじめてマウンドにあがる緊張しきった少年にでもなったような気がして、まるで彼女の肉体そのものが周囲に強い電流でも送りだしているかのように、彼女に近づくたびに両手がぶるぶる震えだすのだった。いままではかたときも彼女のことが完全に頭からはなれることがなかった。絶えず舌先の当たる頬の内側にできたただれのように、彼女の面影が心の中に住みついてしまっていた。黄金色の肌をして、ねちねちと欲望をそそる彼女が、彼の夢の中にまで出没した。彼女の手練手管はとどまるところを知らなかった。

「それじゃだめ、ひざまずくのよ」と、彼女が命令した。「わたしのためにひざまずいて」

　彼はぎごちなくひざまずいて、エプロンの結び目に手をのばしながら這い寄った。彼女はハイヒールをはいた足を彼の肩にのせた。彼は頭をさげて太股の内側にキスをした。ひきしまった肌のかすかな温もりを唇に感じた。

「それでいいのよ、コーリー、そのまま少しずつ上のほうへ――」

「すごくきれいだよ」

そのとき、ボニー・ソーヤーが悲鳴を発した。

コーリー・ブライアントは驚いて目をぱちくりさせながら顔をあげた。

レジー・ソーヤーが寝室の戸口にもたれていた。前腕にショットガンを抱いて、銃口をだらりと床に向けていた。

コーリーは生あたたかい膀胱の中身がほとばしりでるのを感じた。

「やっぱりほんとだったんだな」といいながら、レジーが部屋の中に踏みこんできた。顔には笑みが浮かんでいた。「どうだい。これで飲んだくれのミッキー・シルヴェスターのやつに、バドワイザー一ケースの借りができたよ。くそいまいましい」

ボニーのほうが先に口がきけるようになった。

「聞いてよ、レジー。あんたは思いちがいをしてるわ。この人は無理矢理あがりこんできたのよ、まるでいかれた男みたいに――」

「お前は黙ってろ」彼はまだ笑っていた。穏やかな微笑だった。彼は大男だった。二時間前に彼女がキスで送りだしたときと同じ鋼色のスーツを着ていた。

「聞いてくれ」と、コーリーが弱々しい声でいった。口からだらしなくよだれがたれていた。

「頼む。おれを殺さないでくれ。殺されても文句はいえないが、あんただって刑務所へは行きたくないだろう。そのかわり気の済むまでおれを殴ってくれ、覚悟はしている。ただ、殺すのだけは――」

「立てよ、ペリー・メイスン」レジー・ソーヤーは依然として穏やかな微笑をたたえながらいった。「ズボンの前があいてるぜ」

「聞いてくれ、ソーヤーさん――」

「レジーと呼んでくれ」あいかわらず微笑は消えなかった。「おれたちは親友みたいなもんさ。現にこうしてあんたのぐちまで聞いてやってるじゃないか」

「レジー、あんたの思いちがいよ。この男はわたしを力ずくで犯したのよ――」

レジーは人のよさそうな笑みを浮かべて彼女を見た。「今度口をきいたら、こいつをお前の穴に突っこんでやるぜ」

ボニーは呻き声をたてはじめた。顔がヨーグルトのような色に変わっていた。

「ソーヤーさん……レジー……」

「あんたの名前はブライアントだったな？　おやじはピート・ブライアントだろう？」

コーリーの顔が激しく上下に揺れた。「そうだよ、その通りだ。頼む、聞いてくれ――」

「おれがジム・ウェッバーのところで働いていたころは、よくおやじさんに燃料オイルを売ったもんだよ」レジーはにこやかに思い出を語った。「ここでこのあばずれと知りあう四、五年前のことだ。おやじさんはあんたがここにいることを知らないんだろうな？」

「うん、知ったらきっと悲しむよ。おれはあんたに殴られても文句はいえない、だがもしあんたがおれを殺したら、おやじはそれを知ってショックで寿命が縮むだろう。だからあんたは人を二人――」

「いや、おやじさんは知らないよ。ちょっと居間のほうへきてくれ。あんたとさしで話したい。

さあ」彼はコーリーに悪意を持っていないことを示すために、穏やかに笑いかけてから、恐怖の目で見守っているボニーにちらと視線を向けた。「お前はここでおとなしくしてろ、さもないと『秘めたる嵐』の続きを見られなくなってしまうぜ。きてくれ、ブライアント」と、ショットガンで合図をした。

コーリーはレジーの前に立って、少しよろめきながら居間のほうへ歩いて行った。脚がゴムのようにふにゃふにゃだった。肩胛骨《けんこうこつ》の間が疼きはじめた。弾丸がめりこむのはそこらだろう、と彼は思った。自分のはらわたが壁に飛び散るのを見るまで生きていられるだろうか——

「こっちを向け」と、レジーがいった。

コーリーは回れ右をした。嗚咽《おえつ》がこみあげてきた。涙は見せたくなかったが、どうにも止まらなかった。もうどうでもいいと思った。どっちみち涙で濡れる前から下のほうが濡れていた。

もはやショットガンはレジーの前腕からだらりとたれさがってはいなかった。二連の銃身がしだいに拡がって大きく口をあけ、底無しの井戸になってしまうかに見えた。

「お前は自分のしたことがわかっているのか？」と、レジーがいった。笑いがいつの間にか消えて、真剣な表情があった。

コーリーは答えなかった。ばかげた質問だった。だが、彼はめそめそ泣き続けた。

「お前は人の女房と寝たんだぞ、コーリー。たしかコーリーといったな？」

コーリーはうなずいた。涙が頬を伝って流れ落ちた。

「人の女房を寝とったやつは、つかまったらどうなるか知ってるか？」

コーリーがまたうなずいた。

「このショットガンの銃身をしっかりつかむんだ、コーリー。なあに、簡単だよ。こいつの引金を引く力は五ポンドだ。いまおれは約三ポンドの力を指にかけている。いいか……おれの女房のおっぱいをつかむつもりでやるんだ」

コーリーは震える片手をのばして、ショットガンの銃身の上においた。熱をもった金属の感触がひんやりと冷たかった。苦痛にみちた長い呻き声が喉から洩れた。もう打つ手はなかった。哀願も通じなかった。

「銃身を口にくわえるんだ、コーリー。両方ともだ。そう、それでいい。どうだ、簡単だろう……いいぞ、でっかい口だ。ぐっと押しこめ。ぐっと押しこむのはお手のもんだろう」

コーリーの顎がぎりぎりいっぱいまで拡がった。ショットガンの銃身がほとんど口蓋に触れるまで押しこまれ、胃袋が必死になってそれを押し戻そうとした。鋼鉄の銃身が歯に当たって油くさかった。

「目をつむるんだ、コーリー」

コーリーは涙でいっぱいの目を皿のように見開いて、相手の顔をじっとみつめた。

レジーがふたたび穏やかな微笑を浮かべた。「そのかわいい青いおめめをつぶりな、コーリー」

コーリーは目をつむった。

肛門の括約筋《かつやくきん》がゆるんだが、彼はほとんどそのことに気がつかなかった。

レジーが両方の引金を引いた。カチッ、カチッと、撃鉄がからっぽの薬室を二度叩いた。

コーリーは気を失って床に倒れた。

レジーはやさしい微笑を浮かべながらちょっとの間彼を見おろし、やがて銃口を下にしてショットガンを立てた。それから寝室のほうに向かって叫んだ。「行くぞ、ボニー。もう待ったなしだ」

ボニー・ソーヤーが悲鳴をあげはじめた。

## 9

コーリー・ブライアントは電話会社のトラックを駐めておいた場所に向かって、ディープ・カット・ロードをよろめきながら歩いて行くところだった。体は悪臭をはなち、目は真赤に充血してうるんでいた。後頭部には気を失って床に倒れたときにできた大きな瘤があった。ブーツがやわらかい路肩に引きずるような音をたてた。彼はその音だけに神経を集中して、ほかのことはなにも考えまいとした。とりわけ、突如として自分の生活が完全に破壊されてしまったことを考えまいとした。時刻は八時十五分だった。

レジー・ソーヤーは彼を勝手口から送りだすときも、依然として穏やかに笑っていた。ボニーのひきつったようにしゃくりあげる声が、彼の言葉の伴奏のようにひっきりなしに聞こえていた。「さあ。おとなしく通りを歩いて行くんだ。トラックに乗って町へ戻れ。十時十五分前にルーイストン発ボストン行きのバスがくる。ボストンでバスを乗りかえて、どこでも好きなところへ行っちまえ。そのバスはスペンサーズの前で停まる。そいつに乗るんだ。今度お前の姿を見かけたらかならず殺してやる。女房のことは心配しなくていい。もうおとなしくしている。二週間ばかりズボンをはいて長袖のブラウスを着なきゃならんだろうが、顔は痛めつけなかった。お前は体を洗ってまた男らしい気持に戻る前に、さっさとセイラムズ・ロットから出て行くんだ」

そしていま、彼はレジー・ソーヤーの命令通りにするためにこの道を歩いている。ボストンからどこか南のほうへ行くことにしよう。銀行に千ドル少々の預金がある。母親は口癖のように息子は倹約家だといっていた。電報を打ってその金を送ってもらえば、どこかで働き口を見つけて、今夜の屈辱を忘れるという何年がかりの大仕事にとりかかるまで、なんとか食いつないでいけるだろう――銃身の味、ズボンに包んだうんこの匂い、それを忘れるのは大仕事だった。

「こんばんは、ブライアントさん」

コーリーは思わずうっと声を漏らして、こわごわ闇に目をこらしたが、はじめはなにも見えなかった。風が木の枝をそよがせて、影が路上に踊っていた。突然彼の目は道路とカール・スミスの裏庭の間の石垣のそばに立つ、動かない影を認めた。その影は人間の形をしていた。しかしなにかが……なにかが……

「だれだ？」

「なんでも知っている友達ですよ、ブライアントさん」

人影は闇の中から出てきた。かすかな明りの中に、黒い口ひげと明るい目を持つ中年男の顔が浮かんだ。

「あなたは会社で酷使されていますね、ブライアントさん」

「どうしておれの仕事のことを知ってるんだ?」

「わたしはなんでも知ってますよ。知ることがわたしの仕事でね。煙草はいかが?」

「どうも」彼はさしだされた煙草をありがたそうに受けとって、口にくわえた。見知らぬ男がマッチをすったとき、その明りの中にスラヴ風の高い顴骨《かんこつ》と、青白い骨ばった額と、オールバックにした黒い髪が浮きあがった。やがてマッチが消え、コーリーは刺戟の強い煙を深々と肺に吸いこんでいた。それはスペイン煙草だったが、どんな煙草でもこのさいないよりはましだった。いくらか気持が落ち着いてきた。

「あんたはだれだい?」と、彼はあらためて質問した。

見知らぬ男は意外なほど太い、よく響く声で笑った。その声はコーリーの煙草のけむりのように微風にのって漂った。

「名前か！　まったく、アメリカ人は名前にこだわりますな！　わたしはビル・スミスというものですから車を一台買ってください、といった調子ですよ。名前がわからないと不安だとおっしゃるんなら、わたしはバーローです」そして男は目をきらきら輝かせながらまた大きな声で笑った。コーリーはわれ知らず口もとがほころぶのを感じて、ほとんどそれが信じられない思いだった。この男の黒い目に浮かぶ嘲笑的な上機嫌にくらべたら、自分の悩みなど取るに足らないもののように思えた。

「あんた、外国人だろう?」

「わたしは多くの土地に住みましたよ。しかしわたしにとって、この国は……この町は……外国人でいっぱいのようですな。わかりますか?」彼はふたたび哄笑を発した。ふと気がつくと、コーリーも釣りこまれて一緒に笑っていた。笑い声は強い圧力で彼の喉から押しだされて、遅発性のショックのために一段と高くなった。

「さよう、外国人ですよ」と、彼は続けた。「美しく、誘惑的な外国人、生気ではちきれんばかりで、血と生命力に満ちあふれている。あなたはこの国とこの町の人々がいかに美しいかを知っていますか、ブライアントさん？」

　コーリーはやや当惑して笑いでごまかした。しかし男の顔から目をそらさなかった。うっとりとその顔を眺めていた。

「この国の人々は飢えや欠乏を知らない。彼らがそれらに近いものを知っていたころからすでに二世代もたっているが、当時でさえ飢えや欠乏は遠い部屋で聞こえる声のようなものでしかなかった。彼らは悲しみを知っていると思っているが、それは誕生パーティで芝生の上にアイスクリームを落とした子供の悲しみでしかないのです。彼らにはその……英語ではどういいましたかな？　……そう、衰退というものがありません。たがいに威勢よく血を流しあっています。あなたはそれを信じますか？　理解できますか？」

「信じるよ」と、コーリーは答えた。見知らぬ男の目をじっとのぞきこむと、多くのすばらしいものが見えた。

「この国は驚くべきパラドックスです。ほかの国では、人間は毎日腹いっぱいになるまで食っていると、やがてぶくぶく太りだし……眠ってばかりいて……豚に似てきます。ところがこの国では、人は食えば食うほど攻撃的になるらしい。わかりますか？　ソーヤーさんがそのいい例ですよ。あれだけ御馳走があるのに、あなたが彼のテーブルからほんの少々くすねただけで物惜しみする。あれじゃ誕生パーティで、自分はもう食べられないのにほかの子供を押しのけようとする子供と同じですよ。そう思いませんか?」

「そうとも」と、コーリーは答えた。バーローの目はたいそう大きく、理解があった。それは要するに――

「釣合いの問題、でしょう?」

「そ、それだよ!」と、コーリーは叫んだ。男は彼のいいたかったことを、正確、適切かつ完璧な言葉で表現した。煙草がいつの間にか指の間から落ちて、路上でくすぶっていた。

「わたしはこういう田舎の町を素通りしてもよかったのです」と、見知らぬ男は回想にふけるような口調でいった。「この国のにぎやかな大都市のどこかに行ってもよかったのです」彼は急に体を直立させ、目を輝かせた。「しかしわたしが大都市のなにを知っているでしょうか? 通りを横切ろうとして馬車に轢《ひ》かれるか、汚れた空気を吸って窒息死するぐらいが関の山なのです。あるいはわたしにとって……どういうか……そう、都合の悪い事柄に関心を持つ、口先だけ達者で愚かなディレッタントどもと接触する結果になっていたでしょう。わたしのような田舎者が、たとえアメリカの都市であっても、大都市の内容空疎な洗練とどうやって対抗すればいいんです? そんなのは断じていやだ! わたしはこの国の都市に唾を吐いてやります!」

「そうだ!」と、コーリーが囁くようにいった。

「だからわたしはここにきました、かつてはその人自身も都会人だった、いまは亡きあるすばらしい人物から最初に教えられたこの町に。ここの人々はいまだに豊かで、多血質で、攻撃性と暗黒を多分にそなえている。この二つは必要欠くべからざる要素なのです……英語には適当な言葉がないが……ポコル、ヴルデルラク、エヤリクにとって、わかりますか?」

「わかるよ」と、コーリーは囁いた。

「ここの人々は母親から、大地から流れる生命力を、コンクリートとセメントの殻で切りはなしていないのです。彼らの手は生命の海に浸されています。彼らは力強く鼓動する生命をまるごと大地から切りとってきたのです。そうじゃないですか?」

「そ、そうだとも!」

見知らぬ男はやさしく笑ってコーリーの肩に手をかけた。「あなたはりっぱな青年です。美しく、強い青年です。この申し分のない町から出たくはないんでしょう?」

「出たくない……」と、コーリーは囁くような声でいったが、急に自信を失った。恐怖心がよみがえりつつあった。しかし、それは取るに足らないことだった。この男はたぶん彼を護ってくれるだろう。

「だったらあなたは町を出なくてもよいのです。永久に」

コーリーがその場に根をはやしたように震えながら立っていると、やがてバーローの顔が彼のほうに傾いてきた。

「そしてあなたは、ほかの人間が腹を空かしているのに自分だけ満腹した連中に復讐するのです」

コーリー・ブライアントは忘却の大河に沈んだ。その河は時間であり、河の水は血のように赤かった。

# 10

午後九時、病院の壁にとりつけられたテレビで土曜の夜の映画が始まったとき、ベンのベッドの横の電話が鳴った。スーザンからの電話で、声がひどく動揺していた。

「ベン、フロイド・ティビッツが死んだわ。ゆうべ独房で死んでたんですって。コディ先生は急性貧血症といっているけど、わたしはフロイドとデートしていたのよ！　彼はむしろ高血圧だったわ。だから陸軍は彼を採用しなかったのよ！」

「まあ、落ち着いて」ベンはベッドの上に起きあがりながらいった。

「それだけじゃないわ。ベンドにマクドゥガルという一家が住んでいるんだけど、そこで十カ月の赤ちゃんが死んだのよ。ミセス・マクドゥガルは精神科病院に収容されたわ」

「赤ん坊の死に方がどんなだったか聞いたかい？」

「母の話では、ミセス・エヴァンズがサンドラ・マクドゥガルの悲鳴を聞いて駆けつけ、プローマン老先生を呼んだんですって。プローマン先生はなにもいわなかったけど、ミセス・エヴァンズは赤ん坊のようすにおかしなところはなかった……死んでいたことを別にすれば、といっていたそうよ」

「そしてぼくとマットが、気のふれた二人が、たまたま病院のベッドに縛りつけられて町にいなかった」と、ベンはスーザンよりは自分にいい聞かせるように呟いた。

「まるで計画されたみたいだな」

「まだあるわ」

「なにが？」

「カール・フォアマンが行方不明なの。それにマイク・ライアースンの死体も消えてしまったわ」

「やっぱりそうか。もう間違いない。ぼくは明日ここから出るよ」

「そんなに急に退院させてくれるかしら？」

「だめだといっても退院するさ」と、彼は上の空でいった。心の中ではすでにほかのことを考えていた。「きみは十字架を持っているかい？」

「わたしが？」彼女はびっくりすると同時に少しばかり面白がっているようでもあった。「まさか」

「ぼくはふざけてなんかいないよ、スーザン――いまほど真剣だったことはないくらいだ。この時間にどこかで十字架を手に入れるあてはあるかい？」

「そうね、マリー・ボッディンがいるわ。あすこなら歩いても――」

「いかん。出歩いちゃだめだ。家から出ないほうがいい。木の棒を二本つなぎあわせるだけでもいいから、十字架は自分で作るんだ。そいつをベッドのそばにおいとくんだよ」

「ベン、わたしはまだこの話を信じていないのよ。たぶん自分を吸血鬼だと思いこんでいる頭のおかしな男が――」

「信じる信じないは勝手だが、とにかく十字架を作るんだ」

「でも――」

「作ってくれるね？　ぼくを安心させるためだけでもいい」

彼女はしぶしぶ答えた。「わかったわ、ベン」

「明日九時ごろ病院へきてくれるかい？」

「いいわ」

「オーケー。そしたら一緒に上へ行ってマットに報告しよう。それからきみとぼくとでジェームズ・コディ医師と会うんだ」

「彼に頭が変だと思われるわよ、ベン。それがわからないの？」

「わかっているつもりだが、夜になるとすべてが現実だという気がしてくるんだ、ちがうかい？」

「そうね」と、彼女は小声でいった。「その通りだわ」

なぜか彼はミランダのこと、ミランダの死のことを思いだした。オートバイが水溜りに突っこんでスリップする、彼女の悲鳴、彼自身の狼狽、横滑りする彼らの目の前に、トラックの側面が急速にふくれあがって近づいてくる。

「スーザン」

「なあに？」

「気をつけてくれ。頼むよ」

彼女が電話を切ったあと、彼は受話器を戻してドリス・デイとロック・ハドソン主演のコメディが始まったテレビを見た。裸で危険にさらされているような感じだった。十字架はなかった。視線がひとりでに暗い窓のほうへさまよった。遠い昔の、暗闇に対する子供っぽい恐怖が忍び寄ってきた。ドリス・デイが毛むくじゃらの犬をバブル・バスで洗ってやる場面を見ながら、不安な気持にとらわれた。

## 11

ポートランド郡の死体収容所は、グリーン一色のタイルばりの、冷たく清潔な部屋だった。床と壁は同じ中程度の濃さのグリーンで、天井はそれより明るいグリーンだった。壁にはバス・ターミナルの大型コイン・ロッカーのような正方形のドアがずらりと並んでいる。平行した長い蛍光管がそれらの上に冷たい光を投げかけている。いたって殺風景な装飾だが、ここのおとくいが文句をいったという話はまだ聞かない。

この土曜の夜十時十五分前に、二人の従業員がダウンタウンのバーで射殺された若い同性愛の男の死体を、シートでおおって運びこんできた。その夜彼らが受けいれた最初の死体である。ハイウェイでの死者は、ふつう午前一時から三時の間に運びこまれる。

バディ・バスコームは女の局所脱臭剤に関するフランス小話をしゃべっている最中に、急に口をつぐんでM－Zのロッカーの列に目をこらした。その列のドアが二つあいていた。

彼とボブ・グリーンバーグは、到着したばかりの死体をほったらかして、そのドアの前へ急いだ。バディが一つ目のドアの名札をたしかめ、ボブがつぎのドアの名札を見に行った。

ティビッツ、フロイド・マーティン

性別　男性
受付　一九七五年十月四日
検死予定　一九七五年十月五日
署名者　医学博士J・M・コディ

彼はドアの内側のハンドルをぐいと引いた。キャスターつきの台が音もなく滑りでた。死体が消えていた。

「おい！」と、グリーンバーグが呼びかけた。「からっぽだぜ！　いったいだれがこんないたずらを——」

「おれはずっとデスクにいた」と、バディがいった。「だれもこの中には入らなかったよ。絶対に嘘じゃない。きっとカーティの勤務時間中になくなったんだ。そっちの名前はどうなってる？」

「マクドゥガル、ランドル・フレイタスだ。このinf.というのはなんの略かな？」

「乳幼児《インファント》だよ」バディは緩慢な口調でいった。「やれやれ、こいつはまずいことになるぜ」

12

彼はなにかで目をさました。

闇の中にじっと横たわって、天井を見あげていた。

物音がした。なにかの物音。だが家の中は静かだった。

また音が聞こえた。爪でひっかくような音。

マーク・ペトリーが寝返りをうって窓のほうを見ると、肌は青ざめ、凶暴な赤い目をしたダニー・グリックが窓ごしに彼のほうをのぞいていた。口と顎になにか黒っぽいものがついていて、マークが自分のほうを見ているのに気がつくと、恐ろしく長く鋭くなった歯をむきだして笑いかけた。

「入れてくれ」と、囁くような声でいった。その言葉が闇の中を伝わって聞こえてくるのか、それとも幻聴にすぎないのか、マークにはわからなかった。

マークは自分がおびえていることに気がついた――心よりも前に体がそれを知っていた。ポファム・ビーチで筏《いかだ》から岸まで泳いで戻る途中、疲れて溺れそうになったときでも、いまほど恐ろしいとは思わなかった。いまだにあらゆる点で子供である彼の心は、一瞬のうちに自分のおかれた立場を正確に判断した。つまり彼は生命の危険以上の恐ろしい危険にさらされていた。

「入れてくれよ、マーク。きみと一緒に遊びたいんだ」

窓の外には、その恐ろしい存在がつかまるものがどこにもなかった。彼の部屋は二階にあって、窓のはりだしはなかった。それなのにそいつはなぜか空中に浮かんでいた――あるいは黒い昆虫のように、外側のこけら板にへばりついているのかもしれなかった。

「マーク……ぼくはとうとうきたんだ。頼むよ、マーク……」

わかってる。こっちが呼び入れなきゃ入ってこられないんだ。彼はそのことを雑誌で読んで知っていた。母親が息子の心を歪めたり傷つけたりするのではないかと心配しているあの怪奇雑誌で。

　彼はベッドから出たとたんにあやうく倒れそうになった。これがおびえなどという生易しいものではないと知ったのはそのときだった。いま彼が感じているものを表現するには、恐怖という言葉でも不充分だった。窓の外の青ざめた顔は微笑を浮かべようとしたが、あまりに長い間闇の中に横たわっていたために、笑い方を思いだせなかった。マークの目に映ったものは、ひきつったような渋面——血塗られた悲劇の仮面だった。

　しかし、目を見ればそれほど恐ろしくはなかった。目を見ればもうそれほどの不安はなくなり、窓をあけて「入れよ、ダニー」というだけでいいような気がした。そうすればダニーや彼の仲間たちと一体になれるから、もうちっともこわいことはない——

　いけない！　それが彼らの手なんだ！

　彼は窓から目をそむけた。そうするには意志の力のすべてを働かせなければならなかった。

「マーク、入れてくれ！　命令だ！　彼の命令なんだ！」

　マークはふたたび窓のほうへ歩きだした。それは抗しがたい誘惑だった。その声を否定する方法はなさそうだった。窓ガラスに近づくにつれて、反対側の邪悪な少年の顔がしきりにひきつり、渋面に変わった。土で黒く汚れた指の爪が窓をガリガリひっかいた。

　なにかほかのことを考えるんだ。早く！　早く！

「雨は」と、彼はしゃがれ声でいった。「スペインでは雨はおもに平野部に降る。彼はむなしく柱に拳《こぶし》を突きつけて、なおも幽霊を見たといいはる」

ダニー・グリックが彼に向かってしゅっ、しゅっと蛇のような声を発した。

「マーク！　窓をあけるんだ！」

「ベティ・ビターがバターを持ってきて――」

「窓だよ、マーク、彼の命令なんだ！」

「――ベティがいうにはこのバターは苦い《ビター》」

彼の抵抗は衰えつつあった。囁く声はバリケードを通して彼の心の中をのぞき、命令は絶対至上だった。マークの視線が机の上に散らばったモンスターどもの模型の上に落ちた。いまはそれらがひどくおとなしく、ばかげて見える――

彼の目がふと模型のディスプレーにとまり、わずかに見開かれた。

プラスチックの屍食鬼《ししょくき》がプラスチックの墓場を歩きまわっており、墓石の一つが十字架の形をしていた。

ただの一瞬も考え、迷うことなく（こういう場合に考えたり迷ったりするのは大人――たとえば彼の父親――であって、結局は思いとどまるだろう）、マークは十字架をさっと引き抜いて、しっかり握った手の中に丸めこみ、大きな声で叫んだ。「よし、そんなら入ってこい」

ダニーの顔に狡猾《こうかつ》な、勝ち誇ったような表情が拡がった。窓があき、ダニーが部屋に入りこんで二歩前に進んだ。彼の口から吐きだされる息はなんともいえないいやな匂いがした。それは納骨室の匂いだった。青白く冷たい両手がマークの肩におかれた。犬のように首をかしげ、めくれあがった上唇の下から白く光る犬歯をむきだした。

マークはプラスチックの十字架をさっと振りかざして、ダニー・グリックの頬に押しつけた。

この世のものとも思えない恐ろしい叫び……そして沈黙。それは彼の脳の廊下と心の部屋にこだましたにすぎなかった。グリックの姿をしたものの勝ち誇った笑いは、大きく口をあけた苦痛の渋面に変わった。青ざめた肌から煙が噴きだし、そいつがくるりと後ろを向いて、なかば跳びこみ、なかば転落するように窓から姿を消す直前のほんの一瞬、マークはその肉体が煙のように消えるのを感じた。

やがて、何事もなかったかのように、すべては終わった。

しかし、電気でも流れたかのように、十字架が一瞬強い輝きを放った。やがてその輝きは薄れ、彼の目の前に青い残像だけが残った。

床の軋《きし》る音にまじって、両親の寝室でスタンドをつけるスイッチの音がはっきりと聞こえ、続いて父親の声が聞こえた。「あれはいったいなんの音だ？」

## 13

二分後に彼の寝室のドアがあいたが、窓をしめてベッドにもぐりこむだけの余裕があった。

「マーク」ヘンリー・ペトリーが小声でいった。「起きてるのか？」

「うん」マークが眠そうに答えた。

「こわい夢でも見たのか？」

「そう……らしい。思いだせないけど」

「夢の中で叫んだかい？」

「ごめん」

「いや、べつに謝ることはないさ」父親はちょっとためらってから、いまよりはるかに世話が焼けはしたが、なにを考えているかわからない子供ではなかった小さいころの息子を思いだして、言葉を続けた。「水を持ってきてやろうか？」

「いや、いらないよ、パパ」

ヘンリー・ペトリーは部屋の中をちらと見まわした。目をさましたときのあの体が震えるような恐怖感——それはいまだに尾を引いていた——間一髪災難を逃れたような感じが、彼にはどうしても理解できなかった。見たところ、なにも変わったところはなかった。窓はしまっているし、椅子も倒れてはいない。

「マーク、どうかしたのか？」

「なんでもないよ、パパ」

「そうか……それじゃ、おやすみ」

「おやすみなさい」

ドアが静かにしまり、スリッパをはいた父親の足音が階段をおりて行った。マークは安心感と遅れてきた反動のせいでぐったりしていた。大人だったらこの時点でヒステリーの発作を起こしていただろう。マークよりわずか年下か年上の子供でもそれはありえただろう。しかしマークは、恐怖心がほとんど感知できない程度だが、徐々に薄れてゆくのを感じた。その感じは寒い日に泳いだあと、風で体が徐々に乾いてゆくのに似ていた。そして恐怖心が消えるとかわりに眠気が襲ってきた。

完全に眠りに入る前に、彼は大人の特質について考えていた——それを考えるのは今夜がはじめてではなかった。大人は恐怖を追いはらって眠りを呼びこむために、下剤や酒や睡眠薬をのむ。だいたいが彼らの恐怖というのはひどく平凡で世帯じみている。仕事や金のこと、ジェニーにもっとましな服を買ってやれなかったら先生はどう思うだろうか、女房はおれを愛しているだろうか、おれの友達はだれなのか、といったようなことばかりだ。それらは、あらゆる子供たちが大人に話してもわかってもらえる望みがないままに、暗いベッドの中で抱いて寝なければならない恐怖にくらべたら、まさに散文的としかいいようがない。毎晩のようにベッドの下や地下室にひそみ、目に見えないところを跳梁《ちょうりょう》して彼らをおびやかす怪物と戦わなければならない子供たちのためには、グループ療法も精神分析も地域の社会奉仕もない。くる夜もくる夜も同じ孤独な戦いを続けなければならず、唯一の療法はやがて訪れる想像力の骨化だけである。それが世にいう大人になることなのだ。

以上のような考えが、実際にはもっと短く、もっと単純な頭脳の速記術によって、彼の頭の中を通過した。その前の晩、マット・バークがこのような暗黒に直面し、恐怖による心臓発作に襲われた。今夜はマーク・ペトリーが同じ事態に直面したが、十分後には赤ん坊のガラガラのようにプラスチックの十字架を軽く握ったまま、すやすやと眠っていた。そこが大人と子供の違いだった。

# 第十一章　ベン（その四）

## 1

日曜の朝——明るく晴れた日曜の朝だった——九時十分過ぎ、ベンがスーザンの身の上を案じはじめた矢先に、ベッドの横の電話が鳴った。彼は急いで受話器を取りあげた。

「どなた？」

「わたしよ。いま上のマット・バークのところにいるの。彼がすぐにこっちへきてほしいといってるわ」

「どうしてまた、先にこっちへ——」

「さっきのぞいてみたのよ。そしたら子羊みたいに眠っていたわ」

「この病院じゃ大金持の患者に移植する内臓を盗むために、夜中に睡眠剤を服《の》ませるんだよ」と、彼はいった。「マットはどんなぐあい？」

「自分で見にきて」と彼女が答えて電話を切るよりも早く、彼は部屋着の袖に手を通していた。

## 2

マットはだいぶ元気そうで、ほとんど若返ったといってもよいほどだった。スーザンは明るいブルーのドレスを着てベッドのそばに坐っており、ベンが入って行くとマットが挨拶がわりに片手をあげた。「椅子を持ってきてくれ」

ベンはひどく坐り心地の悪い病院の椅子を引きよせて腰をおろした。「気分はどうです？」

「だいぶよくなったよ。まだ弱ってはいるが、だいぶいい。ゆうべ静脈注射が腕からはずされたし、今朝は割りおとし卵を食べさせてもらった。あれはうまいもんじゃないね。ま、老人ホームの下稽古というところかな」

ベンはスーザンにそっとキスをしながら、彼女の顔にとってつけたような落ち着きを見てとった。まるで細い針金で縛って、ばらばらになるのを食いとめているといった感じだった。

「ゆうべの電話のあと、なにか新しいニュースは？」

「わたしはなにも聞いてないわ。でも家を出たのは七時ごろだったし、日曜日はザ・ロットが目をさますのはそれよりもう少しあとになるわ」

ベンはマットに視線を移した。「三人でこの問題を話し合いたいんだけど、だいじょうぶかな？」

「ああ、だいじょうぶだと思うよ」と答えて、マットはかすかに身動きした。ベンが首にかけてやった金の十字架が、きらりと光って目についた。「そうそう、こいつをどうもありがとう。

金曜の午後ウルワースの特価品棚で見つけたんだが、これを身につけてるととても安心なんだ」

「病状はどんなです?」

「若いコディ先生は、きのうの午後遅くわたしを診察したとき、『安定した状態』といういやらしい言葉を使ったよ。心電図によればマイナー・リーグ級の発作で……凝血はないそうだ」彼は咳ばらいをして続けた。「あいつのおかげだとは思えないがね。なにしろ彼が定期検査をした一週間後に起きた発作だからね。誤診で訴えて医師免状を取りあげてやりたいくらいだよ」そこで急に言葉を切って、ベンの顔をじっと見つめた。「激しいショックによってこういう発作が起きることがよくあるそうだ。わたしは彼になにも話さなかったよ。それでいいんだろうね?」

「ええ。ただ、その後事態が進展したんです。スーザンとぼくは今日コディと会って、すべてを打ちあけるつもりです。彼がぼくの話を信用しないようだったら、あなたのところへよこしますよ」

「たっぷり叱言《こごと》をいってやるよ」と、マットは意地悪くいった。「あの鼻たれ小僧め、どうしてもパイプはいかんというんだ」

「金曜の晩以降ジェルーサレムズ・ロットで起こったことを、スーザンから聞きましたか?」

「いや、彼女がみんな集まってから話すというもんでね」

「その前に、あなたの家でなにがあったのかくわしく話してもらえませんか?」

マットの表情が曇り、一瞬見せかけの回復の仮面がはがれかかった。ベンは前の日眠っているところを見た老人の顔をふたたび見る思いだった。

「いま話したくないのなら――」

「いや、もちろん話すよ。わたしの考えていることのたとえ半分でも真実だとしたら、話す義務があるというものだ」彼は苦い笑いを浮かべた。「わたしはこれまでずっと自分のことをちょっとした自由思想家で、たいていのことでは驚かない人間だと思ってきた。ところが驚くべきことに、人間の心というものは、気に入らないこと、脅威と感じることを頑強に閉めだそうとするものだということがわかったよ。子供のころに遊んだ魔法の石板と同じだな。自分で描いた絵が気に入らないときは、シートを上に引きあげるだけで絵が消えてしまうという寸法さ」

「でも下の黒地には永久に消えない線が残るわ」と、スーザンがいった。

「そうだ」彼は彼女にほほえみかけた。「意識と無意識の相互作用についての美しい暗喩《あんゆ》だな。しかし」と、ベンのほうを見て、「きみはスーザンから一度この話を聞いたんだろう?」

「ええ、しかし――」

「いいんだよ。ただそれなら背景は省略してもいいと思っただけさ」

彼はほとんど抑揚のない、淡々とした口調で話しはじめた。途中一度、音のしないゴム底靴をはいた看護婦が入ってきて、ジンジャー・エールを飲むかどうかとたずねたときだけ話がとぎれた。彼は話し終わるとビニールのストローで休み休みジンジャー・エールを飲んだ。ベンは、マイクが後ろ向きになって窓から出て行くくだりで、マットの手に持ったグラスの氷がかすかに触れあって音をたてたことに気がついた。だが彼の声は震えなかった。疑いもなくふだん教室で授業をするときと同じ淡々とした、かすかに節をつけるような口調で話し続けた。ベンはあらためてマットを尊敬する気になった。

話し終わって短い沈黙が訪れたが、やがてマットが自分でその沈黙を破った。

「と、まあいうわけだ。自分の目でなにひとつ目撃していないきみとしては、この話をどう思うね？」

「そのことはきのう充分話し合ったんです」と、スーザンがいった。「ベンから聞いてください」

ベンはやや遠慮がちに、合理的な説明を一つずつ述べて、それを順に打ち消していった。家の外から取りつけられた網戸と、やわらかい地面と、梯子の跡が見当たらなかったことに触れたとき、マットは拍手を送った。

「ブラヴォー！　名探偵！」

マットはスーザンのほうを向いた。「ミス・ノートン、ハイスクール時代に建築用ブロックと漆喰《しっくい》のようながっちりした文章で、りっぱな作文を書いていたきみとしては、これをどう思うね？」

彼女はドレスのプリーツをおさえていた両手に視線を落とし、それからマットのほうを見た。

「きのうベンから信じられないという言葉について講義を受けたんです。だからその言葉は使わないことにします。でも、吸血鬼がセイラムズ・ロットを徘徊《はいかい》していることを信じろといわれても、わたしには無理ですわ、バークさん」

「秘密が洩れないような方法がとれるなら、わたしは嘘発見機テストを受けてもいいよ」

彼女はかすかに顔を赤らめた。「いいえ、誤解しないでください。この町でなにか異変が起こりつつあることはわたしも信じます。なにか恐ろしいことが……でも……まさか……」

彼は手をさしのべて彼女の両手をおおった。「わかってるよ、スーザン。ひとつわたしの頼みをきいてくれないかね？」

「わたしにできることなら」

「われわれ……三人の間では……これがすべて現実であるという仮定に立って話を進めることにしたいんだ。反証があがるまでは……その仮定を事実と考えることにしたい。いわゆる科学的方法というやつだよ。ベンとわたしはすでにこの仮定をテストするさまざまの方法や手段を話し合った。そしてこの仮定の誤りが立証されることを、だれよりもわたしがいちばん強く望んでいるのだ」

「でも、誤りが立証されるとは思っていないんでしょう？」

「そうだ」と、彼は静かに答えた。「自分自身との長い会話の結果、わたしはわたしなりの結論に達したよ。つまりわたしは自分の目で見たことを信じることにした」

「信じるとか信じないとかいう問題はひとまずおいときましょう」と、ベンが口をはさんだ。「それについてはまだ議論の余地があります」

「いいだろう。で、きみはどんな手順でやったらいいと思う？」

「そうだな、あなたは調査のまとめ役を引き受けてください。知識が豊富だからこの役目にぴったりでしょう。それにちょうど足を奪われた状態ときている」

パイプを禁止したコディの裏切り行為を述べたときと同じように、マットの目がきらりと光った。「図書館があいたらロレッタ・スターチャーに電話しよう。彼女ならきっと資料を手押車で運んできてくれる」

「今日は日曜です」と、スーザン。「図書館は休みですわ」

「なに、わたしが頼めばあけてくれるさ」

「この主題に少しでも関係のある資料を残らず集めてください。心理学、病理学、伝説、なんでも結構。わかりましたか？　あらゆる資料を洩れなくですよ」

「それを読んでノートをとるよ。ようし、やるぞ！」マットは二人の顔をみつめた。「病院で意識を取りもどしてからはじめて男らしい気分になれたよ。で、きみたちはなにをする？」

「まずコディと会います。彼はマイク・ライアースンとフロイド・ティビッツを診察している。彼を説得してダニー・グリックの墓を掘り起こさせることができるかもしれません」

「彼は承知するでしょうか？」と、スーザンがマットに質問した。

マットはジンジャー・エールを一口飲んでから答えた。「わたしが教室で教えたジミー・コディなら即座に承知するだろう。偽善的なもの言いの嫌いな、想像力に富んだ心の広い子供だった。その後大学の医学部でどう変わったかは知らんがね」

「そういうやり方は回りくどいような気がするんですけど」と、スーザン。「とりわけコディ先生に当たってみてにべもなく断わられる危険を冒すのは。それよりベンとわたしがマーステン館へでかけて行って、けりをつけてしまうのはどうかしら？　もともと先週はその予定だったんです」

「それはだめだ。ぼくたちはこれがすべて現実だという仮定に立って行動するんだから。きみはライオンの口に頭を突っこみたいのかい？」

「たしか吸血鬼は昼間は眠っているはずよ」

「ストレイカーがなんであれ、吸血鬼じゃないことはたしかだよ、昔からの言伝えが間違っているんでなきゃね。彼は昼間でもはっきり姿が見えている。結局なにもわからずに、不法侵入だとかなんだとかいわれて追い返されるのが関の山だ。へたをすると彼につかまって、暗くなるまで引きとめられるかもしれないよ。コミック・ブックの伯爵さまのお目ざめのおやつとしてね」

「バーローのこと？」

ベンは肩をすくめた。「そうとも。仕入れのためのニューヨーク行きなんて、あまりに話ができすぎていて信用できないよ」

目には納得できないような表情を浮かべたが、彼女はなにもいわなかった。

「コディが笑って取りあわなかったらどうするかね？」と、マットがきいた。

「そしたら日没時に墓地へ行きますよ。ダニー・グリックの墓を見張るために。まあこれはテスト・ケースといってもいいでしょう」

マットは枕によりかかった姿勢からなかば体を起こした。「くれぐれも用心してくれよ、ベン。約束してくれ！」

「わかりました」と、スーザンが答えた。「十字架をいっぱい首にかけて行きますわ」

「冗談をいってる場合じゃない。わたしと同じものをきみも見たとしたら――」マットは顔をまわして陽ざしを浴びたハンノキの葉と、その向うの秋晴れの空が見えている窓を眺めた。

「彼女はともかく、ぼくは冗談なんかいってませんよ。くれぐれも用心するつもりです」

「キャラハン神父に会いたまえ。彼から聖水と……できれば聖餅《せいへい》をもらうんだ」

「神父はどんな人物です？」

マットは肩をすくめた。「ちょっと変わっている。少々酒を飲みすぎるかもしれない。だが教養のある、礼儀正しい男だ。たぶんカトリック制度の束縛の下でやや苛立っているんだろう」

「キャラハン神父が……お酒を飲むってほんとですか？」と、スーザンがやや意外そうな面持できいた。

「断言はできないが、ブラッド・チャンピオンという教え子がヤーマスの酒場で働いていて、キャラハンがいつも酒を買いにくるといっていた。ジム・ビーム専門だそうだよ。なかなかいい趣味だ」

「彼は取りあってくれるでしょうか？」と、ベンがきいた。

「わからん。とにかく当たってみることだ」

「じゃ、あなたも彼を知らないんですか？」

「うん、よくは知らんよ。彼はニュー・イングランドのカトリック教会の歴史を書いていて、この国のいわゆる黄金時代の詩人たち――ホイッティアー、ロングフェロー、ラッセル、ホームズなどについてよく知っている。去年の終わりごろ、学校に呼んでアメリカ文学の講義をしてもらったよ。鋭い感覚の持主で――生徒たちにも人気があった」

「彼と会ってみますよ、そして自分で判断します」

看護婦が病室をのぞいて、うなずき、間もなく首に聴診器をかけたジミー・コディが入ってきた。

「お邪魔ですか?」と、彼は愛想よくいった。

「きみはけしからん男だよ」と、マットが答えた。「わたしのパイプを返してくれ」

「それはだめです」コディはカルテを見ながら上の空で答えた。

「やぶ医者め」

コディはカルテを元に戻して、頭上のカーテン・レールからCの字型にたれさがっているグリーンのカーテンをしめた。「お二人にはちょっと遠慮していただきましょう。頭のほうはどうです、ミアーズさん?」

「脳みそが洩れたようすはないですよ」

「フロイド・ティビッツが死んだことを知ってますか?」

「スーザンから聞きました。そのことで、できたら回診のあとでちょっと話がしたいんですが」

「よかったら回診の最後の患者として診察しましょう。十一時ごろどうですか?」

「いいですよ」

コディがふたたびカーテンを引いた。「それじゃ、ちょっと失礼して――」

「ではしばしのお別れだ」と、マットがいった。

ベンとスーザンはカーテンでベッドからさえぎられた。向う側でコディの声が聞こえた。

「今度くだらない冗談をいったら、その舌を引っこぬいて、前頭葉を半分切りとってやりますからね」

彼らは幸福の絶頂にあって、なんの憂いもない若いカップルのように、ふと顔を見合わせて笑った。が、その微笑はたちまちのうちに消えてしまった。一瞬、二人とも自分は気が変になってしまったのではないかと考えた。

3

ジミー・コディは十一時二十分にようやくベンの部屋にあらわれた。ベンはさっそく切りだした。「話というのは――」

「まず頭だ、話はそれからにしましょう」彼はベンの髪の毛をそっとかきわけて、頭の傷をのぞきながらいった。「ちょっと痛いよ」絆創膏《ばんそうこう》を剝がされて、ベンは思わずとびあがった。「でっかい瘤だ」コディは世間話でもするような口調でいいながら、やや小さめのガーゼで傷をおおった。

彼はライトでベンの瞳孔を照らし、ゴムのハンマーで左の膝を叩いた。これはマイク・ライアースンの死体を調べたときに使ったのと同じハンマーだろうか、とベンはぞっとしながら思った。

「申し分なさそうだ」彼は道具をかたづけながらいった。「きみのお母さんの結婚前の姓は？」

「アシュフォード」と、ベンは答えた。病院で意識を回復したときも同じことを質問されていた。

「小学校一年のときの担任は？」

「ミセス・パーキンズ。髪を染めていた」

「お父さんのミドル・ネームは？」

「マートン」

「めまいや吐気は？」

「ないです」

「いままで経験したことのない匂いや、見たことのない色や――」

「どれもありません。気分は上々ですよ」

「それを決めるのはぼくのほうだ」と、コディはしかつめらしくいった。「物が二重に見えることは？」

「この前サンダーバードのガロン入りを買ったときが最後です」

「よろしい。きみは現代科学の奇蹟と石頭のおかげでここに全快したことを宣言する。さて、いまきみの頭の中にあるのはどんなことかな？　ティビッツとマクドゥガルの赤ん坊のことだろうね、たぶん。ぼくにいえるのはパーキンズ・ギレスピーにいったことと同じことだよ。第一に、当局がこのことを新聞に伏せておいたことを感謝している。こういう小さな田舎町では、スキャンダルは百年に一度でたくさんだ。第二に、いったいどこのどいつがこんなまともじゃないことをやらかしたのか知りたいよ。町の人間がやったとは思えない。そりゃあ、この町にもいろいろおかしな人間はいるが――」

彼はベンとスーザンの狐につままれたような表情に気づいて、急に言葉を切った。「きみたちは知らないのか？　まだ聞いていないのかね？」

「聞いていないって、なにを？」と、ベンがいった。

「メアリ・シェリーの原作をボリス・カーロフが演じているような話さ。ゆうべポートランドのカンバーランド郡死体収容所から死体を二つ盗みだしたやつがいるんだよ」

「まあ！」スーザンの唇から、ぎごちなくこわばった声が洩れた。

「どうしたんだ？」コディが急に心配そうな顔をしてきいた。「なにか思い当たることでもあるのかい？」

「どうもそんな気がしはじめたよ」と、ベンが答えた。

4

すべてを話し終わったときは正午を十分まわっていた。看護婦が運んできたベンの昼食は、手つかずのままベッドの横におかれていた。

最後の一言が消えると、耳につくのは、半分あいたドアを通して聞こえてくる、同じ病棟の食欲旺盛な患者たちが使うグラスやナイフとフォークの音だけになった。

「吸血鬼か」と、ジミー・コディがいった。「しかもマット・バークがそんなことをいいだすとはね。そうなると笑いとばすだけでは済まされなくなる」

ベンとスーザンは沈黙を守った。

「そしてきみはぼくにグリックの子供の墓を掘り起こせという」彼はじっと考えこんだ。「まったくとんでもないことになったもんだ」

コディは鞄の中から壜を取りだして、ひょいと投げてやった。ベンがそれを受けとめた。

「アスピリンだよ。服《の》んだことはあるかい？」

「しょっちゅう服んでるよ」

「ぼくのおやじはよくアスピリンこそ良医の最高の看護婦だといっていた。アスピリンにどんな作用があるか知ってるかい？」

「いや」ベンはアスピリンの壜を眺めながら手の中でくるくる回した。彼はコディがどんな人間かよく知らないので、なにを口にだし、なにを隠しているかということまではわからなかったが、こういう面を――ノーマン・ロックウェルの挿絵風の子供っぽい顔を、思索と内省で曇らせたところを、患者にはめったに見せないだろうと確信した。彼はコディのそういったムードをかき乱したくなかった。

「ぼくにもわからない。だれもそんなことは知らないんだよ。しかし頭痛と関節炎とリウマチにはよく効く。だいたいこの三つの病気はいまだに正体がわかっていないんだ。なぜ頭が痛むのか？　脳には痛覚がない。アスピリンの化学構造がＬＳＤのそれに非常に似ていることはわかっているが、なぜ一方は頭痛をなおし、もう一方は頭の中を花でいっぱいにするのか？　それがわからない理由の一つは、脳とはどんなものかがまだよくわかっていないことなんだ。世界的な医学の権威でさえ、この点に関しては無知という大海の中の低い島に立っている状態だ。われわれは呪術の杖を鳴らして、鶏を殺し、その血からお告げを読みとっている。それが驚くほどよく効くんだ。要するに白い魔術だよ。ぼくがこんなことをいうのを聞いたら、ぼくを教えた医学部の教授たちは絶望して髪の毛をかきむしるだろう。ぼくがメイン州の田舎町で開業医になるつもりだといったとき、実際に髪の毛をかきむしった教授も何人かいたよ。ぼくがグリックの息子の死体発掘命令を要求しようとしていることを知ったら、彼らはそれこそ地面を転げまわってひきつけを起こすだろうな」

「ほんとにそうするつもりですか？」と、スーザンが率直な驚きを顔にあらわして質問した。

「いけないかい？　もしダニーが死んでいればそれまでだ。万一死んでいなければ、ぼくはこのつぎの全米医師会の総会をあっといわせるような発見をすることになる。郡検死官には流行性脳炎の徴候がないかどうかをたしかめるためだというつもりだよ。それ以外に相手を納得させる口実を思いつかないからね」

「流行性脳炎の可能性はあるかしら？」

「おそらく皆無だね」

「早ければいつごろ墓を掘れるかな？」

「早くて明日だ。あちこち説得してまわらなきゃならないようだと、たぶん火曜日か水曜日になるだろう」

「ダニーはどんなふうに見えるかな？　つまりその……」

「きみのいいたいことはわかるよ。グリック夫妻は防腐処理に反対したんだろう？」

「そうだ」

「もう一週間になるな？」

「うん」

「柩《ひつぎ》の蓋をあけると、ガスが噴きだして、相当いやな匂いがするだろう。死体はふくれあがっているかもしれない。襟足の髪の毛がのびて――髪の毛は死後もかなりの期間のび続けるんだ――爪も長くなっているだろう。眼球はまず間違いなく落ちこんでいるね」

スーザンは科学的態度で不快な表情をあらわすまいと努めたが、うまくゆかなかった。ベンは昼食に手をつけなかったことを感謝した。

「死体の急激な腐敗はまだ始まっていないだろう」コディはなるべく感情をこめずに話し続けた。「しかし土中の湿気が高いために、露出した頬や手に、おそらく苔のような――」彼は途中までいいかけてやめた。「すまん、あんまり気持のいい話じゃないようだね」

「腐敗よりもなお悪いことがあるかもしれない」ベンはできるだけ感情をまじえない声でいった。「かりにそういった徴候がまったく見当たらなかったら？　死体が埋葬された日と同じように自然に見えたとしたら？　そのときは、心臓に杭を打ちこむかい？」

「まさか。だいいち検死官か助手に立ち会ってもらう必要がある。いくらブレント・ノーバートでも、ぼくが診察鞄から杭を取りだして子供の死体に打ちこむのを、医者の仕事のうちとは思わないだろう」

「それじゃどうする？」と、ベンが興味津々できいた。

「マット・バークには悪いが、そういう事態は起こらないだろう。もしも死体がそのような状態を保っていたら、きっと調査のためにメイン州メディカル・センターへ運ばれることになるだろう。そしたらぼくは検査を暗くなるまでだらだら引きのばして……そこで起こるかもしれない現象を観察するさ」

「もしも死体が起きあがったら？」

「きみと同じで、そんなことが現実に起こり得るとは思っていないよ」

「ぼくはありえないことではないような気がしてきたよ」と、ベンは暗い表情でいった。「仮に死体が起きあがるとしてだが――そのときぼくもその場にいてもいいかな？」

「なんとか手配しよう」

「よし」ベンはベッドから出て、服がかかっている衣裳だんすのほうへ歩いて行った。「ぼくは――」

スーザンがくすくす笑ったので、ベンが振り向いた。「どうかしたのか？」

コディもにやにや笑っていた。「病院のパジャマはうしろがあきやすいんだよ、ミアーズさん」

「しまった」ベンは本能的にうしろへ手をのばして、パジャマを合わせた。「ベンと呼んでくれ」

コディが腰をあげた。「スーザンとぼくはこれをしおに退場するよ。人前に出ても恥ずかしくない恰好になったら、階下のコーヒー・ショップへきてくれ。午後からぼくたちのしなければならない仕事がある」

「というと？」

「グリック夫妻に脳炎うんぬんを話しておく必要がある。きみはなんならぼくの同僚に化けてくれ。なにもいわずにただ顎を撫でながら、なんでも知ってるような顔をしててくれればいい」

「彼らはいやがるだろうな？」

「きみならどうだい？」

「やっぱりいやだよ」

「発掘命令には彼らの承諾が必要なの？」と、スーザンが質問した。

「法律上はその必要はない。だが実際問題としては、たぶん必要だろう。死体発掘についてのぼくの唯一の経験は、医事法第二条に書かれていることだけだ。しかしグリック夫妻があくまで反対なら、彼らは公聴会を要求することができる。そうなると二週間から一カ月は遅れるし、公聴会でぼくの脳炎説を持ちだしてもおそらく通用しないだろう」彼は言葉を切って二人の顔をみつめた。「となればバークさんの話は別にして、いまぼくがいちばん心配している問題にぶつかってしまう。ぼくらのお目当ての死体で残っているのはダニー・グリックだけなんだ。ほかの死体は残らず煙のように消えてしまったからね」

## 5

ベンとジミー・コディは一時三十分ごろグリック家に着いた。トニー・グリックの車が私道に駐まっていたが、家の中はひっそりと静かだった。三度ノックしても答がないので、道路を横切って向かいの小さなランチ・スタイルの家へ行ってみた——片側を一対の錆びたジャッキで持ちあげた、一九五〇年代のみすぼらしいプレハブ建築の生き残りで、郵便受けにはディケンズという名前が出ていた。小径の脇にピンクのローン・フラミンゴが一羽立っており、小さなコッカー・スパニエルが近づいてくる彼らにしっぽを振った。

エクセレント・カフェのウェイトレス兼共同経営者のポーリーン・ディケンズは、コディが呼鈴を鳴らしてしばらくたつとドアをあけた。彼女は店の制服を着ていた。

「やあ、ポーリーン」と、ジミー・コディがいった。「グリックさんたちはどこにいるか知ってるかい？」

「あら、知らないいんですか？」

「知らないって、なにをだい？」

「奥さんが今朝早く亡くなったのよ。トニー・グリックはメイン州立中央総合病院に入院したわ。ショックでね」

ベンはコディの顔を見た。ジミーは腹を蹴られたような顔をしていた。

ベンが急いでたずねた。「奥さんの遺体はどこへ運ばれたのかね？」

ポーリーンは両手を腰に当てて、制服が曲がっていないかどうかをたしかめた。「一時間前にメイベル・ワーツと電話で話したんだけど、パーキンズ・ギレスピーがカンバーランドのユダヤ人がやっている葬儀屋へ運んで行ったそうよ。カール・フォアマンが行方不明なんですってさ」

「ありがとう」と、コディがゆっくり礼をいった。

「ほんとに恐ろしいわ」彼女は通りの向うの無人の家に目を向けた。トニー・グリックの車は鎖につながれて捨てられた埃だらけの大きな犬のように、私道に駐車していた。「わたしが迷信深い人間だったら、心配でじっとしていられないところよ」

「なにが心配なんだ、ポーリーン？」と、コディがきいた。

「それは……いろんなことがよ」彼女はあいまいに笑った。指先が首にかけた細い鎖に触れた。その先に聖クリストファーのメダルがぶらさがっていた。

6

彼らはふたたび車の中に戻って、仕事にでかけるポーリーンを無言で見送った。

「さて、どうする？」と、ようやくベンがいった。

「お手上げだな。カンバーランドのユダヤ人の葬儀屋はモーリー・グリーンという男だ。これからカンバーランドまで足をのばさなきゃならんだろうな。九年前にグリーンの息子がセバーゴ・レークで溺れかけたことがあった。たまたまぼくがガール・フレンドと一緒にその場に居合わせて、人工呼吸をほどこしてやった。それで子供は息を吹きかえしたんだ。今度はぼくがだれかの善意を当てにしなきゃならない番だろうな」

「そんなことをしてなんになる？　検死官は解剖だか死体検査だかのために遺体を運んでいったんじゃないのかね？」

「それはどうかな。今日は日曜だよ。検死官はロック・ハンマーを持って森へでかけているだろう——彼はアマチュア地質学者なんだ。ノーバートは——きみはノーバートをおぼえているかい？」

ベンがうなずいた。

「ノーバートが電話の前で待機することになっているんだが、あいつは当てにならないからな。たぶんパッカーズとペイトリオッツの試合をゆっくり見られるように、受話器をはずしているだろう。だからいまモーリー・グリーンの葬儀屋へでかけて行けば、日が暮れるまで遺体が放置される可能性は充分にある」

「よし。でかけよう」

ベンはキャラハン神父に電話する予定だったことを思いだしたが、このさいそれはあとまわしにすることにした。いまや事態は急速に進展しつつあった。あまりに速すぎて、空想と現実が一緒くたになってしまうほどだった。

## 7

彼らはそれぞれの思いにひたりながら、ターンパイクに出るまで無言で車を走らせた。ベンはコディが病院でいったことを考えていた。カール・フォアマンの行方不明。フロイド・ティビッツとマクドゥガルの赤ん坊の死体の消失——死体収容所の従業員二人の目の前で煙のように消えてしまったのだ。マイク・ライアースンも消えてしまったし、ほかにもまだ行方不明者がいるかもしれない。いったいセイラムズ・ロットの住民の何人が姿を消して、しかも一週間……二週間……あるいは一カ月もの間、だれもそのことに気づかずにすごしてきたのだろうか？　二百人？　それとも三百人？　それを考えると、彼の掌にじっとり汗がにじんだ。

「ぼくにはこれが誇大妄想狂の夢かゲイハン・ウィルスンの漫画のような気がしてきたよ」と、

ジミーがいった。「この事件でいちばん恐ろしいのは、学問的見地からすれば、吸血鬼のコロニーが比較的容易に建設されうるという点だ――あくまでも吸血鬼説を受けいれたうえでの話だけどね。この町はポートランドとルーイストンとゲイツ・フォールズのベッド・タウン的性格を持っている。町にはこれといった産業がないから、会社や工場の欠勤者の増加が目立つということもない。学校は三つの町の合同だから、欠席者がふえてもだれも気がつかない。カンバーランドの教会へ行く人間は多いが、行かない人間のほうがそれ以上に多い。それにテレビが昔ながらの隣近所の寄合いを追放してしまい、顔を合わせるのはミルトの店にたむろして油を売る連中だけだ。つまりだれも気がつかないうちに吸血鬼の集団がどんどんふくれあがってゆくおそれがあるということだ」

「そうだ。ダニー・グリックがマイクを汚染し、マイクが……よくはわからないが、たぶんフロイドを汚染する。マクドゥガルの赤ん坊は……父親か、それとも母親か？　彼らはどうなっているだろう？　だれか調べてみたのかな？」

「ぼくの患者じゃないからね。たぶんプローマン先生が今朝彼らの家へ行って、息子の死体が消えたことを知らせているだろう。だが彼が実際にマクドゥガル家へ行ったかどうか、もし行ったとして彼らと接触したかどうか、ぼくには知りようがないんだよ」

「彼らを調べてみる必要があるね」と、ベンがいった。居ても立ってもいられないような気分だった。「下手をするとわれわれは自分のしっぽを追いかけることになりかねない。外部の人間が車でザ・ロットを通りかかっても、全然変わったところはない。九時には歩道に人影がなくなるありふれた田舎町だ。しかし家々の中やカーテンのかげでなにがおこなわれているか、いったいだれにわかる？　人々はベッドに横たわって……あるいは箒《ほうき》のように押入れの中に立てかけられて……あるいは地下室で……日が暮れるのを待っているかもしれない。そして一夜明けるたびに……路上に姿をあらわす人間の数がへってゆく。それが毎日繰りかえされるのだ」彼は唾を呑みこんだ。喉が乾いた音をたてた。

「まあ落ち着けよ」とジミーがいった。「まだなにも証明されたわけじゃないんだ」

「証拠はどんどん積み重なっている」と、ベンが反論した。「もしこれがわかりきった事実なら、たとえばチフスかＡ２型インフルエンザが発生したのなら——町はとっくに隔離されているところだよ」

「それはどうかな。きみは実際になにかを見た人間がたった一人しかいないということを忘れたがっているよ」

「しかしその一人は、酔っぱらってでたらめをいうような人間じゃない」

「こんな話が広まったら彼は磔《はりつけ》にされてしまうだろう」

「だれに？　ポーリーン・ディケンズにじゃないことはたしかだろうな。彼女はドアに魔除けの印を打ちつけそうなようすだったぜ」

「ウォーターゲートと石油ショックの時代にあっても、彼女だけは例外だよ」と、ジミーがいった。

彼らはそのあと黙々として車を走らせた。グリーン葬儀社はカンバーランドの北のはずれにあって、裏手の、宗派を問わない礼拝堂の裏口と高い板塀の間に、二台の霊柩車が駐まっていた。ジミーがエンジンを切ってベンを見た。「覚悟はいいかい？」

「たぶん」
彼らは車からおりた。

8

彼女の反発心は午後になってますますつのる一方で、二時ごろにはついに忍耐の限界を超えた。彼らは愚かにも、おそらくはくだらない妄想でしかないことを（ごめんなさい、バークさん）証明するために、回り道をしている。スーザンはいますぐ、今日の午後マーステン館へ行ってみる決心をした。

彼女は階下へおりてハンドバッグを取りあげた。アン・ノートンはクッキーを焼いており、父親は居間のテレビでパッカーズ対ペイトリオッツ戦を見ていた。

「どこへ行くの？」と、ミセス・ノートンがたずねた。

「ちょっとドライヴに行ってくるわ」

「夕飯は六時よ。間に合うように戻ってらっしゃい」

「遅くとも五時には戻るわ」

彼女は外に出て、自分の持物の中でいちばん自慢にしている車に乗りこんだ——自慢の理由は、それがはじめて持った専用の車だからではなく（彼女の専用ではあったが）、自分の働きで、自分の才能で得た金で買った（まだ支払いが六回残ってはいるけど、と彼女は但書きをつけた）車だからだった。ヴェガ・コンヴァーティブルで、もうすぐ二年になる。ガレージから慎重にバックで出して、台所の窓からのぞいている母親にひょいと片手をあげた。二人の間の溝は、おたがいに口にこそださないが、まだ埋まっていなかった。ほかの親子げんかは、どれほど激しいものであっても、時がたてば解決した。ふだんの生活は坦々と続き、日々の包帯の下に傷口を隠して、またつぎの争いが持ちあがり、古い不平不満がほじくりかえされてトランプ・ゲームの高得点のようにいちいちかぞえあげられるまでは、包帯がふたたび剝ぎとられることはなかった。しかし今度のけんかだけは違っていた。それは全面戦争だった。この傷は包帯ではとうていおおいきれなかった。残るは切断手術しかなかった。彼女はすでに所持品の大部分を荷造りして、家出の準備をしていたが、自分のしていることは正しいという確信があった。むしろ遅すぎたくらいだった。

ブロック・ロードに沿って車を走らせながら、わが家が背後に遠ざかってゆくにつれて、満足感と断固たる決意がしだいに高まるのを感じた。自分はいま積極的に行動しようとしているという考えが、彼女を元気づける作用をした。直情径行型の彼女は、週末のさまざまな出来事に当惑し、海を漂っているようなはがゆい気分だった。これからはいよいよ船を漕ぎはじめるのだ！

町の境界を越えたところで道ばたに車を停めて、カール・スミスの西の牧場に入り、冬にそなえて赤いペンキを塗ったスノー・フェンスが丸めてある場所まで歩いて行った。ばかばかしいという思いがつのり、思わず笑いだしながら、一本の杭に手をかけて、ほかの杭と結んでいるやわらかい針金がぷつんと切れるまで前後に揺り動かした。杭は長さが三フィートほどで、先が尖っていた。それを持って車に戻り、バックシートにおいた。頭ではそれをなにに使うのかわかっていても（ダブル・デートでドライヴ・イン・シアターにでかけて、ハマー・プロの映画をたくさん見ていたので、吸血鬼の心臓に杭を打ちこむことぐらいは知っていた）、万一その必要が生じたときに人間の胸に杭を打ちこむことが、はたして自分にできるかどうかとは考えもしなかった。

それからまた車を走らせて、カンバーランドの町に入った。左手に日曜日でも開いている小さな雑貨店が見えてきた。いつも父親がサンデー・タイムズを買っている店だった。スーザンはカウンターの横の、安物の装身具を並べた小さなディスプレー・ケースを思いだした。

彼女はタイムズを買い、それから小さな金の十字架を買った。代金は両方で四ドル五十セントだったが、太ったレジ係はジム・プランケットが活躍するテレビのフットボール試合に夢中で彼女のほうを見向きもせずに金を受けとった。

彼女は北に折れて、アスファルトで新しく舗装したばかりの二車線のカウンティ・ロードに入った。明るい午後の日ざしの中であらゆるものが生気潑剌《はつらつ》として見え、生きることがたいそう貴重に思えた。彼女の思いはそのことから一転してベンに移った。それはほんの短い距離だった。

太陽がゆるやかに流れる積雲のかげから顔をのぞかせて、頭上にはりだした木々の間からさしこみ、路上に明るい光と影の縞模様を織りなした。こういう日はきっとハッピー・エンドが訪れそうな気がする、と彼女は思った。

カウンティ・ロードを五マイルほど行ったところで、ブルックス・ロードに入った。この道は、ふたたび町の境界線を越えてセイラムズ・ロットに入ると、まだ舗装されていなかった。

道は町の北西の深い森林地帯を通って、のぼったりくだったり、くねくね曲がったりし、午後の明るい日ざしもほとんどさしこまなかった。そのあたりには家もトレーラーもまったく見当たらなかった。この土地の大部分を所有するのは、客に自社製のトイレット・ペーパーを押しこまないようにと注意することで有名な製紙会社だった。道ばたには百フィート間隔で禁猟と立入禁止の札が立っていた。ごみ捨場に通じる分れ道を通過するとき、かすかな胸さわぎが彼女を襲った。この陰気な道を走っていると、漠とした可能性もしだいに現実的に思えてくるのだった。ふと気がつくと——これがはじめてではなかったが——まともな人間なら持主が自殺した幽霊屋敷を買って、昼日中から窓の鎧戸《よろいど》をぴったり閉ざしておくはずはない、などと考えていた。

　道は急にくだりになり、やがてマーステンズ・ヒルの西側の急勾配《こうばい》の坂にさしかかる。木の間隠れにマーステン館の屋根のてっぺんが見えた。

　坂をおりきったところにある、いまは使われていない森の道の入口に車を停めて、外におり立った。一瞬ためらってから、用意した杭を取りだし、十字架を首にかけた。われながら滑稽だと思ったが、だれか知っている人間が車で通りかかって、スノー・フェンスの杭を手に持って坂をのぼって行く彼女を見たら、おそらくその倍も滑稽だと思ったことだろう。

やあ、スージー、どこへ行くんだい？

ちょっとマーステン館まで、吸血鬼を殺しにね。でもお夕飯が六時だから急がなきゃならないの。

　そこで、彼女は森の中を通って近道をすることにした。

側溝の崩れかけた石垣を用心深く跨《また》ぎながら、スラックスをはいてきたことを感謝した。恐れを知らぬ吸血鬼殺しにふさわしいオート・クチュールというところだわ。森の中に入りこむ前から、早くも厄介なイバラや倒木が行手をはばんでいた。

松林の中は少なくとも十度は気温が低く、暗さも一段と増した。地面には針葉樹の枯葉が散り敷き、風が木々の梢を鳴らして吹き抜けた。どこかで小さな動物が下生えをがさごそ鳴らして逃げだす音が聞こえた。ふと、いま左に折れれば、せいぜい半マイル歩いただけでハーモニー・ヒル墓地に達することに気がついた。墓地のうしろの塀を乗り越えるだけの身軽さが彼女にあればの話だが。

彼女はできるだけ音をたてないようにしながら、苦労して斜面をのぼって行った。丘の頂に近づくにつれて、しだいに密度を増してゆく枝を通して、マーステン館の建物が――下の町からはふだん見えない側が――ちらほら見えてきた。彼女は急に心配になった。なにが心配なのか理由ははっきりせず、その点ではマット・バークの家で感じた（そしていままではほとんど忘れていた）不安と同じ性質のものだった。彼女の足音を聞きつける人間はだれもいないはずだし、おまけにいまは真昼間だった――しかし不安はまぎれもなくそこにあって、しだいに重くのしかかってきた。それは彼女の脳の、ふだんは沈黙したままの、そしておそらくは盲腸のように退化した部分から、意識の中へこんこんと湧きでてくるように思われた。さきほどまでの満足感はすでになかった。遊び半分の気持も、断固たる決意も、すでになかった。彼女はドライヴ・イン・シアターで見た映画のことを考えていた。そこではヒロインが、年老いた気の毒なミセス・コーバムをおびやかしたものの正体を見とどけるために、勇を鼓して狭い屋根裏の階段をあがって行く。あるいは壁がざらざらしてたっぷり湿気を含んだ、子宮の象徴のような蜘蛛《くも》の巣だらけの地下室へおりて行く。そして彼女は、デートの相手の腕に安心しきって抱かれながら、なんてばかな女なの……わたしだったらあんなことしないわ！　などと考えている。ところがいま彼女は映画のヒロインと同じことをしようとしている。人間の大脳と中脳の間の溝がいかに深くなってしまったかを、彼女はいまにしてはじめて理解した。大脳は、物質構造においては鰐《わに》の脳と酷似したこの本能を司る部分から発せられる警告にもかかわらず、あくまでも人を駆りたててやまない。大脳によってとめどもなく駆りたてられた結果、人は屋根裏のドアをあけて、にたにた笑っている怪物を見いだしたり、地下室の奥まった部分をのぞいて——

**止まれ！**

思考の流れがぷっつりとぎれ、ふと気がつくと全身汗びっしょりになっていた。ただ鎧戸を閉ざしただけのありふれた家を見ただけなのに。ばかなことを考えるのはよしてよ、と自分にいいきかせた。丘をのぼって行ってあの家のようすを探るだけじゃないの。あの家の前庭からは自分の家だって見えるわ。自分の家が見える場所でいったいどんな恐ろしいことが起こるっていうの？

にもかかわらず、彼女は少し前かがみになって、杭を握りしめた手に一段と力をこめ、やがて木々がまばらになって身を隠すところがなくなると、地面に四つんばいになって匍匐《ほふく》前進をはじめた。三、四分後には身を隠したまま進めるぎりぎりのところまで進んでいた。松林とまばらな杜松《ねず》の木立が終わる直前のその場所からは、建物の西側と秋になって花の散ったスイカズラの蔓が見えた。夏草は黄色く枯れていたが、まだ膝丈までのびていて、一度も刈った形跡はなかった。

突然静寂を破ってエンジンの音が響き、心臓が口からとびだしそうになった。地面に指を突きたて、下唇を強く嚙んでかろうじてこらえた。間もなく一台の古い黒塗りの車がバックで視界にあらわれ、私道のはずれでいったん停まってから、方向を変えて道路に出ると、町のほうへ走りだした。車が視界から消える前に、彼女はその男の顔をはっきりと見た。大きな禿頭、ぽっかり穴があいたようにしか見えないほど深く落ちくぼんだ目、黒いスーツの襟。ストレイカーだった。たぶんクロッセンズへでも買物にでかけるのだろう。

鎧戸の大部分は小割板のきれはしだった。ようし。こうなったらこっそり忍び寄って隙間から中をのぞいてやるわ。改修の最初の段階にある家が、塗りかけの新しい漆喰が、新しい壁紙が、大工道具や梯子やバケツが見えるだけかもしれない。テレビのフットボール試合と同じで、さぞかしロマンティックで超自然的な眺めだろう。

だが、依然として不安は去らなかった。

それは突然ふくれあがり、感情が論理と理性を圧倒して、金気《かなけ》くさいいやな味が口中に拡がった。

そして、その手が自分の肩にかかる前から、彼女は背後にだれか人のいることを直感していた。

# 9

あたりはほぼ暗かった。

ベンは木製の折りたたみ椅子から腰をあげ、窓ぎわに近づいて葬儀屋の裏の芝生を眺めたが、これといってなにも見えなかった。時刻は七時十五分前で、夕方の影が長く尾を引いていた。秋も深いのに草はまだ緑を保っており、思慮深い葬儀屋は、草がすっかり雪におおわれてしまうまで、丹精こめて緑が消えないようにしているのだろう、と彼は思った。一年のうちの死の季節のさなかにも生命が続くという象徴。彼はその考えにむしろ味気なさをおぼえて、芝生から目をそむけた。

「煙草が欲しいところだな」と、彼はいった。

「煙草は気持を静める」と、ジミーが振り向きもせずにいった。彼はモーリー・グリーンのソニーの小型テレビで、日曜の夜の野生動物を扱った番組を見ているところだった。「実はぼくもそう思っていたところだよ。十年前に公衆衛生局の医務長官が煙草の害を説いたときに禁煙してしまった。ところがいまでも目がさめるとナイト・テーブルの煙草に手がのびるんだよ」

「じゃ、まだ完全にはやめていないのか?」

「いや、アルコール依存症患者が台所の棚にスコッチの壜をおいておくのと同じ理由で、煙草を手もとにおいておくんだよ。意志の強さを試すためさ」

ベンは壁の時計を見た。六時四十七分。モーリー・グリーンの日曜新聞には、日没が東部標準時の七時二分と出ていた。

ジミーはすべてを手際よくやってのけた。モーリー・グリーンは小柄な男で、ボタンをはずした黒いチョッキにオープン・カラーの白いシャツという恰好で彼らを迎えた。きまじめな、警戒するような表情が、ジミーの顔を見たとたんに歓迎の微笑に変わった。

「こんにちは《シャローム》、ジミー！」と、彼ははずんだ声でいった。「ようこそ！　しばらくだったね」

「人類を風邪から救うのに忙しくてね」ジミーはグリーンと握手をかわしながら笑って答えた。「ぼくの親友を紹介するよ。モーリー・グリーン、こちらはベン・ミアーズだ」

ベンの手がグリーンの両手に暖かく包みこまれた。黒縁の眼鏡の奥で目がきらりと光った。

「ようこそ、ジミーの友達なら大歓迎ですよ。さあさ、どうぞ。いまレーチェルに電話して――」

「構わないでくれ」と、ジミーがいった。「実はあんたに頼み事があってきた。ちょっと厄介な頼みなんだ」

グリーンはジミーの顔を注意深くみつめた。「ちょっと厄介な頼みか」と、からかうような口ぶりでいった。「水くさいじゃないか。あんたのおかげで息子はノースウェスタン大を三番で卒業したんだよ。なんでもいってくれ」

ジミーは顔をあからめた。「ぼくは当り前のことをしただけだよ、モーリー」

「そのことであんたと議論するつもりはない。なんでもいってくれ。あんたとミアーズさんはどんなことで困っているのかね？　事故でも起こしたのか？」

「いや。そんなことじゃないんだよ」

彼は二人を礼拝堂の奥の小さな台所へ案内し、話を聞きながら電熱器にかけたでこぼこの古ぼけたポットでコーヒーを沸かした。

「ノーバートはミセス・グリックの遺体を見にきたかい?」とジミーが質問した。

「いや、音沙汰なしだね」モーリーはテーブルに砂糖とクリームをおきながら答えた。「あいつのことだから今夜十一時ごろにやってきて、わたしがここにいないことを不思議がるだろう」それからふっと溜息をついて、「気の毒に。一軒の家にこうもたてつづけに不幸が訪れるとはね。彼女はきれいな死顔をしているよ、ジミー。おいぼれ医者のリアドンが遺体を運んできたが、彼女はあんたの患者かね?」

「いや。しかしベンとぼくは……今夜彼女の遺体に付き添ってやりたいんだよ、モーリー」

グリーンはコーヒー・ポットにのばしかけた手を止めた。「遺体に付き添うって? なにか検査でもしようというのかね?」

「いや。ただ付き添うだけだよ」

「冗談をいってるのかね?」グリーンは二人の顔をしげしげと見た。「いや、そうでもないらしい。どうしてまたそんなことを?」

「理由はいえないんだよ、モーリー」

「そうか」彼はコーヒーを注ぎ、彼らと一緒に腰をおろして一口飲んだ。「ちょうどいい濃さだ。おいしい。彼女は伝染病かなにかで死んだのかね?」

ジミーとベンは目を見かわした。

「ふつうの意味での伝染病じゃない」と、やがてジミーがいった。

「あんたはこのことを内緒にしておきたいんだね？」

「そうなんだ」

「もしもノーバートがやってきたらどうする？」

「ノーバートならぼくがうまく丸めこむよ。リアドンに伝染性脳炎がないかどうかを調べてくれと頼まれたとでもいって。彼ならわざわざたしかめたりはしないだろう」

グリーンがうなずいた。「ノーバートはだれかにきかれでもしないかぎり、時計だってたしかめるやつじゃないからね」

「じゃ、いいんだね、モーリー？」

「いいとも。たしか厄介な頼みだといったようだったが」

「たぶんあんたが考える以上に厄介な頼みなんだよ、これは」

「わたしはコーヒーを飲み終わったら家へ帰る。レーチェルのやつが日曜の晩飯にどんなひどい御馳走を作って待っているかな。鍵はここだ。帰るときに鍵をかけてってくれ、ジミー」

ジミーは鍵を受けとってポケットにしまった。「そうするよ。ありがとう、モーリー」

「いいんだよ。そのかわりわたしの頼みもひとつきいてくれ」

「いいとも、なんだい？」

「死人が口をきいたら、後世のためにそれを書きとめておいてくれ」彼はくっくっと笑いだしたが、二人の真剣な表情に気づいて急に笑いをとめた。

# 10

七時五分前。ベンは全身に緊張感がみなぎるのを感じた。

「時計を見るのはやめたほうがいいよ」と、ジミーがいった。「いくら見たって時間のたつのが速くなるわけじゃないからな」

ベンはうしろめたそうに相手の顔を見た。

「吸血鬼どもは――かりに実在するものとしての話だが――きっかり暦の上の日没と同時に起きあがるとは思えない」と、ジミーが続けていった。「日が沈んでもすぐに真暗闇にはならないからね」

にもかかわらず、彼は立ちあがってテレビのスイッチを切った。野鴨の鳴き声が途中でぷっつり切れた。

静寂が毛布を拡げたように部屋をおおった。そこはグリーンの仕事部屋で、マージョリー・グリックの遺体が排水管や作業台を上下させるペダルのついたステンレス・スチールのテーブルに横たわっていた。ベンは病院の分娩室にあるベッドを連想した。

ジミーはこの部屋に入ると同時に遺体のシートをめくって、簡単な検査をすませていた。ミセス・グリックはワイン・カラーのキルティングの部屋着を着て、毛糸の室内ばきをはいていた。左の向う脛に救急絆創膏が貼ってあった。たぶん脚の毛を剃ったときの剃刀《かみそり》傷だろう。ベンは何度そこから目をそらしても、またいつの間にか吸い寄せられるように視線を戻してしまうのだった。

「どう思う？」と、ベンが質問した。

「あと三時間待てばおそらく結論が出るんだから、軽々しく断定したくはないが、マイク・ライアースンと非常によく似た状態だといえる——つまり皮膚は土気色を呈していないし、初期硬直も見られない」そしてシートをかけなおすと、彼はそれ以上なにもいわなかった。

七時二分。

だしぬけにジミーがきいた。「きみの十字架はどこにある？」

ベンは驚いて相手の顔をみつめた。「十字架？　しまった、持ってこなかったよ」

「きみはボーイ・スカウトの経験がないらしいな」ジミーは診察鞄をあけた。「ぼくはいつでも用意がいいんだよ」

彼は舌圧子《ぜつあつし》を二本取りだして、セロファンの滅菌カバーをはがし、赤十字テープを使って直角に結びつけた。

「こいつを浄《きよ》めるんだ」

「なんだって？　ぼくにはできないよ……やり方を知らないんだ」

「だったら適当にやれよ」ジミーの感じのよい顔が急に心配そうに曇った。「きみは作家だろう、だったら精神の領域はお手のもののはずだ。とにかく急いでくれ。なにか起こりそうな気がしてならない。きみもそう感じないか？」

ベンにもそれは感じられた。徐々に濃くなってゆく紫色の夕闇の中で、なにかがふくれあがってゆくようだった。まだ目には見えないが、どっしりと重く、電気を帯びたようななにかが。

口がからからに乾いて、唇を湿さないと声も出なかった。

「父と子と精霊の御名において」とベンはいい、思いだしたようにつけくわえた。「それから聖母マリアの御名において。この十字架を浄めたまえ、そして……そして……」

突然、言葉が不気味なほどすらすらと口をついて出るようになった。

「主はわが羊飼いなり」言葉は、石ころが深い湖に落ちて小波《さざなみ》ひとつ立てずに沈んでゆくように、暗い部屋の中に沈んでいった。「われは欲せず。主はわれを緑の牧場に横たえ、静かなる水のほとりに導き、わが魂を癒《いや》したもう」

ジミーの声が唱和した。

「主はその御名において正しき道にわれを導きたもう。われは死の影の谷を歩めども、いかなる悪をも恐れず――」

しだいに息苦しくなってくるような気がした。ふと気がつくと、ベンの全身が鳥肌立ち、うなじの短い髪の毛が逆立つかのようにちくちくしはじめていた。

「主はその鞭《むち》と杖によりてわれを慰める。わが敵を前にしてわがために食卓をととのえ、油によりてわが頭を洗い清め、わが杯になみなみと注ぎたもう。かならずや慈愛と慈悲は――」

マージョリー・グリックの遺体をおおうシートが揺れはじめた。シートの下から片手がだらりとたれさがって、五本の指がぎくしゃくとよじれながら宙を舞いはじめた。

「なんてこった、ぼくの目の錯覚かな?」と、ジミーが小声でいった。顔から血の気が失せ、窓ガラスの雨粒のようにそばかすが浮きでていた。

「――わが生涯のすべての日々をおおうべし」ベンは祈りをおえた。「ジミー、十字架を見てくれ」

十字架は光り輝いていた。光は妖精のように踊りはねる洪水となって彼の手にこぼれた。

ゆっくりした、喉をしめられたような声が、瀬戸物のかけらのような耳ざわりな音で静寂を破った。「ダ、ニ、ー？」

ベンは自分の舌が上口蓋にへばりつくのを感じた。シートの下の死体はテーブルの上に起きあがりつつあった。暗くなってゆく部屋の中で影が動いて移動した。

「ダニー、ど、こ、に、い、る、の、坊、や？」

シートが顔からはらりと落ちて、膝の上で皺になった。

マージョリー・グリックの顔は、薄闇の中で、目のところに二つの黒い穴がぽかんとあいただけの、青白い、お月さまのような円だった。二人の存在に気づいたとたんに、かっと口をあけて恐ろしい唸り声を発した。消えかかった太陽の輝きで、歯がきらりと光った。

彼女は両脚をぐるりとまわしてベッドの脇におろした。片方の室内ばきが脱げて落ちたが気にもとめなかった。

「そのまま坐っていろ！」と、ジミーが声をかけた。「動くな！」

彼女の答は唸り声だった。犬の吠え声に似たくすんだ銀色の音だった。ベンは穴のような目をのぞきこんでいる自分に気がついて、あわてて目をそらした。目の中には赤い色のまじった黒い銀河があった。その中で溺れながらも陶然としている自分が見える。

「顔を見ちゃいかん」と、彼はジミーに注意した。

彼らはなす術《すべ》もなく、なにも考えずに、階段に通じる狭い廊下のほうへじりじりと後退しつつあった。

「十字架を使うんだ、ベン」

彼は十字架があることをほとんど忘れていた。それを目の前にかざすと、強い輝きを放つように見えた。まぶしくて目を細めなければならなかった。ミセス・グリックはしゅっしゅっという声を発して、うろたえながら両手で顔をおおった。顔がひきつり、巣の中の蛇のようにくねくねとのたうった。よろめいて一歩後退した。

「うまくいったぞ！」と、ジミーが叫んだ。

ベンは十字架を前にかざして彼女につめよった。彼女が片手を曲げて十字架を振りはらった。ベンはその下をかいくぐってさらに十字架を突きつけた。吠えるような叫び声が喉の奥からほとばしった。

ベンにとって、それから先のことはえび茶色の悪夢だった。現実にはもっと恐ろしいことがつぎつぎに起きたのだが、この日以後に見る夢は、いつも例外なしにマージョリー・グリックをテーブルのほうへ追いつめて行く夢だった。そしてそのテーブルの上には毛糸の室内ばきの片方と並んで、彼女の顔をおおっていたシートが落ちている。

彼女はいまわしい十字架とベンの右首筋を交互に見くらべながら、いやいや後退した。彼女の喉からしぼりだされる音は、およそ人間とは思えない意味不明の早口やしゅうしゅうという音やつまったような声で、いやいや後退するその姿には、巨大な昆虫の動きを思わせるなにかがあった。もしもぼくがこの十字架をかざしていなかったら、この女はぼくの喉を爪で掻き切って、渇きで死にかけて砂漠から戻ってきたばかりの人間のように、頸静脈と頸動脈からほとばしる血をごくごくと飲みくだすだろう、とベンは思った。いや、それでも飽きたりずに、全身に血を浴びようとさえするだろう。

ジミーが彼の横からはなれて、彼女の左に回りこもうとしていた。彼女はジミーを見ていなかった。憎しみと……恐怖に満ちた黒い目が、ベンの上に釘づけになっていた。

ジミーはテーブルを回って、そのまわりを後ずさりしてきた彼女の首に、発作的な叫び声をあげながら両腕で抱きついた。

彼女は甲高い笛のような叫びを発して彼の腕の中で身をよじった。ベンはジミーの爪が彼女の肩に食いこんで、皮膚をべろりと剝がすのを見た、が血は噴きださなかった――傷口は唇のない口に似ていた。やがて、驚くべきことに、彼女はジミーを部屋の端まで投げとばした。ジミーは部屋の隅に叩きつけられて、モーリー・グリーンのポータブル・テレビを台の上から落とした。

彼女は背中をまるめた蜘蛛を思わせる動きでさっと走り寄り、一瞬のうちに彼に襲いかかった。

ベンの目に影の動きが映った。彼女はジミーに馬乗りになって、襟を引き裂き、猛禽《もうきん》のように横向きに顔を突きだし、かっと大きな口をあけて彼にかぶりついた。

ジミーは悲鳴を発した――呪われた人間の、甲高い、絶望的な叫びだった。

ベンが彼女に襲いかかったが、床に落ちてこわれたテレビにつまずいてあやうく倒れそうになった。麦藁をがさがさ鳴らすような彼女の激しい息づかいと、その間を縫って、唇をぴちゃぴちゃ鳴らすぞっとするような音が聞こえた。

彼は部屋着の襟をつかんで彼女を引きはなそうとした。一瞬十字架のことを忘れていた。彼女の顔が恐ろしいほどの敏捷さで彼のほうを向いた。目はふくれあがってぎらぎら光り、口と顎は夕闇の中でどす黒く見える血にまみれていた。

彼の顔にかかる息は猛烈に臭く、それは墓穴の匂いだった。彼女はスローモーションのようにゆっくりと舌なめずりした。

ベンは彼女の腕の中に引きずりこまれる寸前に十字架を突きだした。まるで両足がぼろきれでできているかと思われるほど強い力だった。十字架の縦の棒にあたる舌圧子の丸い先端が彼女の顎の下にぶつかり――そのままなんの抵抗もなしに持ちあがった。ベンは自分の目の前ではなしに目の後ろで発したかと思われる、光ではない閃光のために、一瞬目がくらんだ。肉の焼ける熱い匂いが漂った。今度は彼女の叫びも苦痛に満ちた絶叫だった。彼女がよろめきながら後退し、テレビにつまずいて床に倒れ、青白い片手で体を支えるのを、彼は見たというよりは感じとった。彼女はふたたび狼のような敏捷さで立ちあがった。苦痛のために細くなった目には、依然として獰猛《どうもう》な飢えがあった。下顎の肉が黒く焦げて煙を吐いていた。彼女は彼に向かって唸り声をたてた。

「さあこい」彼はあえぎながらいった。「きてみろ」

彼はまた十字架を突きつけて、部屋の左端に彼女を追いこんだ。そこで追いつめたら、額に十字架を突き立ててやるつもりだった。

ところが壁に背中を押しつけながらも、彼女は甲高い耳ざわりな声で笑って彼をたじろがせた。それは陶器の流し台をフォークでこするような声だった。

「この期に及んでも人は笑う！　この期に及んでもお前の輪はまだ小さい！」

　やがて彼の目の前で、彼女の肉体が長くのびて透き通るように見えた。一瞬彼はまだ彼女がそこにいて、自分を笑っているものと思ったが、やがて外の街灯の白い光がむきだしの壁を照らし、彼の神経の末端に束の間の感覚が残っただけだった。その感覚は彼女が煙のように壁の中に吸いこまれてしまったことを伝えているかのようだった。

　彼女は消えてしまった。

　そしてジミーが叫び続けていた。

## 11

　彼は頭上の蛍光灯をつけてジミーのほうを見た。が、ジミーはすでに起きあがって、両手で首筋をおさえていた。指が赤く血に染まっていた。

「彼女はぼくを咬んだ！」と、ジミーが呻いた。「ああ、ぼくを咬んだんだ！」

　ベンは近づいて行って彼を抱こうとしたが、すぐに押し戻された。ジミーの目が狂ったようにぐるぐる回った。

「ぼくに手を触れるな。ぼくはけがれている」

「ジミー――」

「診察鞄を頼む。ちくしょう、ぼくは感じるんだよ、ベン。体の中に感じるんだ。早く診察鞄をとってくれ！」

鞄は部屋の隅にあった。ベンがそれを拾いあげると、ジミーがさっとひったくった。彼はグリーンの作業テーブルに近づいて、その上に鞄をおいた。顔は死人のように青ざめ、汗で光っていた。首筋の傷口から血がとめどもなく噴きだした。彼はテーブルに腰かけて鞄の口をあけ、大きく口をあけてあえぎながら中をかきまわした。

「彼女はぼくを咬んだ」と、鞄の中をのぞきながら呟いた。「彼女の口が……ああ、神さま、彼女のけがらわしい口が……」

彼は鞄から消毒液の壜を取りだした。タイルの床に落ちたキャップがくるくる音をたてて回った。片手を支えにして上体をのけぞらせ、喉の上で壜を逆さにした。消毒液が傷口と、ズボンと、テーブルにこぼれた。血が糸を引きながら洗い流された。彼は目を閉じて一声、そしてまた一声叫んだ。が、壜を持つ手は少しも震えなかった。

「ジミー、なにかぼくにできることは——」

「ちょっと待ってくれ。少し楽になったような気がする。もうちょっと待って——」

投げ捨てられた壜が床に落ちて粉々に割れた。けがれた血を洗い流された傷口がはっきり見えるようになった。一つではなく二つの咬み傷が見えて、その一つは頸静脈に近く、傷口が無惨に拡がっていた。

ジミーが鞄からアンプルと注射器を取りだした。注射針のカバーをはずしてアンプルに突きたてた。二度やりなおさなければならなかったほど手が震えていた。薬液の入った注射器をベンにさしだした。

「破傷風の注射だ。ここのところに頼む」彼は腕をさしだして、腋の下をむきだしにした。

「ジミー、そんなものを注射したら体がもたないよ」

「いや、だいじょうぶだよ。さあ、やってくれ」

ベンは注射器を受けとって、もう一度たしかめるようにジミーの目を見た。ジミーがうなずいた。彼は針を突き刺した。

ジミーの全身が鋼鉄のバネのように緊張した。一瞬体じゅうの腱《けん》という腱がぴんと張りつめて、彼は苦悶をあらわす一個の彫刻と化した。やがて少しずつ緊張がゆるみはじめた。その反動で全身が小刻みに震え、ベンは涙と汗がまじって顔を濡らすのを見た。

「ぼくの体に十字架を当ててくれ」と、彼はいった。「まだぼくの体が彼女にけがされたままだとしたら、もしかすると……多少は効きめがあるかもしれない」

「そうかな?」

「きっと効くよ。きみが彼女を追っているときに、ぼくはきみを襲いたいと感じたんだ。嘘じゃない。ところが十字架を見たら……吐気に襲われたんだ」

ベンは彼の首に十字架を当てた。なにも起こらなかった。十字架の輝きは――あの輝きが現実だったとしても――いまは完全に消え失せていた。ベンは十字架をとりのけた。

「オーケー」と、ジミー。「ぼくらにできることはもうなさそうだ」彼は鞄の中を手で探って、錠剤が二つ入った封筒を取りだし、口の中に押しこんだ。「麻酔薬だよ。偉大なる発明だ。さっき……あれが起こる前にトイレへ行っておいてよかったよ。あまりの恐ろしさにおしっこを洩らしてしまったようだ……がほんの数滴しか残っていなかった。首の手当てをしてもらえるかい?」

「やってみよう」

ジミーがガーゼと絆創膏と鋏《はさみ》を手渡した。前かがみになってガーゼを当てるとき、ベンは傷口のまわりの皮膚が酷く鬱血《うっけつ》して赤くなっているのに気がついた。ガーゼをそっと当てたとき、ジミーは痛そうにたじろいだ。

「あのときわずか二分ほどだが、ぼくは頭がおかしくなるんじゃないかと思ったよ。いや、臨床的には実際におかしくなっていた。彼女の唇が首に触れて……ぼくを咬んだ……」彼は喉を震わせてごくりと唾を呑みこんだ。「彼女に咬まれたとき、ぼくはいい気持だったんだよ、ベン。ああ、考えただけでもぞっとする。ぼくは勃起までしたんだぜ。信じられるかい？　きみが彼女を引きはなしてくれなかったら、ぼくは……おそらく彼女のなすがままだったろうな……」

「気にするなよ」

「もう一つ、気は進まないがやらなければならないことがある」

「なんだい？」

「ちょっとぼくを見てくれ」

ベンは傷の手当てをおえて、ジミーの顔を見るために少し体をはなした。「いったい――」

突然ジミーが殴りかかった。頭の中を星がロケットのように昇って行き、三歩うしろによろめいてどすんと尻餅をついた。彼は首を振りながら、ジミーが用心深くテーブルからおりて近づいてくるのを見た。夢中で十字架を手探りしながら、彼は思った。これがオー・ヘンリー流の意外な結末というやつだ、おれはばかだった、うっかりしていた――

「だいじょうぶか？」と、ジミーの声がした。「すまなかったな、しかし不意討ちのほうがいくらか楽だろうと思ったんだよ」

「いったいどういう――？」

ジミーが近づいてきて床に坐った。「いいかい、これからぼくの考えたストーリーを話すよ。下手なストーリーだが、きっとモーリー・グリーンが口裏を合わせてくれるだろう。それでぼくも医者を続けられるし、二人とも刑務所にも精神科病院にも入らずにすむというもんだ……もっともいまの時点では、そんなことより自由に動きまわって、もう一度あの化物どもと戦えるかどうかということのほうがずっと気がかりだが。わかったかい？」

「痛いほどよくわかったよ」ベンは顎にさわって顔をしかめた。顎の左側に瘤が一つできていた。

「いいかい、ぼくがミセス・グリックの遺体を調べているときに、だれかがこの部屋に闖入《ちんにゅう》してきた。そいつはきみを殴って気絶させてから、ぼくをサンドバッグがわりに使った。そいつは取っ組みあいの最中にぼくに嚙みついた。ぼくらがおぼえていることはこれで全部だ。いいな？」

ベンはうなずいた。

「その男は海軍の黒い外套《がいとう》を着ていた、いや、青だったかもしれない。それに緑だか鼠色だかの毛糸の帽子をかぶっていた。見えたのはそれだけだ。いいな？」

「医者をやめて小説家に転向しようと思ったことはないのかい？」

ジミーは笑って答えた。「ぼくが創作能力を発揮するのは自分の利益になるときだけさ。どうだ、このストーリーをおぼえられるか？」

「もちろんだ。こいつはきみが思っているほど下手なストーリーじゃないよ。だって死体が消えたのは今日がはじめてじゃないからな」

「敵さんもそう考えてくれることを祈るよ。しかし郡保安官はパーキンズ・ギレスピーが考えているよりずっと頭の切れる男だ。われわれも用心しなくちゃ。話に尾鰭《おひれ》をつけてあまり面白くしすぎないことだよ」

「警察のだれかがこの一連の事件の関連に目をつけると思うかい？」

ジミーはかぶりを振った。「まず見込みはないね。結局われわれの手でかたをつけなきゃならないだろう。それから、このことを忘れるなよ、われわれはこの時点から犯罪者なんだ」

間もなく、彼は電話を取りあげてモーリー・グリーンを呼び、続いてホーマー・マクキャスリン郡保安官に連絡した。

## 12

ベンは十二時十五分過ぎにエヴァの家へ帰り着いて、人気のない階下の台所でコーヒーを入れた。ゆっくり時間をかけてコーヒーを飲みながら、絶壁から落ちるところを間一髪命拾いした人間のように、その夜の出来事をじっくり反芻《はんすう》した。

郡保安官は背の高い、頭の禿げかかった男だった。彼は噛み煙草を噛んでいた。身のこなしはゆったりしていたが、目つきは鋭かった。鎖のついたよれよれの大きな手帳を尻ポケットから引っぱりだし、緑色の毛糸のチョッキの下から、軸の太い旧式の万年筆を取りだした。彼は二人の助手が指紋と写真をとる間にベンとジミーを尋問した。モーリー・グリーンはうしろのほうに引っこんで、ときおりジミーにけげんそうな視線を向けた。

あなた方はグリーン葬儀店へなにしにきたのか？

ジミーがその質問に答えて、流行性脳炎の話を持ちだした。

リアドン老先生はそのことを知っているのか？

いや。こういう問題はだれかに話す前に内々に調べてみるのがいちばんいい方法だと思った、とジミーが答えた。なにしろリアドン先生は口が軽いという噂があるもんで。

その流行性なんとかはどんな病気なのか？　死んだ女はその病気を持っていたのか？

いいや、ほぼ確実にその病気ではなかった。海軍の外套を着た男が闖入する前に検査は終わっていたから。女がなんで死んだのかはいいたくないし、断定もできないが、脳炎でないことだけはたしかだった。

その男の人相風体は？

彼らは申し合わせたストーリーを繰りかえした。二人の供述がそっくり同じではまずいと思ったので、ベンがおまけに茶色の作業靴を男にはかせた。

マクキャスリンはなおも二、三質問を続け、どうやらこの調子なら無事に切り抜けられそうだとベンが思いはじめたとき、マクキャスリンが彼に向かって質問した。

「あんたはここでなにをしていたんだね、ミアーズ？　医者でもないのに」

彼の鋭い目が穏やかに光った。ジミーがその質問に答えようとしたが、郡保安官が片手をあげてさえぎった。

マクキャスリンの不意討ちが、ベンをうろたえさせて、表情や身ぶりから嘘を嗅ぎつけようという狙いだったとしても、それは失敗に終わった。彼は激しい感情の起伏でへとへとだったので、目立った反応を示さなかったからである。供述の食いちがいを指摘されても、その前に起きたことにくらべたらどうということはなさそうに思えた。「ぼくは医者じゃなしに小説家だ。いま葬儀屋の息子を重要な副人物の一人とする小説を書いている。そのために葬儀屋の仕事場を見学したかった。だからジミーの車でここへ連れてきてもらったんだ。彼は自分の仕事のことを話したくないというもんだから、ぼくもうるさく詮索しなかった」彼は小さな瘤のできた顎を撫でた。

「おかげでこんなおまけまでもらってしまったよ」

マクキャスリンはベンの答に満足も失望もしていないようだった。「そうらしいね。あんたは『コンウェイの娘』を書いた小説家だろう？」

「そうだ」

「うちの女房が婦人雑誌でその一部を読んでいてね。たしかコズモポリタンだったと思う。あいつが大笑いするもんだから、おれもちょっとのぞいてみたんだが、麻薬でよれよれになった女の子のことが書いてあるだけで、おかしくもなんともなかったよ」

「そうだろうとも」ベンはマクキャスリンの目を見ながらいった。「ぼくもおかしなことを書いたつもりはない」

「いま書いているという噂の新しい小説では、ザ・ロットを扱っているそうだね？」

「そうだ」

「ここにいるモーリー・グリーンに読んでもらうといいかもしれんよ。葬儀屋のところがちゃんと書けているかどうか見てもらうんだな」

「そこはまだ書いてないんだ。ぼくは取材をしてから書く主義でね。そのほうが楽に書けるんだ」

マクキャスリンは納得がいかないというように首を振った。「とにかくあんたたちの話はドクター・フー・マンチューの本でも読んでいるみたいだよ。正体不明の男が一人でこの部屋に入ってきて、大の男二人を殴り倒し、原因不明の病気で死んだかわいそうな女の死体をさらっていった、というんだからな」

「いいかい、ホーマー」と、ジミーがいいかけた。

「おれをホーマーなんて気やすく呼ばないでくれ。どうも気に入らん。どこからどこまで気に入らんよ。その脳炎とやらはうつるのか?」

「そうだ、伝染性だよ」と、ジミーが警戒しながら答えた。

「それなのにあんたはこの小説家先生を連れてきたのかい? ほとけがそんな病気を持っているかもしれないのに?」

ジミーは肩をすくめて怒ったような顔をした。「あんたの職業的な判断をとやかくいうつもりはないよ、保安官。そのかわりぼくの判断にも口出ししないでくれ。脳炎は人間の血液中で徐々に進行する、きわめて感染率の低い病気だ。だから二人とも危険はないと判断したんだ。そろそろミセス・グリックの死体をさらっていったやつ——フー・マンチューだかだれだか知らないが――を捜しにかかったらどうかね？　それともあんたはわれわれの尋問を楽しんでいるのかい？」

マクキャスリンは決して小さいとはいえない腹から深い溜息をしぼりだし、手帳をぱたんと閉じて、ふたたび尻ポケットの奥深くしまいこんだ。「とにかく指令だけは出すさ、ジミー。その頭のいかれた野郎が自分からのこのこあらわれでもしないかぎり、捜しても無駄だとは思うがね。だいたいおれはそんなやつがほんとうにいたかどうかも怪しいとにらんでいる」

ジミーが眉を吊りあげた。

「あんたたちはおれに嘘をついている」マクキャスリンは辛抱強くいった。「おれにはそれがわかってるし、ここにいる助手たちも、たぶんモーリー・グリーンもそれを知っている。ただあんたたちがどこまで嘘をついているか――ほんの少しかたくさんか――がわからないし、二人して口裏を合わせているかぎり嘘だと証明することもできない。二人ともブタ箱にぶちこもうと思えばぶちこめるんだが、きまりでは一度電話で連絡しなきゃならんことになってるし、法律学校を出たばかりの青二才の弁護士だって、おれがこの程度のものしかつかんでいないんじゃ、あんたたちをブタ箱から出すのは朝飯前だろう。なにしろなんだかわからないが後ろ暗いことをやった疑いあり、という程度だからな。おまけに弁護士は学校出たてというわけじゃないんだろう？」

「そうとも」と、ジミーが答えた。

「それでもあんたたちをしょっぴいてやりたいところだが、ただ悪事を隠すために嘘をついているんじゃなさそうだから、それだけはやめとくよ」彼は作業台の横にあるステンレス・スチールの屑入れのペダルを踏んだ。蓋がばたんと持ちあがったところへ、嚙み煙草の褐色の汁をぺっと吐いた。モーリー・グリーンがそれを見てとびあがった。「二人ともいま話したことを訂正する気はないかね？」と、彼は穏やかにたずねた。いつの間にか田舎風の鼻にかかった訛りが消えていた。「こいつはほっとけない大事件だ。もうザ・ロットで四人も人が死んで、死体が四つながら消えてしまった。おれは裏になにがあるのか知りたいんだよ」

「知っていることは全部話したよ」と、ジミーが静かだがきっぱりした口調でいった。そしてマクキャスリンを真向《まっこう》から見据えた。「まだ話せることがあれば、とっくに話してるよ」

マクキャスリンも負けず劣らず鋭く見返した。「あんたはひどくおびえている。あんたも、こちらの小説家先生もだ。朝鮮戦争で、前線から戻ってきた兵隊の中に、ちょうどそんなふうなのが何人かいたっけ」

二人の助手がじっと彼らをみつめていた。ベンとジミーはなにもいわなかった。

マクキャスリンがまた溜息をついた。「もういい、帰ってくれ。二人とも明朝十時までに、供述書を作りにおれのオフィスまできてくれ。十時までこなかったらパトカーをさしむけるぞ」

「その必要はないよ」と、ベンがいった。

マクキャスリンは悲しそうに彼を見て首を振った。「あんたはもうちょっとセンスのいい小説を書くべきだよ。例のトラヴィス・マッギーものを書いている男みたいにな。あれぐらいなら読む気にもなろうってもんだ」

## 13

ベンはテーブルから立ちあがって、流しでコーヒー・カップを洗いながら、ふと手を休めて窓の外の闇を眺めた。今夜はそこでなにがおこなわれているのだろう？　マージョリー・グリックはついに息子と再会したのだろうか？　マイク・ライアースンは？　フロイド・ティビッツは？　カール・フォアマンは？

彼は窓に背を向けて階上へあがって行った。

その夜は机のスタンドをつけっぱなしにし、ミセス・グリックを撃退した舌圧子の十字架を右手のテーブルにおいて眠った。眠りが訪れる寸前に、スーザンははたして無事だろうかという思いが浮かんだ。

# 第十二章　マーク

## 1

最初に遠くでぴしぴし小枝が折れる音を聞いたとき、彼は大きな針樅の幹に隠れて、だれが姿をあらわすかと見守っていた。やつらが真昼間から出歩くはずがなかったが、だからといってやつらが昼間から出歩ける人間を仲間に引きいれていないともかぎらなかった。そういう人間を金で雇うという手もあるが、方法はそれだけではない。マークはあのストレイカーという男を町で見かけていたが、彼の目は石の上で日なたぼっこをするヒキガエルの目を思わせた。彼は平然とした笑いを浮かべながら、赤ん坊の腕でも折りかねない人間のように見えた。

マークは上着のポケットに忍ばせた父親のターゲット・ピストルのどっしりした形を手でたしかめた。弾丸もやつらには効きめがないが——銀の弾丸なら話は別だろうが——ストレイカーなら眉間に一発お見舞いすれば息の根を止められるだろう。

彼は、使い古したタオルでくるんで木に立てかけてある、ほぼ円筒形をしたものに、ちらりと視線を向けた。彼の家の裏には薪《まき》の山が積みあげられていた。彼と父親が七月から八月にかけて、マッカロックのチェーン・ソーで切り揃えた、二分の一コードの黄色いトネリコのストーヴ用の薪である。ヘンリー・ペトリーは几帳面な男で、薪の長さは三フィートより長くても短くても一インチとはちがわないことをマークは知っていた。彼の父親は秋のあとには冬がやってくることを知っているように、薪の適当な長さを知っており、黄色いトネリコは居間の煖炉で燃やしたとき、ほかの木にくらべて火もちがよく、煙も少ないことを知っていた。

ほかにもいろんなことを知っている彼の息子は、トネリコが吸血鬼退治に使われることも知っていた。この日の朝、両親が日曜日の野鳥観察にでかけた隙に、彼はこの薪を一本引き抜いて、ボーイ・スカウトの手斧で一端を削って尖《とが》らせておいた。粗けずりだが物の役には立つだろう。

なにかの色がちらと目についたので、木かげに引っこんで、ざらざらした樹皮に顔を押しつけながら、片目でその方角をのぞいた。間もなく丘をのぼってくる人間の全貌が見えはじめた。それは女だった。彼はほっとすると同時にがっかりした。悪魔の手下じゃない、あれはノートンさんのところの娘だ。

彼の目がまた鋭くなった。彼女も杭を持っている！　彼女が近づくにつれて、彼は苦笑したい衝動に駆られた——彼女はスノー・フェンスの杭を持っていた。ありふれたハンマーで二度叩けば、そんなものは真二つに折れてしまうだろう。

彼女はマークが隠れている木の右側を通りすぎようとしていた。彼女が近づくにつれて、彼は小枝を鳴らして相手に気づかれないように注意しながら、木のまわりを左側に移動した。相手の動きに合わせたこの小さな動きで、やがて彼は森の切れ目のほうへ丘をのぼって行く彼女を、うしろから見る形になった。彼女の行動は慎重そのものだった。慎重なのはいいことだ、と彼は思った。頼りないスノー・フェンスの杭はお笑い草だが、彼女は少なくとも自分がこれからどんな危険に立ち向かおうとしているかを知っているらしかった。しかし、それ以上先へ進んだら厄介なことになるだろう。ストレイカーは家にいる。マークは十二時半からそこにいたので、ストレイカーが私道に出てきて道路のほうを眺めてから、また家の中に戻ったのを見て知っていた。万一彼女が横合いから飛び入りして、計画をぶちこわしてしまったとき、自分はいったいどうしたらいいか、と彼は考えた。

たぶん彼女は心配ないだろう。茂みのかげで立ちどまってうずくまり、じっとマーステン館のようすをうかがっている。マークは思いなおした。明らかに彼女は知っている。どうやって知ったかは問題じゃない。なにも知らないとしたら、あんな頼りない杭でも持ってくるはずがない。彼女に近づいて行って、ストレイカーが家にいて見張っていることを警告する必要があると思った。おそらく彼女は、彼の持っているような小型の拳銃すら持っていないだろう。

彼女を驚かして大きな声を出させないように、自分の存在を知らせるにはどうすればよいかと考えているときに、ストレイカーの車のエンジンが唸りだした。彼女は遠目にもぎょっとしたようすで、はじめはいまにも警戒を忘れて走りだすかに見えた。そうすれば枝を鳴らす音で、百マイルも先まで人がいることを宣伝することになる。だが、ふたたび腰をかがめて、大地が飛び去ってしまうのを心配するかのように、地面にしっかりとしがみついた。彼女は無分別かもしれないが勇気がある、とマークは感心した。

ストレイカーの車が私道をバックしはじめ——彼女のいる場所からのほうがずっとよく見えるだろう。彼にはパッカードの黒い屋根しか見えなかった——しばらく躊躇《ちゅうちょ》してから、道路に出て町のほうへ走りだした。

マークは彼女と手を組もうと決心した。単独でマーステン館へ行くよりはどんなことでもましだろう。彼はすでにこの家を取り巻く有毒な空気を肌で感じていた。それは半マイルも先からひしひしと感じられ、しかも接近するにつれてますます濃くなってゆくようだった。

彼は絨毯《じゅうたん》を敷きつめたような斜面を軽やかに駆けあがって、彼女の肩に手をかけた。彼女の全身がこわばり、いまにも叫び声をあげそうだったので、急いで耳うちした。「声を立てないで。だいじょうぶ。ぼくだよ」

彼女は声をたてなかった。そのかわり深い溜息を洩らした。振りかえって、青ざめた顔で彼を見た。「ぼ、ぼくって、だれなの？」

マークは彼女と並んで腰をおろした。「ぼくの名前はマーク・ペトリー。あんたを知ってるよ。スー・ノートンだろう？　ぼくのパパがあんたのパパを知ってるんだ」

「ペトリー……？　ヘンリー・ペトリー？」

「そう、ぼくのパパだよ」

「こんなところでなにをしてたの？」彼女はまだ彼の存在が信じられないかのように、きょろきょろと顔を見まわした。

「あんたと同じだよ。ただ、その杭じゃ役に立たない。それじゃ……」彼は文字と意味は知っているが、まだ使ったことのない言葉を思いだそうとした。「もろすぎるよ《トゥ・フリムジー》」

彼女は手にしたスノー・フェンスの杭を見おろして、顔をあからめた。「ああ、これ。森の中で見つけたんだけど……だれかがつまずくといけないと思って――」

彼は苛立たしげに大人のその場しのぎの言訳をさえぎった。「ほんとは吸血鬼を殺しにきたんだろう？」

「なんだってまたそんな妙なことを考えたの？　吸血鬼だなんて」

彼は暗い表情でいった。「ゆうべ吸血鬼がぼくをつかまえにきたんだよ。もう少しでつかまるところだった」

「そんなばかな。いけないわ、あんたのような大きな子供がでたらめをいっちゃ――」

「そいつはダニー・グリックだった」

彼女は言葉のかわりにふざけ半分のパンチでもくらったように、目をぱちくりさせながら尻ごみした。手探りでマークの腕をしっかりと握った。目と目が合った。「嘘でしょう、マーク？」

「嘘なもんか」と答えて、マークは前夜の出来事をかいつまんで話した。

「で、あなたは独りでここへきたの？」と、話を聞き終わって彼女が質問した。「それを信じて独りできたの？」

「信じてだって？」彼は心底不思議そうな表情で彼女を見た。「もちろん信じたさ。だってこの目で見たんだもの」

彼女はそれに答えず、マットの話と、ベンが仮説としてその話を受けいれたことに、不信を抱いた（不信という表現は穏当すぎた）自分を恥じた。

「あんたはどうしてここにいるの？」

彼女はちょっとためらってからいった。「町の一部の人たちは、あの家にだれも姿を見たことのない人間がいるんじゃないかと考えているのよ。もしかしたらその人が……」彼女は依然としてその言葉を口に出す気になれなかったが、マークがわかっているというようにうなずいた。まだ知り合って間はないが、マークは非常に変わった少年のように思われた。

彼女はその先を省略して簡単にいった。「だからわたしはようすを探りにきたのよ」

彼は杭のほうに顎をしゃくった。「そして彼に止《とど》めを刺すために、その杭を持ってきたんだね？」

「できるかどうか自信はないけど」

「ぼくはできるよ」と、彼は静かにいった。「ゆうべあれを見ちゃったからね。ダニーはでっかい蠅みたいにぼくの部屋の窓にへばりついていた。彼の歯ときたら……」彼は首を振って、店の経営者が破産したおとくいを追いはらうように、悪夢のイメージを追いはらった。

「パパとママはあなたがここにいることを知ってるの？」おそらく知っているはずはない。

「いや」と、彼は当然のように答えた。「日曜日は自然に親しむ日なんだ。午前中はいつも野鳥観察にでかけるし、午後もほかのいろんなことをする。ぼくは一緒に行ったり行かなかったりなんだ。今日は海岸のほうへ車ででかけているよ」

「あなた、偉いわ」

「いや、そんなことはないよ」彼はほめられて照れることもなくいった。「だけど、ぼくはあいつをやっつけてやるんだ」そしてマーステン館のほうを見あげた。

「本気なの？」

「本気さ。あんただってそうだろう。彼がどんな悪いやつか感じないかい？　あの家を見ているだけでこわくならない？」

「なるわ」彼女は逆らわずに答えた。彼の理論は、ベンやマットのそれとちがって神経の末端の論理だから、かえって説得力がある、と彼女は思った。

「で、どうするの？」彼女はいつの間にか冒険のリーダーシップを彼にあずけてしまっていた。

「簡単だよ、丘をあがって行ってあの家に入りこみ、彼を見つけだして、杭を——ぼくの杭を——心臓に打ちこんで引きあげる。彼はたぶん地下室にいるだろう。やつらは暗い場所が好きなんだ。懐中電灯を持ってきたかい？」

「いいえ」

「弱ったな、ぼくも持ってないんだよ」彼はしばらくの間スニーカーをはいた足で意味もなく枯葉を蹴散らした。「たぶん十字架も持ってこなかったんだろうね？」

「それはちゃんと持ってるわ」彼女はブラウスの中から鎖を引っぱりだして見せた。彼もうなずいてシャツの中から鎖を引きだした。

「パパとママが帰る前にこれを元に戻しておけるといいんだがな。ママの宝石箱から借りてきたんだよ。見つかったらひどく叱られるだろうな」彼はあたりを見まわした。話をしている間に影が長くなっていて、二人とも決行を先にのばしたい衝動に駆られた。

「彼を見つけたら、絶対に目を見ちゃいけないよ」と、彼が注意した。「明るいうちは柩から出られないけど、目で人をつかまえることはできるんだ。なにかお祈りの文句をそらでおぼえている？」

彼らは森とマーステン館の草ぼうぼうの芝生の間に横たわる茂みを通って歩きだしていた。

「そうね、主の祈りなら――」

「それがいい。あれならぼくも知っている。ぼくが杭を打ちこむとき、一緒にそれを唱えることにしよう」

彼は、ぞっとしたような、なかば気おくれしたような彼女の表情を見て、彼女の片手を握りしめた。彼自身の冷静さもゆらぎはじめていた。「いいかい、これはどうしても必要なことなんだ。ゆうべからこっち町の半分はきっと彼にやられてしまっている。これ以上ぐずぐずしていたら、町じゅうの人間がみんなやられてしまうだろう。こうなったらあっという間だよ」

「ゆうべからこっちっていうと？」

「ぼくは夢を見たんだ」マークの声は依然として静かだったが、目は暗かった。「彼らが家々を訪ねたり電話をかけたりして、中に入れてくれと頼んでいる夢を見たんだよ。心の底ではそれを知っている人たちもいる。だけど彼らは結局家の中に入れてしまうんだ。そんな恐ろしいことが現実だと考えるよりは、家の中に招き入れるほうがずっと気が楽だからだよ」

「ただの夢だわ」と、彼女が不安げにいった。

「今日あたりはきっとたくさんの人がカーテンをしめきったままベッドに寝ているよ、風邪でも引いたんだろうかと思いながらね。その人たちは全身の力が抜けて頭がふらふらする。なにも食べたくない。食べ物のことを考えただけで吐気がするんだ」

「どうしてそんなにくわしく知っているの？」

「怪奇雑誌を読んでいるからだよ。それに怪奇映画もできるだけ見ることにしている。ママにはディズニー映画を見に行くと嘘をつくんだ。だけど映画は全部が全部ほんとうじゃない。ときどき話をいっそう恐ろしくするために作りごとを入れるからね」

彼らは家の横手まできた。ほんとにたいしたチームだわ、と彼女は思った。本を読みすぎて半分気のふれた老教師、子供のころの悪夢がいまだに頭からはなれない小説家、映画と俗悪雑誌で吸血鬼伝説の大学院課程を修了した男の子。それにわたし。わたしはほんとに信じているのかしら？　偏執狂の妄想にとりつかれているのかしら？

いまや彼女は本気で信じていた。

マークのいうように、それだけ建物に近くなると、もう笑ってすますわけにはいかなかった。すべての思考プロセスが、会話それ自体が、言葉にならない言葉で危険信号を絶叫する、より根源的な声に圧倒されてしまった。脈搏と呼吸は速くなったが、極度の緊張状態に血液を肉体の井戸の底深く隠してしまうアドレナリンの毛細血管収縮作用のために、皮膚はひんやりと冷たかった。腎臓は重苦しく収縮した。目は異様に鋭くなり、建物の側壁の剝げかかったペンキのかけらの一つ一つがはっきり見えた。しかもこれらの反応のすべてが、外部からの刺戟によって引金を引かれたものではなかった。銃を持った男たちがあらわれたのでもなければ、大きな犬に吠えられたのでもなく、火の匂いを嗅ぎつけたのでもなかった。彼女の五感よりもなお深いところにいる見張りが、長い眠りの季節のあとでついに目をさましたのだ。もはやそれを無視することは不可能だった。

彼女は下のほうの鎧戸の隙間から中をのぞいた。「あら、全然修理なんてしてないわ」と、ほとんど怒ったような口調でいった。「ひどいものよ」

「ぼくにも見せてよ。持ちあげてくれる？」

彼女は両手の指を組み合わせて、マークに折れた小割板の間からマーステン館の朽ちかけた居間をのぞかせてやった。床に厚く埃のつもった人気のない部屋（多くの足跡がしるされている）には、はがれかかった壁紙や、二つか三つの古ぼけた安楽椅子や、傷だらけのテーブルが見えた。部屋の四隅の天井に近いところには蜘蛛の巣が張っていた。

彼女が止める間もなく、彼は杭の頭のほうで鎧戸の掛金をこつこつ叩いていた。錆びた掛金は二つにわかれて地面に落ち、鎧戸がぎいっと音をたてて、外に一、二インチ開いた。

「だめよ！　そんな無茶をしちゃ——」

「じゃどうしろというの？　玄関へまわって呼鈴を鳴らせっていうのかい？」

彼は右側の鎧戸を押し戻し、波のようにうねった埃だらけの窓ガラスを叩いた。ガラスが割れて部屋の中に落ちた。熱い強烈な恐怖が彼女の喉にこみあげてきて、口の中に金気くさい味が拡がった。

「いまのうちならまだ逃げられるわ」と、彼女はほとんど独り言のようにいった。

彼が上から彼女を見おろしたが、そのまなざしに軽蔑はなかった——あるのはただ率直さと、彼女に劣らず大きな恐怖だけだった。「いやなら帰ってもいいよ」と、彼はいった。

「いいえ、帰らないわ」彼女は喉につかえたものを呑みこもうとしたが、うまくゆかなかった。

「急いでよ、重いわ」

彼は尖《とが》ったガラスのかけらを抜きとり、杭を左手に持ちかえて、右手を中に入れ、窓の掛金をはずした。窓を押しあげるときに少し軋んだが、とにかく入りこむ道は開けた。

彼女は彼を地面におろし、一瞬二人は言葉もなく窓をみつめた。やがてスーザンが前に進み出て、右側の鎧戸をいっぱいに押しあけ、体をもちあげるためにぎざぎざした窓敷居に両手をかけた。恐怖心は胸がむかつくほど大きくふくれあがって、恐ろしい妊娠のように彼女の下腹部に居坐っていた。マット・バークが客室を見に階段をあがって行ったときに感じたものを、彼女はいまにしてようやく理解した。

彼女はいつも意識的に、あるいは無意識のうちに、恐怖というものを一つの単純な方程式にあてはめていた。恐怖＝未知という方程式である。この方程式を解くために、人は問題を単純な代数用語に還元する。かくて未知＝床板の軋む音、床板の軋む音＝恐るるに足らない、という答が出る。現代の世界では、あらゆる恐怖がこの方程式を使うことによって骨抜きにされてしまう。もちろんある種の恐怖は正当化されるが（たとえば人は酒を飲みすぎて目がかすむときは車を運転しないいし、牙をむいた犬には友情の手をさしのべない。また知らない男の子たちと駐車場へ行ったりもしない）、中には合理的な説明のつかない、黙示的な、ほとんど体の自由がきかなくなるような種類の恐怖もあるということを、彼女はいまのいままで信じていなかった。この方程式は解答不能だった。ただの一歩前へ進むという行為が、大いなる勇気を必要とした。

彼女はしなやかな筋肉を駆使して自分の体を持ちあげ、片脚を窓の敷居にかけて、埃のたまった床におりた。そして周囲を見まわした。ある匂いがぷうんと鼻をついた。それはほとんど目に見えるほどの濃密な毒気となって壁からにじみでていた。彼女はそれが漆喰の腐った匂いか、木摺《きずり》の裏側に巣食った生き物たち――マーモットや鼠やアライグマなど――の、たまりたまった糞の匂いにすぎないと思いこもうとした。だがそれだけではなかった。その匂いは動物の排泄物よりも強烈でしつこかった。彼女は涙と嘔吐と暗黒を連想した。

「ねえ」と、マークが声をひそめて呼んだ。彼の両手が敷居の上でひらひら動いていた。「ちょっと手をかしてよ」

彼女は窓から身を乗り出して、彼の脇の下に両手を入れ、彼が敷居にしっかりしがみつくまで引きあげた。それから先は、彼が巧みに自分の体を引きあげて中に入った。スニーカーをはいて絨毯の上にとびおりる音がしたあと、家の中はふたたび静まりかえった。

彼らは魅入られたように静寂に耳をすました。完全な静寂の中で聞こえるキーンというかすかな音、神経の末端がギヤをニュートラルにしてアイドリングする音さえ聞こえなかった。ただ死のような静寂と、自分の脈搏が耳に響くだけだった。

にもかかわらず、もちろん彼らは知っていた。この家にいるのは自分たちだけではないことを。

2

「さあ、ぐるっとひとまわりしてみよう」マークは杭をしっかり握りしめて、一瞬うしろ髪を引かれるように窓のほうを振りかえった。

彼女はゆっくり廊下のほうへ歩いて行き、彼がそのあとを追った。ドアを出てすぐのところに小さなエンド・テーブルがあって、その上に本が一冊おかれていた。マークはその本を手にとった。

「ねえ、ラテン語わかる?」

「ほんの少しだけ、ハイスクールで習った程度よ」

「これどういう意味?」彼は表紙の文字を示した。

彼女は声を出して読み、眉をひそめた。そして首を横に振った。「わからないわ」

彼はでたらめにページを開いて、思わず尻ごみした。裸の男が、臓腑《ぞうふ》を抜かれた子供の死体を、なにか目に見えないものに向かってさしだしている絵があった。彼は本をテーブルの上に戻して、ほっとしながら——表紙の不気味な感触におぼえがあった——廊下を台所のほうへ歩いて行った。台所は居間よりも暗かった。太陽は建物の反対側に傾いていた。

いた。

「この匂いに気がついた?」

「ええ」

「ここのほうがよけいひどいと思わない?」

「そうね」

彼は前の家にあった低温食品貯蔵室を思いだしていた。ある年その暗い部屋の中で、バスケット三杯分のトマトが腐ってしまったのだ。この匂いはそのときのトマトの腐った匂いに似ていた。

「こわいわ」と、スーザンが小声でいった。

彼は彼女の手を探って、固く握りしめた。

台所のリノリウムは古くなってざらざらし、旧式の陶器の流し台の前のところがすりへっていた。大きな傷だらけのテーブルが台所の中央に居坐り、その上に一枚の黄色い皿、ナイフとフォーク、それに生のハンバーガーのかけらがあった。

地下室のドアがあいていた。

「地下室へおりてみよう」と、マークがいった。

「そうね」と、彼女は弱々しく答えた。

ドアはほんの少しあいているだけで、光はまったく入りこまなかった。闇の舌先が台所を舐めまわして、夜の訪れとともにそれをまるごと呑みこんでしまうのを待っているかのようだった。四分の一インチの闇は、恐ろしい、形容を絶するもろもろの可能性を秘めていた。彼女は身動きもならず、頼りない心境でマークのそばに立っていた。

やがて彼が前に進みでてドアをあけ、一瞬足をとめて下を見おろした。顎の下の筋肉がぴくりと動いた。

「たぶん――」と彼がいいかけたとき、彼女は背後に物音を聞きつけて振りかえった。とつぜん全身の力が萎《な》えてゆくのを感じたが、そのときはもうすでに遅かった。ストレイカーが目の前に立っていた。顔には薄笑いが浮かんでいる。

マークが振りかえって、ストレイカーの姿に気がつくと、横をすり抜けて逃げだそうとした。ストレイカーのパンチが顎に炸裂《さくれつ》し、それっきりなにもわからなくなった。

3

意識が戻ったとき、マークは階段を運ばれてゆくところだった――が、それは地下室の階段ではなかった。まわりを石で囲まれているような感じがなかったし、空気が地下室ほどかびくさくもなかった。彼は首をぐったり曲げたままで、ほんのわずか目をあけた。踊り場が近づいてくる――二階だった。周囲のようすがはっきり見えた。太陽はまだ沈んでいない。だとしたら、かすかな望みはある。

踊り場に達すると、急に彼の体を支えていた腕がなくなった。彼は頭からどすんと床に落ちた。

「死んだふりなんかして、おれの目を騙《だま》せると思っているのかね、小僧？」と、ストレイカーがいった。床から見あげると、優に十フィートはありそうな大男だった。禿頭がしだいに濃くなってゆく夕闇の中で鋭く光っていた。マークは彼が肩に輪にしたロープをかけているのを見てぞっとした。

彼はピストルの入っているポケットに手をのばした。

ストレイカーがのけぞって笑った。「ピストルはもらっておいたよ。子供は使い方も知らない武器を持ち歩いたりすべきじゃないね……それから招《よ》ばれもしない家に若い娘をつれてのこのこやってくるのもいけないことだよ」

「スーザン・ノートンになにをしたんだ？」

ストレイカーはにやりと笑った。「彼女が望んだところへお連れしておいたよ。地下室へね。やがて日が沈んだら、彼女はここへきたお目当ての人に会えるだろう。たぶんお前も今夜か明日の晩には会えるはずだ。彼はお前をあの女にくれてやるかもしれない……いや、ひょっとするとお前を自分で始末するつもりかな。女は自分の友達を相手にすればいい。その中にはお前のような邪魔者が何人かいるようだが」

マークは両足でストレイカーの股ぐらに蹴りかかったが、相手はまるでダンサーのようにするりと身をかわした。同時に片足でマークを蹴って、腎臓を正確にとらえた。

マークは唇を嚙んで床をのたうちまわった。

ストレイカーがけたけた笑った。「さあ、立つんだ、小僧」

「だめだ……立てない」

「それじゃ這って行け」ストレイカーは吐きすてるようにいって、今度は太股を蹴った。苦痛で目がくらむほどだったが、マークは必死に歯を食いしばった。まず膝立ちになって体を起こし、それからやっとの思いで立ちあがった。

彼らは廊下のはずれのドアのほうへ進んで行った。腎臓の痛みは鈍痛に変わりつつあった。

「ぼくをどうするつもりなんだ？」

「七面鳥みたいに縛りあげてやるよ。そして、ご主人さまがお前と交わったあとで自由にしてやる」

「ほかの連中と同じようにかい？」

ストレイカーはにやりと笑った。

マークがドアをあけて、ヒューバート・マーステンが自殺した部屋に入りこんだとき、彼の心の中でなにか奇妙なことが起こったようだった。恐怖感がなくなったわけではないが、それは思考のブレーキとして作用し、生産的な信号を妨害することを中止するように思えた。彼の思考は、言葉やイメージではなく、一種の象徴的な速記術の形をとって、驚くべきスピードで動きはじめた。彼は自分が突然どこからともなく電流を受けいれた、一個の電球と化したような気がした。

部屋はいたって殺風景だった。壁紙はちぎれてたれさがり、その下の漆喰がむきだしになっていた。床は長い間の埃で厚くおおわれていたが、だれかが一度ここにあがってきて、部屋の中を見まわしてから出て行ったらしく、一組の足跡だけがしるされていた。雑誌の山が二つと、スプリングもマットレスもない鋳鉄《ちゅうてつ》のベッドと、かつて煙突のストーヴ穴をふさぐのに使われていたカリアー・アンド・アイヴズ社の小さなリトグラフが目についた。窓の鎧戸はしまっていたが、折れた小割板の隙間からさしこむ明りで、日が暮れるまでにまだ一時間は余裕がありそうだと、マークは判断した。その部屋には昔の惨劇の不気味な雰囲気がたちこめていた。

ドアをあけて、部屋の中のようすを眺めてから、ストレイカーが止まれと命令した部屋の中央へ歩いて行くまで、およそ五秒はたっていただろう。その間に彼の心は三つのルートを全速力で走って、いま自分がおかれている状況の、予想される三つの結末を見た。

まず第一に、彼は突然窓ぎわに駆けよって、西部劇のヒーローのように窓ガラスを鎧戸もろとも体でぶち破り、どこに落ちるかは運を天にまかせる。心の目の一方に映じた光景は、窓からとびだしはしたものの、錆びついた農機具の上に落下して、昆虫標本のように刃こぼれした馬鍬の刃に刺し貫かれ、死の直前の数秒間苦痛に身をよじる自分の姿だった。もう一方の目には、ガラスは割れたものの鎧戸までは突き破れず、衣服はずたずたに裂け、全身に傷を負って、血にまみれながらストレイカーに引き戻される光景が映った。

第二に、ストレイカーは彼を縛りあげて部屋から出て行く。彼は雁字《がんじ》がらめにされて床に横たわり、日の光はしだいに薄れていき、ロープを振りほどこうと夢中で身をよじるがもちろんどうにもならない。やがて階段の上をストレイカーよりも百万倍も恐ろしい男の足音がこつこつと近づいてくる。

第三に、彼は去年の夏フウディニのことを書いた本で読んだあるトリックを利用しようとしている。フウディニは独房や、鎖を巻きつけた箱や、銀行の金庫や、川に投げこまれたトランクの中などから脱出した偉大な奇術師だった。ロープも、警察の手錠も、彼にかかってはおもちゃも同然だった。その本に書かれていたトリックの一つは、観客の一人にロープで縛らせるときに、ぐっと息をとめて拳を握りしめるというものだった。それから太股と腕と首の筋肉もできるだけ大きく盛りあげる。隆々たる筋肉の持主なら、力を抜いたときにほんのわずかロープにたるみが生じる。全身の力をすっかり抜いて、決して焦らずに、ゆっくりと着実に縄抜けにとりかかるのがこのトリックのこつだった。体から少しずつ汗がふきだして潤滑油の役目をはたす。本を読んだかぎりではいとも簡単そうだった。

「向うを向け」と、ストレイカーが命令した。「これからお前を縛りあげる。縛っている間は動くな。もし動いたら、これで」――彼はマークの目の前にヒッチハイカーのように親指を突きたてた――「お前の右目をえぐりだしてやる、わかったな?」

マークはこっくりとうなずいて、大きく息を吸いこみ、息を止めてすべての筋肉を盛りあげた。

ストレイカーは天井の梁《はり》にロープを通した。

「横になれ」

マークはいわれた通りにした。

彼はマークの両手首を背中にまわして重ね、ロープでぎりぎり縛りあげた。ロープに一カ所輪を作って、マークの首にかけ、首吊り結びにした。「お前はおれのご主人様の友達で、この国での後援者でもあった男が首を吊ったのと同じ梁に吊るされるのだ。どうだ、うれしいかね、小僧?」

マークが唸ると、ストレイカーが声をたてて笑った。それからロープをマークの股の間に通した。ロープのたるみを乱暴に引いてしめつけたので、マークは苦痛の唸り声をあげた。

ストレイカーは上機嫌で残忍な笑い声をたてた。「そうか、お前の宝石が痛むのか? だがすぐ楽になるよ。そしてお前は禁欲生活を送ることになる——長い長い禁欲生活だ」

彼はロープをマークの力をこめた太股に巻きつけ、結び目をきつくしめあげてから、膝と足首にも巻いた。息が苦しくてどうにもならなくなったが、マークはかたくなに呼吸を止め続けた。

「震えているな、小僧」ストレイカーがからかうようにいった。「お前の体はいたるところできつくしめつけられている。肌が白くなった——まだまだ白くなるぞ！　しかしそれほど心配することはない。おれのご主人様は親切な方だ。この町でも多くの人に愛されている。医者の注射針のように、最初ちくりと痛いだけで、すぐにいい気持になる。しかもそのあとでお前は自由の身になれる。母親や父親とも会えるんだぞ。彼らが眠ったあとでな」

彼は立ちあがって、やさしげにマークを見おろした。「では、しばらくお別れだ。お前の美しい仲間にいい思いをさせてやらなくちゃ。今度会うときは、お前もおれがもっと好きになっているよ」

彼はドアをばたんとしめて出て行った。鍵穴で鍵が音をたてて回った。足音が階段をおりて行くのを聞きながら、マークはふうっと息を吐いて、深い溜息をつきながら筋肉の力を抜いた。

ロープがほんの少しゆるんだ。

彼は気持を落ち着けて、じっと動かずに横たわっていた。心は依然としてさきほどと同じ異様なまでのスピードで飛んでいた。その場所から、でこぼこの盛りあがった床にそって鉄のベッドのほうを眺めた。その向うに壁が見えた。壁紙が剝がれて、ベッドの下に蛇の脱け殻のようにたれさがっていた。彼は壁の一点に焦点を合わせて食い入るような目でみつめた。ほかのことは全部心の中から追いだした。フウディニの本には精神集中が大切だと書いてあった。恐怖やパニックが心の中にあってはならなかった。肉体は完全にリラックスしていなければならなかった。そして縄抜けは指一本動く前にまず心の中で実行されなければならなかった。あらゆる段階が心の中で具体的に予習されなければならなかった。

彼は壁を凝視した。そのまま数分が経過した。

壁はドライヴ・イン・シアターの古くなったスクリーンのように、白くてでこぼこしていた。やがて、肉体が極限までリラックスしたとき、壁に投影された自分の姿が、ブルーのTシャツを着てリーバイスのジーンズをはいた少年の姿が見えてきた。少年は横向きに転がり、うしろにまわした両手首が尻の上のくびれたところに当てがわれていた。首にはロープの輪が巻きついていて、もがけばもがくほど結び目がしまり、ついには息ができなくなって意識を失うような仕組みになっていた。

彼は壁を凝視した。

彼自身は微動だにせず横たわっているにもかかわらず、壁の映像は用心深く動きはじめていた。彼は幻影のすべての動きを夢中で見守った。彼の精神集中はインドのヨガ行者と同じ域に達していた。彼らは足の指や鼻のてっぺんを何日でも目をそらさずに眺めていることができる。それは無意識の状態でテーブルを宙に浮かせたり、鼻や口や指先から念動能力の長い触手をのばしたりできる霊媒と同じ能力だった。いまやマーク自身もこの状態に近づいていた。もはやストレイカーのことも日没が近いことも彼の念頭になかった。もうざらざらした床や、鉄のベッドや、壁さえ見ていなかった。目に見えるのはただ、注意深くコントロールされた筋肉の微妙なダンスを踊り続ける少年の姿だけだった。

　彼は壁を凝視した。

　そしてついに彼は半円を描くように両手首を動かしはじめた。半円を描き終わるたびに左右の掌の親指側の部分が触れ合った。動くのは前腕の下のほうの限られた部分だけだった。が、彼は急がなかった。じっと壁を凝視し続けた。

　毛穴から汗がにじみでて、手首がやや楽に動くようになった。半円が四分の三の円まで拡がった。そのたびに手の甲が触れ合うようになった。手首を縛ったロープがまたほんの少しゆるんだ。

　彼は手の動きを止めた。

　一呼吸おいてから、親指を掌側に曲げて、指と指を強く押しつけ、ぐりぐり動かしはじめた。顔はデパートのマネキン人形のように無表情だった。

　五分たった。手は汗びっしょりだった。極度の精神集中のせいで、彼は交感神経組織の部分的支配下におかれ――これもヨガ行者の考えだした方法の一つである――知らず知らずのうちに肉体の不随意運動をある程度コントロールできるようになっていた。この微細な動きだけでは説明がつかぬほど大量の汗が毛穴から噴きだしていた。手は汗でぬるぬるになり、額から落ちた汗のしずくが床の白っぽい埃を黒く濡らした。

　つぎに二頭筋と背筋を動かして、腕を上下に往復させはじめた。結び目は少しきつくなったが、手首に巻きついた輪の一つがしだいに右の掌のほうにずりさがってくるのが感じられた。それは親指の腹に当たっていた。興奮が全身を突き抜けた。彼はただちに動きを止めた。興奮が完全に静まるのを待ってピストン運動を再開した。上、下。上、下。上、下。一回に八分の一インチずつの遅々たる歩み。やがて突然、驚くべきことに、右手が自由になった。

自由になった右手を背中にまわしたままで、屈伸運動をこころみた。右手がしなやかさを取り戻したことをたしかめてから、左手首のロープの輪に指をかけて引っぱってみた。左手もするりと抜けた。

彼は両手を前にまわして床においた。しばらく目をつむっていた。ここで肝心なのは、途中までうまくいったことを考えないことだ。これから先はいっそう慎重にやらなければならない。左手で体を支えて、右手で首に巻きついたロープの結び目を探ってみた。それをほどくには窒息するほど強く引っぱらなければならないこと——それでなくても鈍い痛みでうずいている睾丸をさらにきつくしめあげなければならないことが、すぐにわかった。

彼は深々と息を吸いこんで結び目をゆるめにかかった。ロープはじわじわときつくなって、首と股にぎりぎり食いこんだ。麻のけばが小さな刺青《いれずみ》用の針のようにちくちく喉を刺した。結び目は永久に彼を拒み続けるかのようだった。目の前に大きな黒い花が音もなく咲きでて、目が見えなくなりはじめた。それでも彼はあわてなかった。休みなしに結び目を動かしているうちに、とうとうそれが少しゆるんだ。一瞬股の部分が耐えがたいほどしめつけられた。彼は痙攣するように身をよじって、輪をすっぽりと首から抜いた。苦痛がやわらいだ。

彼は床に坐って首うなだれ、激しく息を切らしながら、痛めつけられた睾丸を両手に包んだ。鋭い痛みは鈍痛に変わって全身に拡がり、胸がむかついた。

むかつきが少しおさまったので、鎧戸のしまった窓のほうを見た。折れた小割板の隙間から入りこむ光はくすんだ黄土色に変わっていた——もう日没は間近だった。そしてドアには鍵がかかっていた。

彼は梁にかかったロープをたぐりよせて、足の結び目をほどきにかかった。結び目は腹立たしいほどきつく、奮闘のあとの反動で精神集中も乱れかけていた。

股から膝の順でロープをほどいていき、無限に続くかと思われるほどの苦闘の末、ようやく足首も自由になった。いまは無害な縄きれと化したロープの間からふらふらと立ちあがり、よろめきながら股のマッサージをはじめた。

階下で物音がした。足音だった。

彼はパニックに襲われて、鼻孔をふくらませながらあたりを見まわした。足を引きずりながら窓に駆けよって、押しあげてみた。錆びついた三インチ釘がかすがいのように打ちこまれて、窓を釘づけにしていた。

足音が階段をのぼってきた。

彼は片手で口を拭いながら必死の面持《おももち》で部屋の中を見まわした。雑誌の束が二つ。裏に一八九〇年代の夏のピクニック風景が印刷された、カリアー・アンド・アイヴズの小さなリトグラフが一枚。鉄製のベッドが一つ。

彼は絶望的な気分でベッドに近づいて一端を持ちあげた。すると遠くで見守っていた神々が、おそらく彼が独力で幸運を作りだした努力をめでて、自分たちの幸運を少々恵んでやる気になったらしい。

足音が階段をあがりきって、廊下をドアのほうに近づいてきたとき、ねじこみ式のベッドの脚がようやくはずれてマークの手に握られていた。

4

ドアがあいたとき、マークはトマホークを持った木彫りの人形よろしく、ベッドの脚を振りかざしてドアのかげに立っていた。

「小僧、待たせたな——」

彼はもぬけの殻のロープを見て、驚きのあまりおそらくたっぷり一秒間は棒立ちになっていた。体が戸口から半分部屋の中に入りこんでいた。

マークにしてみれば、フットボールのプレーをスローモーションのビデオテープで見るような感じだった。ドアのかげから全体の四分の一だけのぞいた禿頭に狙いを定めるまで、数秒ではなく数分が経過したように思われた。

彼は両手でベッドの脚を振りおろした——渾身の力をこめずに、二度目の、より正確な一撃のために力をとっておいた。それはちょうどドアのかげをのぞこうとして首をまわしたストレイカーの、こめかみのすぐ上のところに当たった。大きく見開かれた目が苦痛のために閉じられた。ぱっくり口をあけた頭皮の傷口から、驚くほどの血しぶきが飛び散った。

ストレイカーが逃げようとしてよろけ、後ろ向きになって部屋の中によろめきこんだ。顔が恐ろしいしかめ面にゆがんでいた。片手が迫ってきたので、マークがふたたび強打した。今度はパイプが額の上のところに命中して、また血しぶきがほとばしった。

彼は白眼をむいてぐにゃぐにゃとくずおれた。

マークは倒れた体のまわりを一まわりして、目を丸くしながらそれを見おろした。ベッドの脚の先端は血だらけだった。本物の血はテクニカラー映画の血よりも黒っぽかった。血を見ると吐気がしたが、ストレイカーを見てもなにも感じなかった。

とうとう殺してしまった、と彼は思った。でも、これでいいんだ。

ストレイカーの片手が彼の足首をつかんだ。

マークははっと息を呑んで足を引っこめようとした。手は鉄の罠のように足首をしめつけ、ストレイカーが血を滴らせた仮面の中から、冷たく光る目で彼を見あげていた。唇が動いたが声にならなかった。マークはさらに強く足を引っぱったが無駄だった。なかば呻くような声を発しながら、ベッドの脚でストレイカーの手を殴りはじめた。一回、二回、三回、四回。ぽきっ、ぽきっと指の折れる音がした。ストレイカーの手から力が抜けた。ぐいと足を引き抜いたとたんに、勢いあまってよろめきながら廊下までとびだした。

ストレイカーの頭はふたたび床に横たわっていたが、めちゃめちゃに傷ついた手は、猫を追いかける夢を見ている犬の前足のように、暗黒の生命力に満ちあふれて空中で開いたり閉じたりしていた。

マークは感覚のなくなった手からベッドの脚を取りおとして、震えながら後ずさりした。やがて突然パニックに襲われてくるりと向きを変えると、片手を手摺にかけて滑らせながら、麻痺した足で一度に二段か三段ずつ飛ぶように階段を駆けおりた。

玄関ホールはぞっとするほど暗かった。

彼は開かれた地下室のドアに、憑かれたような、おびえきった視線を投げかけながら、台所へ入って行った。太陽は赤と黄と紫の燃える放射体となってまさに沈もうとしていた。そこから十六マイルはなれた葬儀屋では、ベン・ミアーズが七時一分と二分の間でためらう時計の針をじっとみつめていた。

マークはそのことを知るよしもなかったが、吸血鬼の時が迫っていることを知っていた。これ以上マーステン館に踏みとどまることは、吸血鬼との対決を意味する。地下室へおりてスーザンを救おうとすることは、亡者《アンデッド》の仲間に加わることを意味した。

にもかかわらず彼は地下室の入口に近づいて、階段を三段ほどおりさえした。そこではじめて恐怖心がほとんど物理的といってもよいほどの枷《かせ》となって、体の自由を奪った。彼はその力に逆らうかのように、泣きながら激しく体を震わせた。

「スーザン!」と、彼は叫んだ。「スーザン!」

「マ、マークなの?」彼女の声は弱々しく、ぼんやりしていた。「なにも見えないわ。とても暗くて――」

突然空砲を撃ったようなすさまじい轟音に続いて、底知れない、魂の抜けたような笑い声が聞こえた。

スーザンが悲鳴をあげた……その声はしだいに呻き声に変わり、やがて沈黙した。

それでもなお、彼は宙に浮いたような震える足で踏みとどまった。

下のほうから、彼の父親に驚くほどよく似たやさしい声が呼びかけた。「こっちへおいで、坊や。きみはえらいよ」

その声の魅力はあまりにも大きかったので、急に恐怖心が薄れ、羽毛のように軽くなった足が鉛に変じてしっかりと地につくのを感じた。思わずもう一段下におりようとしかけて、あやうく思いとどまった。

「こっちへおいで」と、その声はさらに近いところから聞こえた。父親のようなやさしさの下に、断固たる命令の響きがあった。

マークが下に向かって叫んだ。「ぼくはお前の名前を知っている！　バーローだろう！」

そして逃げだした。

玄関ホールまできたとき、ふたたび津波のような恐怖心が押しよせてきた。もしもドアに鍵がかかっていたら、漫画のようにドアの真中を突き抜けて、人間の形をした穴をあけていただろう。

彼は私道を夢中で走って（はるか昔のベンジャミン・ミアーズ少年と同じように）、ブルックス・ロードに出ると、町と、あてにならない安全に向かって、道路の真中をひたすら走り続けた。

やがてブルックス・ロードからそれて森の中の道をつまずきながら進み、タガート・ストリームをじゃぶじゃぶ渡り、対岸の茂みに足をとられて転び、ようやくわが家の裏庭に辿りついた。

勝手口から入ってアーチの下から居間をのぞくと、心配そうな顔をした母親が、膝の上に電話帳を拡げて電話をかけているところだった。

彼女は顔をあげてマークを見た。安堵の表情が波のように顔をおおった。

「――帰ってきたわ――」

　彼女は相手の返事を待たずに電話を切って、息子のほうに歩みよった。息子は、母親には思いもよらないほど大きな悲しみとともに、彼女が泣いていたことを見てとった。

「ああ、マーク……いったいどこにいたの？」

「帰ったのか？」と、書斎から父親の声がした。目には見えないが、彼の顔には怒りがあふれていた。

「ねえ、どこへ行ってたのよ」母親は息子の肩に手をかけて揺さぶった。

「外だよ」少年は弱々しく答えた。「走って帰る途中に転んじゃった」

　ほかにいうことはなにもなかった。少年期の本質を定義する特質は、夢と現実を苦もなく混同してしまうことではなく、大人の世界からの遊離である。子供の暗い気まぐれを説明する言葉は存在しない。賢い子供はそのことを知っているから、避けがたい帰結をおとなしく受けいれる。得失を計算するようなら、彼はもう子供ではないのだ。

　彼はもう一言だけつけ加えた。「もう時間がなかった。だから――」

　そのとき、父親の怒りが息子の頭上に爆発した。

5

　月曜の夜明け前のまだ暗い時間。

　ガリガリ窓を引っかく音。

彼は眠りから、頭が朦朧《もうろう》とした状態を一足とびに越えて、はっきりと目ざめた。眠っているときと目ざめているときの異様な精神状態が、驚くほどよく似ていた。

窓の外の闇の中に浮かぶ白い顔は、スーザンの顔だった。

「マーク……わたしを中に入れて」

彼はベッドから起きだした。床がはだしの足に冷たかった。体ががたがた震えていた。

「帰れ」と、彼は抑揚のない声でいった。彼女は昼間と同じブラウスを着て、同じスラックスをはいていた。彼女の家族は心配しているだろうか？　もう警察に連絡しただろうか？

「それほど悪くないわよ、マーク」と、彼女はいった。生気のない、黒曜石《こくようせき》のような目をしていた。彼女がほほえむと、血の気のない歯ぐきの下で白い歯が浮彫りのようにくっきりと光った。「とってもいい気持よ。入れてくれたら教えてあげるわ。あなたにキスしてあげる。お母さんだって一度もしてくれたことのないような、すてきなキスをしてあげるわ」

「帰れ」と、彼は繰りかえした。

「遅かれ早かれ、わたしたちの仲間のだれかがあなたをつかまえるのよ」と、彼女がいった。「もう仲間がずいぶんふえたのよ。どうせのことならわたしにちょうだいよ、マーク。わたし……おなかが空いてるのよ」彼女は微笑を浮かべようとしたが、彼の目に映ったのは骨の髄まで冷えるような毒々しい渋面だった。

彼は十字架を持ちあげて窓に押しつけた。

彼女は火傷《やけど》でもしたように、しゅうしゅうという声を発して、窓枠から手を放した。一瞬体が霧のようにもやもやっと宙に浮いていたが、やがてふっと目の前から消えた。だが、消える寸前に絶望的な不幸の表情が顔に浮かんだ（ような気がした）。

夜はふたたび静まりかえった。

もう仲間がずいぶんふえたのよ。

なにも知らずに危険に身をさらしながら眠っている階下の両親のことを思って、彼は背筋が寒くなった。

このことを知っている人が、少なくともうすうす察している人が何人かいる、と彼女がいっていた。

だれだろう？

そうだ、あの小説家だ。彼女のデートの相手。名前はミアーズだ。エヴァの下宿に住んでいる。小説家はいろんなことを知っている。だからたぶん彼のことだろう。彼女の先まわりをしてミアーズと会わなくちゃ。

彼はベッドに戻る途中で立ちどまった。

彼女がまだミアーズのところへ行っていなければの話だが。

# 第十三章　キャラハン神父

## 1

　同じ日曜日の夕方、キャラハン神父がマット・バークの病室にためらいがちに足を踏み入れた。マットの時計で七時十分前だった。ベッドサイドのテーブルはおろか、掛けぶとんの上にも本がたくさん散らばっていた。埃まみれの年代ものの本も何冊かまじっていた。マットはロレッタ・スターチャーの独りずまいのアパートに電話して、日曜にもかかわらず無理に図書館をあけさせただけでなく、彼女自身の手でこれらの本を病院まで運んでもらったのだった。彼女は山のように本を抱えた病院の用務員三人の行列の先頭に立って、部屋に入ってきた。そしてなんのためにこんな奇妙な取合せの本が必要なのかと質問したが、マットが答えてくれないので、いささか臍《へそ》をまげて帰って行ったのだった。

　キャラハン神父は不思議そうにこの学校教師をみつめた。いくぶんやつれてはいるが、こういう場合に彼が訪問した教区民の大部分の人ほどはやつれてもいなかったし、ショックを受けているようにも見えなかった。キャラハンは、癌、心臓発作、あるいはその他の主要な内臓疾患を知らされた患者が最初に示す共通の反応は、人目をはばからぬ感情の露出であることを経験から知っていた。患者は自分自身の肉体という親しい（そして、少なくともそれまでは、完全に理解していたつもりの）友人が、みずからの責任すら果たしえないほどの怠け者であることを知って愕然とする。この最初の反応のすぐあとに続くのは、これほど手ひどく期待を裏切るような相手は、友人の名に価しないという考えである。その結果、こんなやつは友人であろうとなかろうと構わないという結論に達する。彼は自分の肉体という二心ある友人と口をきくことを拒めもしないし、そいつが電話をかけてきたときに居留守をつかうこともできない。こうして病床であれこれ考えた末に辿りつくのは、自分の肉体が実は友人などではなく、彼を酷使してきた横暴な主人を滅ぼすべく決意した執念深い敵だったのではないか、という恐ろしい疑惑である。

　かつてキャラハンは、酒を飲んだ勢いで、ザ・カソリック・ジャーナルのためにこの問題に関する論文を書いたことがあった。そして高層ビルの最上階の出窓から人間の脳がのぞいている絵柄の漫画まで自分の手で描きそえた。ビル（『人体』と説明されていた）は炎（『癌』と説明されていた――ほかの病気であっても差し支えない）に包まれている。漫画の題は『飛びおりるには高すぎる』だった。あくる日の正気との戦いの中で、彼は論文をずたずたに破り捨て、漫画を火にくべてしまった――『キリスト』と説明された、縄梯子をぶらさげて救出に向かうヘリコプターでも描き加えないかぎり、どちらもカトリックの教義とは相容《あいい》れないものだったからである。にもかかわらず彼は自分のこの洞察が正しいと信じていたし、患者側におけるこの病床の論理の行きつくところは、ほとんど例外なしに急性の絶望症候群だった。症状としては、光を失った目、鈍い反応、胸の奥底からしぼりだすような溜息、そしてときには聖職者の姿を見て流す涙などがあった。

マット・バークの場合はこれらの症状のいずれも見られなかった。さしだされた片手を握ったとき、キャラハンは握手の力強さに驚かされた。

「キャラハン神父。よくきてくれましたね」

「喜んでうかがいましたよ。すぐれた教師は、女房の知恵と同じで、計り知れない値打ちのある宝ですからね」

「わたしのような不可知論者でも？」

「不可知論者ならなおさらですよ」と、キャラハンは楽しそうに応酬した。「あなたはたぶん弱気になっているんですよ。戦場のたこつぼに無神論者はいない、と聞いています。病院の集中治療棟にいる不可知論者も貴重な少数派でしょう」

「ところがわたしはもうすぐ普通病棟へ移されるんですよ」

「なあに、そのうち聖母マリアやわれらが父に祈ることになりますよ」

「それですがね」と、マットはいった。「あなたが考えているほど先のことじゃなさそうなんですよ」

キャラハン神父が腰をおろした。椅子を引きよせるときにベッド・スタンドに膝がぶつかった。無造作に積みあげられた本が彼の膝の上に崩れ落ちた。彼は本を元の場所に戻しながら一冊ずつ書名を声にだして読みあげた。

「『ドラキュラ』、『ドラキュラの客』、『ドラキュラを求めて』、『金枝篇』、『吸血鬼の博物誌』――博物誌ね？　『ハンガリー民話集』、『闇の怪物たち』、『現実生活の怪物たち』、『ペーター・キュルテン、デュッセルドルフの殺人鬼』。それから……」彼は最後の一冊の表紙から埃をはらって、眠れる乙女を上からのぞきこむ幽霊のような人物の絵を眺めた。「『吸血鬼ヴァーニー、または血の饗宴』。やれやれ——回復期の心臓病患者はこんなものを読まなければならないんですか？」

マットは微笑を浮かべた。「かわいそうなヴァーニー。はるか昔、大学でレポートを書くためにそれを読みましたよ……ロマン派文学のね。幻想文学は『ベーオウルフ』に始まってC・S・ルイスの『ザ・スクリューテープ・レターズ』で終わると思っている教授は、ひどく驚いたらしいですな。不可をもらって、おまけにもっと視野を高めるべしと書かれましたよ」

「しかし、ペーター・キュルテンのケースはなかなか面白いですね。不快ではありますが」

「キュルテンの経歴をご存知ですか？」

「大体は知っています。神学生のころそういうものに興味を持ったんですよ。きわめて懐疑的な先輩たちに対しては、りっぱな神父になるためには、人間性の高貴さに目を向けると同時にその深淵にも探りを入れる必要があると言訳しました。実際のところ、まったくのいいのがれですがね。要するにわたしも人並みにぞくぞくするようなスリルが好きだったのです。たしかにキュルテンは幼友達を二人溺れさせて殺しています——大きな川の真中につながれた筏《いかだ》を独り占めにして、二人が疲れて水中に沈むまで突きはなし続けたんでしたね」

「そうです。それからティーンエイジャーのころに、デートを断わった女の子の両親を殺そうとしました。その後彼らの家に放火しています。しかし、わたしが関心を持つのは彼の、なんというか、経歴のその部分じゃないんです」

「でしょうね、あなたの読書傾向を見ればわかりますよ」神父は掛けぶとんの上から雑誌を一冊取りあげた。体にぴったりのコスチュームをまとった絶世の美女が、若い男の血を吸っている絵があった。青年の表情は極度の恐怖と欲望がないまぜになったような、不安定な表情だった。雑誌の名前は——それは若い女の名前でもあるらしいのだが——『ヴァンピレッラ』だった。キャラハンはひどく好奇心をそそられながら雑誌をおいた。

「キュルテンは十人以上の女を襲って殺しています」と、キャラハンはいった。「そしてさらに多くの人間をハンマーでバラバラにしています。女が生理中のときは経血を飲んだんですからね」

マット・バークがふたたびうなずいた。「これは一般には知られていませんが、彼は人間だけでなく動物も切り刻んでいるんですよ。強迫観念が嵩《こう》じたときに、デュッセルドルフの中央公園で二羽の白鳥の首をちぎって、噴きだした血を飲んだのです」

「この話はわたしをここへ呼んだこととなにか関係があるんですか?」と、キャラハンが質問した。「ミセス・カーレスの話では、なにか大事なお話があるということでしたが」

「そうなんです」

「いったいどういうことです? わたしの興味をかきたてようという狙いなら大成功ですよ」

マットは穏やかに神父のほうを見た。「わたしの親友で、ベン・ミアーズという男が、今日あなたに電話する予定になっていたんです。ところがおたくの家政婦の話では電話がなかったそうですね」

「ええ、わたしは今日午後二時以降だれとも会っていません」

「そのミアーズと連絡がとれないんですよ。彼はわたしの主治医のジェームズ・コディと一緒に病院を出ました。彼とも連絡がとれません。また、ベンのガール・フレンドのスーザン・ノートンもどこへ行ったかわからないんです。彼女は昼すぎに、両親に五時までに帰るといって出かけたんだそうですがね。両親は心配しています」

キャラハンが身を乗りだした。以前にビル・ノートンがカトリック教徒の同僚のことで相談にきたことがあって、彼とはちょっとした知合いだったからである。

「なにか思いあたることでもあるんですか？」

「その前に一つ質問させてください。これは真面目な質問ですから、よく考えてから答えていただきたい。最近町でなにか変わったことに気がつきませんでしたか？」

キャラハンが最初に受けた印象は、いまではそれがほとんど確信に変わっていたが、この男は自分の心の中にある考えで相手を驚かせないために、非常に慎重な態度で話している、というものだった。ベッドのまわりに散らかった本から察して、なにか途方もないことを考えているらしかった。

「セイラムズ・ロットに吸血鬼がいるとおっしゃるんですか？」と、彼は質問した。

重病のあとにくる底無しの絶望は、病人が人生に大きな投資をしていれば避けられることがある、と彼は考えていた。芸術家、音楽家、未完成の建物のことで頭がいっぱいの大工などの場合がそれである。その関心は、おそらく病気の前駆症状である無害な（あるいはさほど害のない）精神疾患と結びついたものであってもいっこうに構わない。

彼はスクールヤード・ヒルに住むホリスという老人と長い時間話し合ったことがあった。ホリスは末期の直腸癌でメイン州立メディカル・センターに入院していた。おそらく耐えがたい苦痛にさいなまれていたにもかかわらず、彼はアメリカのいたるところに侵入している天王星の生物について、明晰な言葉でキャラハンと論じ合った。「今日ソニーズ・アモコであんたの車に給油する男が、ファルマスのジョー・ブローだとすると」と、骸骨のように痩せた老人は目を輝かせながらいった。「明日はジョー・ブローそっくりの天王星人がその仕事をしている。そいつはジョーの記憶と口のきき方まで身につけているんだよ。なぜなら天王星人はアルファ波を食糧にしているからだ……」ホリスにいわせれば、彼の病気は癌なんかじゃなしに、進行したレーザー中毒だった。天王星人は、自分たちの企みを彼に見抜かれたことを知って、彼を亡き者にすることに決めたのだった。ホリスはその運命を受け入れて、戦いながら死ぬ覚悟だった。キャラハンは彼に反論しなかった。そんなことはお人好しだが頭の悪い身内の連中にまかせておけばよい。キャラハンの経験では、精神疾患は、カティ・サークの一杯と同じように、きわめて有益な場合もあった。

だからいまも彼は黙って手を組んで、マットの話の続きを待った。

「それでなくても話しにくいんですから」と、マットがいった。「もしもわたしの頭が病気のせいでおかしくなったと考えておられるとしたら、ますます話しにくくなってしまいます」

自分がたったいま考えたばかりのことが、他人の口からいわれるのを聞いて、キャラハンはおおいに驚き、かろうじてポーカー・フェイスを保った——もっともそれで不安になるよりは、相手に対する賛嘆の気持のほうが強かったのだが。

「とんでもない、あなたはたいそう頭が冴えていますよ」

マットは溜息をついた。「頭脳明晰は正気の保証にはなりません——それはあなたもよくご存知でしょう」彼はベッドの上で体を動かして、まわりの本を並べなおした。「もしも神が存在するとしたら、彼はわたしに慎重このうえない形式主義の生活の償《つぐな》いをさせようとしているのにちがいありません――なにしろわたしときたら、どんな領域にでも、そこに詳細な脚注がほどこされるまでは、絶対に知性の足を踏み入れようとしない人間なんですから。裏付けになる証拠のかけらもないのに途方もない話をしなければならないのは、実は今日これが二度目なのです。自分の正気を弁護するためにいまのわたしにいえることは、これからお話しすることを実証するにしても反証をあげるにしても、たいして手間はかからないということだけです。どうかわたしの話を本気で受けとって、手遅れにならないうちにその真偽をたしかめてください」そこで彼は小さく笑った。「手遅れにならないうちに、か。三〇年代のパルプ・マガジンから抜けでてきたようなせりふですな」

「人生いたるところにメロドラマありですよ」とキャラハンは答えて、それにしてはこのところあまりメロドラマにお目にかからないなと思った。

「もう一度ききますが、この週末になにか変わったこと、異常なことに気がつきませんでしたか？　どんなことでもいいんです」

「吸血鬼の関係ですか、それとも――」

「なんの関係でも結構ですよ」

キャラハンはあれこれ考えてみた。「ごみ捨場が休業中です」と、やがて彼はいった。「しかしゲートがこわれていたんで、わたしは車で中に入りましたよ」そして笑いながら、「わたしは自分でごみを捨てに行くのが楽しみでしてね。あそこは貧しいけれどもしあわせなプロレタリアートのすばらしい空想にふれるにはもってこいの、散文的で荒涼とした場所ですよ。そういえばダッド・ロジャーズの姿も見かけませんでしたね」

「ほかには?」

「そうですね……今朝クロケット夫婦がミサに出席しませんでした。ミセス・クロケットが欠席するのはめったにないことですよ」

「まだなにかありますか?」

「気の毒に、ミセス・グリックが――」

マットが片肘ついて起きあがった。「ミセス・グリックが? どうかしましたか?」

「死にましたよ」

「死因は?」

「ポーリーン・ディケンズは心臓発作だろうといっていました」とキャラハンは答えたが、どこか奥歯に物のはさまったような口ぶりだった。

「ほかにザ・ロットで今日だれか死にましたか?」ふだんならこれはばかげた質問だったろう。セイラムズ・ロットのような小さな町では、老人人口が多いにもかかわらず、そうばたばた人が死ぬことはありえない。

「いや」キャラハンはゆっくり答えた。「しかしこのところ死亡率がばかに高くなっているようですね。マイク・ライアースン……フロイド・ティビッツ……マクドゥガルの赤ん坊……」

マットは疲れたような顔をしてうなずいた。「たいそう妙です。しかし事態は、たがいに重なりあって真相がわかるところまできています。あと二晩か三晩たてば、おそらく……」

「遠まわしないい方はよしましょう」と、キャラハンがいった。「いいでしょう。すでに死んだ人の数が多すぎると思いませんか？」

彼は自分の話にベンとスーザンとジミーの補足を織りこんで、一部始終を包み隠さずに話しはじめた。彼が話し終わるころ、ベンとジミーのその夜の恐怖はすでに終わっていた。スーザン・ノートンのそれはいままさに始まろうとしていた。

2

一通り語りおえると、マットはしばし沈黙してからやがていった。「どうです、わたしの頭がおかしくなっているのでしょうか？」

「いずれにしろ、あなたは人々がそう考えるものと決めてかかっておられる」と、キャラハンがいった。「あなたはミアーズさんとご自分の主治医を納得させたじゃありませんか。いや、わたしはあなたが正気を失っているとは思いません。結局のところ、わたしの仕事は超自然が相手ですからね。ちょっと冗談をいわせてもらうなら、それがわたしのパンとぶどう酒ですよ」

「しかし――」

「まあわたしの話を聞いてください。この話を人に信じろとはいわないが、わたし自身はほんとの話だと信じています。わたしの親友にレイモンド・ビソネット神父というのがおりましてね。数年前からコーンウォールのある教区におります――いわゆる錫《すず》海岸にある町ですよ。

ご存知ですか?」

「ええ、なにかで読んだことがあります」

「五年前に、彼が教区のへんぴな片田舎から、〝痩せ衰えて死んだ〟ある若い娘の葬式に呼ばれたことを、手紙で知らせてきました。柩には野バラがいっぱいに詰まっていて、レイモンドは異様な感じを受けたそうです。さらに彼を驚かせたのは、遺体の口が棒きれでこじあけられて、ニンニクとタチジャコウソウがいっぱいに詰まっていたことでした」

「しかし、それは――」

「そう、死人が生きかえるのを防ぐための昔ながらの方法です。民間療法のたぐいですな。レイモンドが不審に思ってわけをたずねると、娘の父親は彼女は夢魔《インキュバス》に殺されたのだと答えたそうです。夢魔をご存知ですか?」

「性的な吸血鬼のことでしょう」

「その娘はバンノックという、首の横に大きなイチゴ色の痣のある青年と婚約していました。彼は婚礼の二週間前に、仕事から帰る途中車に轢かれて死んでしまったのです。それから二年たって、娘は別の男と婚約しました。ところが彼女は教会で二度目の結婚の予告をだす前の週に、突然婚約を破棄してしまったのです。彼女が両親や友人に打ち明けていうには、ジョン・バンノックが夜な夜な彼女のもとにあらわれて、彼女と関係していたのだそうです。彼女の現在の婚約者は、レイモンドによれば、悪魔の夜ごとの訪れよりも、むしろ彼女が気が変になってしまったのではないかと心配していたそうです。にもかかわらず、彼女はしだいに憔悴《しょうすい》して、とうとう死んでしまい、教会の古式にのっとって埋葬されました。

レイモンドに手紙を書かせたのはその事件ではなく、娘の埋葬から二カ月ほどたったある日の出来事でした。彼は早朝の散歩の途中に、一人の若い男が娘の墓の前に立っているのを見かけました——首に大きなイチゴ色の痣のある青年です。話はまだ終わりじゃありません。レイモンドはその前のクリスマスに両親からポラロイド・カメラをプレゼントされて、コーンウォールの田園風景をいろいろとスナップしては楽しんでおりました。わたしもその何枚かを司祭館のアルバムに貼ってありますが、なかなかみごとに撮れていますよ。その朝も首にカメラをぶらさげていたので、青年の写真を数枚撮ったそうです。それを村の人々に見せたときの彼らの反応は驚くべきものでした。ある婦人は気を失って倒れるし、死んだ娘の母親は路上で祈りはじめる始末でした。

ところが翌朝レイモンドが目をさますと、青年の姿が写真から煙のように消えてしまって、残ったのは村の教会墓地の風景ばかりだったのです」

「あなたはその話を信じますか？」と、マットがたずねた。

「もちろんです。おそらくたいていの人は信じるでしょう。一般の人々は小説家が好んで書くほど超自然現象を疑わないものですよ。この主題を扱うほとんどの小説家は、実際のところ、一般の人間よりも幽霊や悪魔に関して現実的な考え方をします。ラヴクラフトは無神論者でした。エドガー・アラン・ポーは中途半端な空想家だったし、ホーソンは陳腐な信心家にすぎませんでした」

「この問題についてはたいそうおくわしいようですね」

神父は肩をすくめた。「わたしは子供のころからオカルトと怪奇《ウートレ》に興味があって、大人になってからも、神父になったことでその傾向が弱まるどころか、かえって強くなったんですよ」彼はふっと溜息を洩らした。「しかし最近はこの世の悪の本質に関するかなり難解な質問を自問しはじめました」そして苦笑とともにつけ加えた。「そのために多くの楽しみが台無しになってしまったのです」

「それじゃ……わたしにかわってあることを調べていただけませんか? ついてはそのときに聖水と聖餅《せいへい》を少々身につけて持って行くというのはどうでしょうか?」

「あなたはいま制約の多い神学の領域に足を踏み入れているんですよ」と、キャラハンは真剣そのものの表情でいった。

「どうしてです?」

「いまこの場でノーと答えるつもりはありません」と、キャラハンはいった。「それに、もしこれがわたしより若い神父だったら、おそらくたいした不安もなしに即座にイエスと答えるでしょう」彼はふたたび苦笑いを浮かべた。「彼らは教会の儀式の道具を、実用的なものよりは象徴的なものとして――いわば呪師の頭飾りや魔法の杖のようなものと考えているんです。若い神父なら、あなたは精神を病んでいる、しかし聖水を少々ふりかけてやればその病いが軽くなるのならおおいに結構、と考えるでしょう。だがわたしにはそれはできません。こざっぱりしたハリスのツイードを着て、シビル・リークの『官能のエクソシスト』かなにかを小脇に抱えながら、あなたに頼まれた調査をおこなうだけなら、これはあなたとわたしだけの問題です。しかし聖餅を持ちだすとなると……わたしは聖カトリック教会の代理人として、わたしの職務の中の最も神聖な儀式を執行する覚悟ででかけることになります。つまりわたしはキリストの地上における代理となるのです」マットを見る彼の表情は真剣かつ厳粛だった。「わたしには聖職者としての資格に欠けるところがあるかもしれません――少なくとも自分ではときおりそう思います。少々疲れはてていて、少々シニカルで、このところ危機――信仰の？あるいはアイデンティティの？――に直面しています。けれどもわたしは自分の背後にある教会の神聖にして畏怖すべき力を依然として信じているので、あなたの頼みを軽々しく引き受けることを考えただけで、いささか体が震えだすほどなのです。教会は若い神父たちが考えているような理想の集団以上のものです。精神的なボーイ・スカウト以上のものです。教会は軍隊なのです……そして軍隊は軽々しく動かすべきものではありません」彼は額に皺を寄せてマットを見た。「このことをわかっていただけますか？　あなたの理解がどうしても必要なのですよ」

「わかります」

「カトリック教会における悪の全体的概念は、今世紀に入ってから急激な変化をとげました。その原因はなんだかわかりますか？」

「たぶん、フロイトでしょう」

「その通り。二十世紀に入ると、カトリック教会は一つの新しい概念と対決するようになりました。すなわち小文字で始まる悪がそれです。先の尖《とが》ったしっぽを持ち、赤い角をはやした怪物や、庭を這いまわる蛇の姿をした悪魔――心理的なイメージとしてはきわめて適切ですが――は、もう過去のものとなってしまったのです。フロイトの福音によれば、悪魔は複合イド、つまりわれわれすべての人間の無意識である、ということになります」

「しかし赤いしっぽをはやした悪魔よりもなおばかげたそんな概念は、便秘症の聖職者の屁一発で敏感な鼻をやられて、たちまち退散してしまうでしょう」

「ばかげていることはたしかです。しかしこれは非人間的で、情け容赦なく、確固不動です。フロイトの悪魔を追放することは、シャイロックの取引――血を一滴も流さずに一ポンドの肉を切りとることと同じように不可能なことなのです。カトリック教会は悪へのアプローチを再検討せざるをえなくなった――カンボジアの爆撃、アイルランドや中東の戦争、警官殺しやゲットーの暴動、その他ブヨの大群のように毎日この世界に野放しにされる、無数のより小さな諸悪に対するアプローチをです。教会はいまかつての呪師的な衣裳を脱ぎすてて、社会的意識にめざめた活動的な組織として再生しつつあるのです。告解聴聞室はゲットーの集会センターに押され気味だし、聖体拝領は公民権運動や都市再開発の第二ヴァイオリンを弾いている状態です。教会はいま現世に両足をおろそうとしているのですよ」

「魔女も悪魔も吸血鬼も存在せず、あるのはただ児童虐待と近親相姦と環境破壊だけという現世にですか」と、マットがいった。

「そうです」

「そしてあなたはそういう状態を憎んでおられる」

「そうです」キャラハンは静かに答えた。「これは忌わしい状態だと思います。そしてこの状態を指してカトリック教会は、神は死んでいない、少し年をとっただけだといっているのです。たぶんわたしもそう答えるしかないでしょう。で、わたしになにをしろとおっしゃるんですか？」

マットは彼に一部始終を話した。

キャラハンは熟考ののちにいった。「であなたは、それがいまわたしが話したことへの真向からの挑戦だと考えておられるのですか？」

「いや、逆にわたしはこれこそあなたの教会――あなたの教会ですよ――の真価を問う絶好のチャンスだと思っていますよ」

キャラハンは深々と息を吸いこんだ。「よろしい、承知しました。ただし条件が一つあります」

「なんでしょう？」

「このささやかな探検に参加するわれわれ全員が、まずストレイカー氏の店へ行ってみることです。そしてミアーズさんがスポークスマンとなって、この問題を率直に彼と話しあう。ほかの者が全員で彼の反応を観察します。そして根も葉もないことだと一笑に付すチャンスを彼に与える、という条件です」

マットは眉をひそめた。「そんなことをしたら彼は警戒しますよ」

キャラハンは首を横に振った。「われわれ三人が――ミアーズさんと、コディ先生と、このわたしが――断固としてやり抜く決意なら、警戒しても役に立たないと思いますよ」

「いいでしょう。ベンとジミー・コディが同意するならばその条件で結構です」

「よかった」キャラハンは溜息をついた。「これがみんなあなたの妄想であってくれればいい、とわたしが考えていることを知ったら、あなたは気を悪くしますか？　わたしはこのストレイカーという人物が、われわれを一笑に付すことを望んでいますよ」

「いや、全然」

「わたしは心からそうなることを望んでいます。なにしろあなたが考えている以上に大変なことを引き受けてしまったんですから。それを考えるとこわいんですよ」

「わたしもこわいんです」と、マットが声をひそめていった。

3

しかし聖アンドルー教会へ歩いて帰る途中、彼は全然こわさを感じなかった。むしろ意気昂然とした、生まれ変わったような気分だった。何年ぶりかの素面《しらふ》の状態だったが、酒が欲しいとも思わなかった。

司祭館に戻ると、電話をとりあげてエヴァ・ミラーの下宿屋の番号を回した。「もしもし、ミラーさん？　ミアーズさんはおいでですか？……いない……そうですか。いや、結構、あしたまたかけなおします。さようなら」

ミアーズはどこかへでかけて、田舎道でビールでも飲んでいるのだろうか、それともあの老教師のいったことはすべて本当なのだろうか？

もしそうだとしたら……もしそうだとしたら……

家の中にじっとしていられない気分だったので、裏のポーチへ出て行って、十月のさわやかな空気を吸いこみながら、うごめく闇をみつめた。結局すべてがフロイトのせいではないのかもしれなかった。原因の大部分は、吸血鬼の心臓に打ちこまれた杭よりも効果的に――そしてよりすっきりと――人間の心の中の影の部分を消してしまった電灯の発明にあるのかもしれなかった。

悪はいまもなお存在しているが、いまやそれは駐車場の蛍光灯や、ネオン・サインや、無数の百ワット電球のぎらぎらした、魂を持たない光の中に存在する。将軍たちは交流電流の白色光のもとで戦略爆撃の計画を立案し、それはブレーキなしで坂をくだる子供のゴーカートのように、まるでコントロールがきかなくなってしまった。わたしは命令に従っただけだ。それはたしかに真実だ、明らかな真実だった。われわれはみな兵士で、自分の除隊通知に書かれていることに従っただけだった。しかしその命令は究極においてどこから発せられたのか？　あなたの指導者のところへわたしを連れて行ってくれ。だが彼の部屋はどこにあるのか？　わたしはただ命令に従っただけだ。国民がわたしを選んだのだ。しかしその国民を選んだのはだれなのか？

なにかが頭上で羽搏《はばた》いたので、キャラハンは混乱した夢想からはっとわれにかえって、上に目を向けた。鳥？　それともこうもり？　どっちだろうと構いはしなかった。

彼は町の物音に耳をすましたが、電話線が風で唸る音しか聞こえなかった。

葛が畑にはびこる夜、あなたは死者のように眠る。

それを書いたのはだれだったか？

物音ひとつ聞こえない。見えるのはフレッド・アステアが一度も踊ったことのない教会の前の蛍光灯と、ブロック・ストリートとジョイントナー・アヴェニューの交差点でかすかに点滅する信号灯だけだった。赤ん坊の泣き声も聞こえなかった。

葛が畑にはびこる夜、あなたは眠る――

昂然たる気分は誇りのこだまのように消えてしまっていた。恐怖が心臓をしめつけた。命惜しさや、体面を傷つけられたり、家政婦に飲酒癖がばれるかもしれないという恐れではなかった。それは青年時代の苦悩の日々にすら、夢想だにしたことのない恐怖だった。

それは自分の不滅の魂に対する恐れだった。

# 第三部　見捨てられた町

わたしは声を聞いた、深淵から叫ぶ声を、
ベイビー、いついつまでも一緒に眠ろうと。

——古いロックンロール・ソング

この谷間を行く旅人たちは
赤く輝く窓ごしに見るのだ
狂った旋律に合わせて
妖しく動きまわる大きな物影を。
そのとき恐ろしい奔流のように
色青ざめた扉から
物の怪がはてしなく走りでて
声高らかに笑う——が微笑《ほほえみ》はいまやない。

——エドガー・アラン・ポー『呪われた宮殿』

Tell you now that the whole town is empty.

——Bob Dylan

# 第十四章　ザ・ロット（その四）

## 1

『老農夫の暦』より。

一九七五年十月五日（日曜日）日の入り、午後七時二分。一九七五年十月六日（月曜日）日の出、午前六時四十九分。秋分の日から十三日たったこの地球自転の間の、ジェルーサレムズ・ロットにおける夜の闇は、十一時間と四十七分続いた。月は新月だった。『老農夫の暦』のこの日の言葉は、「太陽を見ること少なく、収穫は終わり近し」である。

ポートランド気象台より。

夜間の最高気温は午後七時五分現在の十六・七度、同最低気温は午前四時六分現在の八・四度。北西の風、時速五ないし十マイル。

カンバーランド郡警察事故記録より。

事件なし。

## 2

十月六日の朝にジェルーサレムズ・ロットの死を宣告した者はいなかったし、この町が死んだことを知っている者もいなかった。それ以前の日々と同じように、この日もまた町は生のあらゆる見せかけを保っていた。

週末の間ずっと冴えない顔色をして床についていたルーシー・クロケットは、月曜の朝に姿を消した。彼女がいなくなったことに気づいた者は一人もいなかった。彼女の母親は地下室の貯蔵食品棚のかげで、キャンヴァス防水布におおわれて横たわり、その朝遅くなって起きだしたラリー・クロケットは、娘が学校へでかけたものと一人合点した。彼はこの日オフィスへ行かないことにきめた。全身がひどくだるくて、頭がふらふらした。光が目にまぶしかった。彼は立ちあがって窓の鎧戸をしめた。片腕にじかに日光が当たったとき、思わず悲鳴を発した。そのうち気分のよいときに窓を取りかえなくてはと思った。窓ガラスの不良品は笑いごとではなかった。お天気のよい日に帰宅してみると家がものすごい勢いで燃えている可能性もなくはない。だが保険会社は自然発火と称して保険金の支払いをしぶるだろう。コーヒーを一杯飲むことを考えただけで胸がむかついた。妻はどこへ行ったのだろうと頭の隅でぼんやり考えたが、やがてそれも忘れてしまった。彼はベッドに戻って、顎の下の妙な剃刀《かみそり》傷のようなものを撫でながら、血の気のない頬の上まで毛布を引きあげて、また寝入った。

そのころ彼の娘は、捨てられた冷蔵庫の中の漆黒の闇の中で、ダッド・ロジャーズとぴったり寄りそって眠っていた——彼女が新しい生活を始めた夜の世界では、ごみの山の間でのダッド・ロジャーズとの交渉がたいそう好ましいものに思えた。

　町の図書館司書のロレッタ・スターチャーもまた姿を消してしまった。もっとも人づきあいのない独身生活を送っている彼女の失踪に気がついた人間は一人もいなかった。彼女はいまジェルーサレムズ・ロット町立図書館の暗くかびくさい三階にいた。三階はいつも鍵がかかっていて（たった一つしかない鍵は彼女が常時鎖をつけて首にぶらさげている）、知的で良心的な有力者が特別に彼女に頼みこんだときだけ、そこに入ることを許されるのだった。

　いまや彼女は、いわばまったく別の種類の初版本となって、生まれたばかりのときと同じできたてのほやほやの状態でそこに横たわっていた。彼女の表紙にはひび一本入っていなかった。

　ヴァージル・ラズバンの失踪にもだれも気づいた者はいなかった。フランクリン・ボッディンは二人で一緒に住んでいるバラックで九時に目をさまし、ヴァージルの粗末な寝床がからっぽだということにぼんやり気がついたが、たいして気にもとめずにベッドから抜けだしてビールを捜しはじめた。が、足がふらつき、頭がぐらぐらするので、またベッドに戻った。

　やれやれ、とふたたび眠りの中にのめりこみながら考えた。ゆうべおれたちはなにを飲んだんだっけ？　携帯燃料の缶で温めた安酒だったかな？

　バラックの床下では、二十回の季節の移り変りで溜まった落葉の中で、表の部屋の床の穴から投げこまれた錆びついたビールの空缶の星座に囲まれて、ヴァージルが横になって夜の訪れを待っていた。黒ずんだ粘土のような彼の脳みその中には、おそらく最高級のスコッチよりも強く、最上等のワインよりも喉にこころよい液体のイメージがあった。

エヴァ・ミラーは朝食の席にウィーゼル・クレイグの顔が見えないことをさほど気にもとめなかった。台所のストーヴでそそくさと朝食を作って仕事にでかけて行く下宿人たちの流れを捌《さば》くのに忙しかったからである。そのあとも片づけものと皿洗いで手がはなせなかった。横着者のグローヴァー・ヴェリルとミッキー・シルヴェスターは、流し台の上に貼ってある「自分のお皿は自分で洗いましょう」という札を、数年前から見て見ないふりをしていた。

だが、やがて下宿人たちが勤めにでかけて、戦争のような朝食時の忙しさが一段落すると同時に、ふたたびウィーゼルのことが気になりだした。月曜日はレイルロード・ストリートのごみ集めの日で、いつもウィーゼルが歩道に運びだしておいた大きなグリーンのごみ袋を、ロイヤル・スノーがおんぼろのインターナショナル・ハーヴェスター・トラックで集めにくるのだった。今朝はごみ袋がまだ裏口の階段の上におかれたままだった。

彼女はウィーゼルの部屋へ行って静かにドアをノックした。「エド?」

返事はなかった。いつもなら彼が酔っぱらっているものと思って、ふだんよりいくぶん不機嫌に口もとをひきしめながら、自分でごみ袋を運びだしていただろう。しかし今朝はなぜかかすかな胸騒ぎをおぼえてノブを回し、ドアの隙間から首を突きだした。「エド?」と、もう一度小声で呼んでみた。

部屋の中はもぬけの殻だった。ベッドの頭のほうの窓があき、カーテンが気まぐれな微風に煽《あお》られてひらひらと揺れ動いていた。ベッドに皺が寄っていたので、彼女の手は無意識のうちにそれをのばしにかかった。ベッドの反対側へまわるときに、室内ばきをはいた右足がなにかをばりっと踏み砕いた。割れたのはウィーゼルのべっこう枠の鏡だった。彼女はそれを拾いあげて眉をひそめながら裏返してみた。それはウィーゼルの母親の形見で、いつか骨董屋が十ドルの値をつけたときも売ることを断わった品物だった。すでに酒を飲みはじめていて、喉から手が出るほど金が欲しかったときである。

彼女は廊下の押入れから塵とりを持ってきて、考えごとをしながらゆっくりとガラスのかけらを掻き集めた。前の晩彼女がベッドに入るとき、ウィーゼルはたしかに素面《しらふ》だったし、だれかの車に乗せてもらってデルの店かカンバーランドへでかけないかぎり、夜の九時以降にビールを買えるところはなかった。

鏡のかけらをウィーゼルの屑かごに捨てるときに、ちらと自分の姿が映った。屑かごの中をのぞいてみたが空壜は見当たらなかった。いずれにしろエド・クレイグはこそこそ人目を避けて飲むタイプではなかった。

たぶんそのうち帰ってくるわ。

しかし階下へ戻っても不安は消えなかった。意識してそれを認めたわけではなかったが、ウィーゼルに対する自分の気持が、ただの友達としての心配よりもやや深いものであることを、彼女は知っていた。

「おばさん」

彼女ははっとわれにかえって、台所にいる見知らぬ訪問者の顔をみつめた。こざっぱりしたコーデュロイのズボンをはいて、清潔なブルーのTシャツを着た少年だった。この子は自転車から落ちたような顔をしているわ。どこかで見たような顔だったが思いだせなかった。ジョイントナー・アヴェニューに最近越してきた家の子供だろう。

「ミアーズさんはおたくに住んでいますか？」

エヴァ・ミラーはなぜ学校へ行かないのかと質問しかけて思いとどまった。相手の表情があまりにも真剣で、思いつめているようにさえ見えたからである。目の下に青いくまができていた。

「いまおやすみよ」

「待っててもいいですか？」

ホーマー・マクキャスリンはグリーン葬儀店を出たその足でブロック・ストリートのノートン家へ直行した。到着したときは十一時になっていた。ミセス・ノートンは目に涙を浮かべ、ビル・ノートンはうわべは冷静だったが、こわばった表情でたてつづけに煙草を吸った。

マクキャスリンは娘の捜索を手配することを約束した。ええ、なにかわかりしだい知らせますよ。管轄区域内の病院にも問いあわせましょう。こういう場合のきまりきった手続きですから（死体収容所も含まれる）。彼個人としては、娘はけんかが原因で家出したものと考えていた。母親も娘といい争ったこと、彼女が家出をほのめかしていたことを認めた。

にもかかわらず、彼はダッシュボードの下の無線機のハムに耳をすましながら、しばらく裏道をパトロールした。十二時少し過ぎに、ブルックス・ロードを町のほうに戻ってくるとき、路肩に向けておいたスポットライトがなにかにきらりと反射した——それは森の中に駐められた車だった。

彼は車を停めてバックし、外におり立った。車はいまは使われていない森の道に半分入りこんで駐まっていた。ライト・ブラウンのシヴォレー・ヴェガ、二年前の型だ。彼は尻のポケットから鎖つきの分厚い手帳をとりだし、ベンとジミーを取り調べたときのページを通りこして、ミセス・ノートンから聞いた車のナンバーを懐中電灯で照らした。ぴったり符合した。まちがいなくスーザン・ノートンの車だ。となると、なにか事件があったのかもしれない。ボンネットに手を当ててみる。冷えきっている。かなり前からそこに乗り捨てられていたらしい。

「保安官？」

鈴の鳴るような、明るい、屈託のない声。なぜ彼の手が反射的に拳銃にのびたのだろうか？

声のしたほうを振り向くと、息を呑むほど美しいノートンの娘が、見なれない男と手に手をとって彼のほうに近づいてくる——黒い髪を古くさいオールバックにした若い男だった。マクキャスリンは男の顔を懐中電灯で照らしたとき、光が対象をまったく照らさずにそのまま突き抜けてしまうような、なんとも奇妙な感じを受けた。しかも彼らはちゃんと歩いているのに、軟らかい土の上に足跡も残さなかった。彼は不安と警戒心をおぼえて、拳銃を握った手に力をこめた……が、やがてその手をゆるめた。懐中電灯を消しておとなしく待った。

「保安官」と、彼女がいった。低い、愛撫するような声だった。

「よくきてくれましたね」と、見知らぬ男がいった。

彼らはマクキャスリンに襲いかかった。

彼のパトロール・カーはディープ・カット・ロードの、轍跡とイバラにおおわれた行きどまり地点に駐められて、杜松《ねず》やワラビの藪のかげにすっかり隠れていた。マクキャスリンはトランクの中で丸くなり、一定の間隔をおいた無線の呼出しにも応答しなかった。

その夜スーザンは母親のもとへもちょっと訪れたが、ほとんど被害を与えなかった。ゆっくり泳ぐ人の体に吸いついて、たっぷり血を吸った蛭《ひる》のように満腹していたからである。だが、母親は彼女を部屋に招き入れていたので、これからはいつでも好きなときに入りこむことができた。今夜になれば……いや、これから毎晩のように、また飢えに襲われるだろう。

その月曜日の朝、チャールズ・グリフェンは五時ちょっと過ぎに妻を起こした。その長い顔には怒りの皺が刻まれていた。外では牝牛の群がぱんぱんに張った乳をしぼってもらえずに、苦しそうに鳴きわめいていた。

「息子どもめ、ゆうべ家出をしたらしい」と、彼は吐きすてるようにいった。

だがそうではなかった。ダニー・グリックがジャック・グリフェンの血を貪り、ジャックは兄のハルの部屋へ行って、とうとう学校や本や頑固者の父親といった煩わしさから、彼を永久に解放してやったのだった。いまは二人とも干草棚の上段の大きな干草の山の中央に横たわり、髪に藁くずをつけ、鼻孔の暗くよどんだ水路に甘い花粉を吸いこんでいた。ときおり彼らの顔の上を鼠が走りまわった。

やがて朝日が地平を染め、魔物たちはみな眠りについた。すがすがしく晴れわたった美しい秋の日の訪れが予想された。町の人々の大半は（町が死んだことも知らずに）、それぞれの仕事にでかけて行き、夜になれば別の作業が始まることに気づきもしないだろう。『老農夫の暦』によれば、月曜日の日の入りは午後七時ちょうどだった。

日は一日ごとに短くなって、万聖節に近づき、さらにその先の冬に近づいて行く。

## 3

ベンが九時十五分前に階下へおりてくると、エヴァ・ミラーが流し台の前から声をかけた。

「ポーチでお客さんが待ってますよ」

ベンはうなずいてスリッパのまま裏口から出て行った。たぶんスーザンかマクキャスリン保安官がきているのだろうと思った。ところが客は瘦せた小柄な男の子で、ポーチの階段のいちばん上に腰をおろして、ようやく月曜の朝の活気を呈しはじめた町のほうを眺めていた。

「やあ」ベンが声をかけると、少年がさっと振りかえった。

彼らが顔を見合わせていた時間はそれほど長くなかったが、ベンにとってはその短い時間が奇妙に引きのばされた感じで、一種の非現実感が波のように押し寄せてきた。その少年は肉体的には彼自身の少年時代を連想させたが、それだけではなかった。まるで二つの生命が単なる偶然以上の宿命で合体でもしたかのように、首のあたりに奇妙な重さが加わるのを感じた。彼は公園でスーザンとはじめて会った日のことを思いだした。あのときも彼らが知り合うきっかけになったふざけた調子の会話が、奇妙に重く、そこに未来の予兆が含まれているように感じられたものだった。

おそらく少年も同じような感じを抱いたのだろう、わずかに目を丸くして体を支えようとするかのようにポーチの手摺に手をかけた。

「ミアーズさんですね」と、少年は質問口調でなくいった。

「そうだよ。きみのほうはぼくをよく知っているらしいね」

「ぼくの名前はマーク・ペトリーです。実は、あなたに悪い知らせがあるんです」

ベンはその悪い知らせがなんであれ、それに対して心の準備をしたが、いざ聞いてみるとそんなものはけしとんでしまうほどのショックを受けた。

「スーザン・ノートンがやつらの仲間になってしまったんです」と、少年はいった。「バーローがあの家で彼女をつかまえました。でもぼくがストレイカーを殺しました。少なくとも自分ではたしかに殺したような気がするんです」

ベンはなにかいおうとしたが、喉がつまって声が出なかった。

少年はうなずきながらいった。「あなたの車でそこらを走りながら話しませんか。ぼくはだれにも姿を見られたくないんです。今日は学校をずる休みしちゃったし、それでなくても両親に怪しまれているんです」

ベンはなにかいった――が、なにをいったのか自分でもわからなかった。ミランダを死なせたオートバイ事故の直後に、彼はひどいショックを受けながらも無傷で（いや、左手の甲にかすり傷を負ったことを忘れちゃいけない。もっと軽い怪我でも名誉戦傷章がもらえたのだ）舗道から起きあがった。するとトラックの運転手が、街灯とトラックのヘッドライトの光の中に二つの影を投げかけながら彼のほうに近づいてきた――運転手は頭の禿げかかった大男で、ワイシャツの胸ポケットにペンを一本立てていた。ペンに印刷された金文字は「フランクス・モービル・ステー」とあって、あとはポケットの中に隠れていたが、彼は鋭い推理を働かせて、その先が「ション」にちがいないと見当をつけた。しごく簡単だよ、ワトソン。運転手はベンになにか話しかけて、なにをいったのか彼には思いだせなかったが、やがて彼をその場から引きはなそうとした。彼はミランダのフラット・ヒールの靴の片方が、トラックの巨大な後輪の近くに転がっているのを見つけ、運転手の手を振りきってそっちのほうへ行こうとした。すると運転手は二歩彼のあとを追って、おれならやめとくんだがな、といった。左手の甲にかすり傷を負っただけのベンは、ぼんやり運転手の顔を見た。五分前にはこの事故は起きていなかった、もう一つの平行世界では、彼とミランダは一ブロック手前で左に曲がって、まるでちがった未来にオートバイを乗り入れたのだと、運転手にいってやりたかった。角の酒屋と反対の角の小さなミルク・アンド・サンドイッチ・バーから、弥次馬がぞろぞろとつめかけていた。そしてそのとき、彼はいまと同じ感じに見舞われた。それは諦めのはじまりである、複雑で恐ろしい精神と肉体の相互作用で、その感じに対応するのは強姦だけだった。胃袋がぐうっと沈みこむような感じ。唇は麻痺し、口蓋に泡がつく。耳ががんがん鳴りはじめる。陰嚢がむずむずしてきゅっと縮みあがるような感じがする。心が明るすぎる光に耐えられなくなったように顔をそむける。彼はふたたび人のよい運転手の手を振りきって、ミランダの靴のほうへ歩いて行った。靴を拾ってひっくりかえし、中に手を入れてみると、まだ内底に彼女の足の温もりが残っていた。それを持ってさらに二歩前に進むと、トラックの前輪の下にぶざまに投げだされた彼女の両足が見えた。アパートで笑いながら無造作にはいた黄色いラングラー・ジーンズに包まれた両足が。このジーンズをはいた女がもう生きていないとはとうてい信じられなかったが、彼の胃袋が、口が、睾丸が、その現実を受け入れていた。彼は大声で呻いた。カメラマンがメイベル・ワーツのタブロイド新聞のために彼の写真を撮ったのはそのときだった。片方の靴は脱げ、もう一方の靴ははいたまま。人々は珍しいものでも見るように彼女のはだしの足を眺めていた。彼はその場から二歩さがり、体を折りまげて――

「吐きそうなんだ」と、彼はいった。

「どうぞ」と、マークがいった。

ベンはシトローエンのうしろに回って体を折りまげ、ドアの把手につかまった。目をつむって、闇が全身を洗うのを感じた。その闇の中にスーザンの顔があらわれて、あの美しい澄んだ目で彼をみつめながらほほえみかけた。彼はまた目を開いた。ふと、この少年は嘘をついているか、頭が変なのかもしれないという考えが浮かんだ。だがその考えはいかなる希望ももたらさなかった。少年はそんなふうには見えなかった。振りかえって少年の顔を眺めたが、心配そうな表情しか読みとれなかった。

「よし、行こう」と、彼はいった。

少年が車に乗りこみ、ベンが車をスタートさせた。エヴァ・ミラーが額に皺を寄せて、台所の窓から彼らを見守っていた。なにか悪いことが起こりつつあった。彼女はそれを感じ、夫が死んだ日と同じように漠然とした不安でいっぱいだった。

彼女はロレッタ・スターチャーに電話をかけた。何度呼んでも相手が出ないので、諦めて受話器をおいた。いったいどこへ行ったのかしら？　図書館にいるはずはない。月曜日は休館日だった。

彼女は腰をおろして、思案顔で電話をみつめた。なにか途方もない災難がふりかかろうとする気配を感じた――おそらく一九五一年の大火に匹敵する恐ろしい災難が。

やがてふたたび受話器をとりあげて、一時間刻みのゴシップを知りつくし、それでも足りずにまだ噂話をあさる癖のあるメイベル・ワーツを呼びだした。町は何年もの間このような週末を経験していなかった。

4

ベンはマークの話を聞きながらあてもなく車を走らせた。マークはダニー・グリックが窓の外に姿をあらわした夜から始めて、今日の夜明け前の訪問者にいたるまで、一部始終を手際よく語った。

「ほんとにスーザンだったのかね?」と、ベンが念を押した。

マーク・ペトリーはうなずいた。

ベンはだしぬけにUターンして、ジョイントナー・アヴェニューを猛スピードで引き返した。

「どこへ行くの?　まさか――」

「ちがうよ。あすこへ行くのはまだ早い」

5

「ちょっと待って。とめて」

ベンは車を停め、二人は一緒に外へ出た。ブルックス・ロードをゆっくり走りながら、マーステンズ・ヒルの麓にさしかかったところだった。ちょうどホーマー・マクキャスリンがスーザンのヴェガを発見したあたりである。二人は金属が陽光にきらりと反射するのを同時に認めた。彼らは無言で廃道に入りこんだ。深いタイヤの跡がしるされ、その間に丈の高い雑草が生い茂っていた。どこかで鳥の囀《さえず》り声が聞こえた。

彼らは間もなく車を発見した。

ベンはちょっとためらってから立ちどまった。ふたたび吐気に襲われた。腕の汗がひんやりと冷たかった。

「見てきてくれ」と、彼はいった。

マークが車に近づいて、運転席の窓から中をのぞいた。「キイがさしこんだままになっている」と、彼は報告した。

ベンが車のほうへ歩いて行く途中で、なにかが足に触れた。土埃にまみれた三八口径のリヴォルヴァーだった。拾いあげて両手でためつすがめつした。警察用のリヴォルヴァーらしかった。

「だれの拳銃だろう?」と、マークが近づいてきていった。彼の手にはスーザンのヴェガのキイがあった。

「わからん」ベンは安全装置がかかっていることをたしかめてから、それをポケットにしまった。

マークがさしだしたキイを受けとって、ベンは夢遊病者のような足どりで車に歩みよった。両手がぶるぶる震えて、トランクの鍵穴にキイをさしこもうとして二度失敗した。キイを回して、なにかを考える余裕を自分に与えずにトランクをあけた。

彼らは一緒に中をのぞいた。スペア・タイヤとジャッキがあるだけだった。ベンはふうっと深い吐息を洩らした。

「どうするの？」と、マークがいった。

ベンはしばらく答えなかった。ようやく落ち着いた声で話せそうだと感じてから、彼はいった。「マット・バークというぼくの友人に会いに行こう。彼はいま入院中だが、吸血鬼の研究をしているんだ」

少年のせっぱつまったような目つきは、依然として消えていなかった。「ぼくの話を信じてくれたの？」

「そうさ」そう答える自分の声を聞くと、その答に裏づけと重みが加わるような気がした。

「もちろん信じてるよ」

「バークさんはたしかハイスクールの先生だったよね。彼はこのことを知ってるの？」

「そうだ。それから彼の医者も知っている」

「コディ先生も？」

「うん」

彼らは話しながら車をみつめていた。あたかもそれが町の西の陽当たりのよい森で発見された、失われた暗黒の種族の遺物ででもあるかのように。トランクは口のように大きくあき、ベンがそれをばたんとしめたとき、掛金のかかる鈍い音が彼の心の中にこだました。

「彼と話してから」と、ベンがいった。「マーステン館へ行って、こんなことをしでかしたやつをつかまえてやるんだ」

マークは微動だにせず彼の顔を見た。「あなたが思っているほど簡単にはいかないかもしれないよ。彼女も一緒だろうから。彼女はもう彼のものなんだ」

「やつにセイラムズ・ロットへきたことを後悔させてやる」と、彼は小声でいった。「さあ、行こう」

## 6

彼らは九時三十分に病院に着いた。ジミー・コディがマットの病室にいた。彼はにこりともせずにベンの顔を見てから、マーク・ペトリーに好奇心に満ちた目を向けた。

「きみに悪い知らせがあるんだよ、ベン。スー・ノートンが行方不明なんだ」

「彼女は吸血鬼になった」と、ベンが元気のない声でいった。ベッドの上のマットが呻き声をたてた。

「ほんとなのか?」と、ジミーが鋭くたずねた。

ベンは親指でマーク・ペトリーを指さして、彼を紹介した。「このマークは土曜日の夜ダニー・グリックの訪問を受けた。そのあとのことは彼からじかに聞いてくれ」

マークはベンに話したことをもう一度繰りかえした。

話を聞き終わって、マットが最初に口を開いた。「ベン、わたしはきみを慰める言葉もない」

「慰めが欲しかったらいくらでも慰めてやるよ」と、ジミーがいった。

「自分に必要な薬はなにかわかっているつもりだよ、ジミー。ぼくは今日バーローと対決する。いますぐ、暗くなる前にだ」

「いいだろう。ぼくは診察の約束を全部断わってきた。それから郡保安官のオフィスに電話したよ。マクキャスリンも行方不明なんだ」

「そうだ、たぶんそれで説明がつく」ベンはポケットからピストルをとりだして、マットのベッドサイド・テーブルにおいた。病室ではピストルがひどく場ちがいなものに見えた。

「どこで見つけたんだ？」と、ジミーがピストルを手にとりながらきいた。

「スーザンの車のそばに落ちていた」

「なるほど、それなら想像がつく。マクキャスリンはわれわれと別れてからノートン家へ行った。そしてスーザンの車の車種、モデル、ライセンス・ナンバーなどを聞きだした。それから万一を考えて裏通りをパトロールしているときに――」

彼の言葉は途中でとぎれた。だれにもそれ以上はいう必要がなかった。

「フォアマンの店はまだしまったままだ」と、ジミーがいった。「それにクロッセンズを溜り場にしている年寄り連中は、ごみ捨場のことで文句をいっている。一週間前からダッド・ロジャーズの姿が見えないんだよ」

彼らは暗い表情で顔を見あわせた。

「わたしはゆうべキャラハン神父と話をした」と、マットがいった。「彼は協力を約束したよ。きみたちが――もちろんマークも含めてだが――まずあの店へ行って、ストレイカーと話をするという条件づきでだがね」

「ストレイカーはもうだれとも話ができないと思います」と、マークが静かにいった。

「やつらについてどんなことがわかったんです?」と、ジミーがマットにきいた。「なにか役に立つことがわかりましたか?」

「少しはわかったような気がするよ。ストレイカーはこの化物の番犬というかボディガードというか……一種の側用人《そばようにん》にちがいない。彼はバーローがあらわれるずっと前からこの町にきていたはずだ。暗黒の父のご機嫌をとるためにおこなわなければならない儀式がいくつかある。バーローにもまた主人がいるのだよ」彼は暗い顔で三人を見た。「おそらくラルフィー・グリックの行方はだれにもわかるまい。ラルフィーはバーローの入場券だった、とわたしは見ている。ストレイカーが彼をつかまえて、生贄《いけにえ》として捧げたんだよ」

「ちきしょう」と、ジミーがうつろな声で呟いた。

「で、ダニー・グリックは?」と、ベンが質問した。

「ストレイカーが最初にダニーの血を吸った」と、マットが答えた。「これは彼の主人からの贈物だ。忠実なる僕《しもべ》に最初の血を与えた。だがストレイカーはバーローが到着する前に主人のためにもう一つの仕事をしている。きみたち、それがなんだかわかるかね?」

しばらくはだれも答えなかったが、やがてマークが確信に満ちた口調でいった。「墓地のゲートで見つかった犬です」

「なんだって?」ジミーが驚いていった。「なぜだ?　どうして彼はそんなことをしたんだ?」

「白い眼です」とマークは答えて、問いかけるようにマットを見た。マットは驚きながらうなずいた。

「ゆうべわたしは眠いのを我慢して一晩じゅう本を読んで過ごした。こんな物知りの仲間がいるとも知らずにね」少年はぽっと顔を赤らめた。「マークの説はまさに正しい。民間伝承と超自然現象に関する権威ある参考文献によれば、吸血鬼を撃退する一つの方法は、黒い犬の本物の眼の上に白い『天使の眼』を描くことらしい。ウィンの犬は二つの白い斑点をのぞけば全身黒一色だった。ウィンは犬の眼のすぐ上にあるこの斑点をヘッドライトと呼んでいた。ストレイカーはそのことに気づいて、犬を殺し、墓地のゲートにぶらさげたにちがいない」

「で、このバーローという男だけど」と、ジミーがいった。「彼はどうやってこの町にきたんです?」

マットは肩をすくめた。「それはわたしにもわからない。伝説によれば、彼は……たいそう年をとっていると考えなければならないだろう。彼は十二回も、あるいは千回も、名前を変えているかもしれない。たぶん生まれはルーマニアかハンガリーだろうが、世界じゅうのほとんどあらゆる国に一度は住んだことがあるだろう。彼がどうやってこの町にきたかは問題じゃない……もっともラリー・クロケットがその手引きをしたとしてもわたしは驚かないがね。問題は彼が現在この町にいるということだよ。

さて、これがきみたちのしなければならないことだ。まず杭を持って行く。それから万一ストレイカーが生きている場合を考えて、拳銃も持って行くほうがいい。マクキャスリン保安官のリヴォルヴァーで間に合うだろう。杭は心臓を刺し貫かないと、吸血鬼がまた生き返るおそれがある。ジミー、それをチェックするのはきみの役目だ。心臓に杭を打ちこんだら、首を切りおとして口の中にニンニクを詰めこみ、柩の中で顔を下に伏せるんだ。ハリウッドやほかの吸血鬼映画では、杭を打ちこまれた吸血鬼のほとんどはたちまちのうちに死んで塵と化してしまう。が、現実にはそうはいかないことも考えられる。もしもそうならなかったら、柩に重しをつけて流水の中に投げこむんだ。ロイヤル・リヴァーがいいだろう。なにか質問は？」

　質問はなかった。

「よろしい。きみたちはそれぞれ聖水の小壜と聖餅を一個ずつ持って行く。それから出かける前にキャラハン神父に告解を聴いてもらう必要がある」

「三人ともカトリックじゃないと思うけど」と、ベンがいった。

「ぼくはカトリックだよ」と、ジミー。「教会へは行かないが」

「とにかく告解をして悔い改めておくことだ。そうすればキリストの血……けがれた血ではなく清浄な血で洗われて、清らかな体ででかけられる」

「わかりました」と、ベンがいった。

「ベン、きみはもうスーザンと寝たかね。変なことをきいて済まんが、しかし――」

「ええ、寝ましたよ」

「だったら杭を打ちこむのはきみの役目だ――最初にバーロー、続いて彼女の心臓へ。この三人の中で、現実に被害を受けた者はきみだけだ。きみは彼女の夫として行動する。くじけてはいかんよ。彼女を解放してやるためにすることだからな」

「わかりました」

「とくに注意しなければならないのは」――彼は全員の顔を見まわした――「絶対に彼の目を見ないことだ！　目を見たら最後、彼の虜《とりこ》になって、自分の命をかえりみずにほかの人間にとびかかって行くおそれがある。フロイド・ティビッツがそのいい例だ！　だから必要とはいえ、銃を持つのは危険なのだ。ジミー、銃はきみが持って、みんなより少しさがっているんだ。バーローかスーザンが死んだことをたしかめるときは、マークに銃を持たせるといい」

「わかりました」

「ニンニクを買うのを忘れるなよ。それから、できればバラも買って行きたまえ。カンバーランドのあの小さな花屋はまだあいているかな、ジミー？」

「ノーザン・ベルですか？　たぶんあいてるでしょう」

「みんな白いバラを一本ずつ買って、髪の毛か首のまわりにつけておきたまえ。いいかね、くれぐれも彼の目を見ないようにすることだ。きみたちをここに引きとめて、注意したいことはまだ山ほどあるが、そろそろでかけるほうがいい。もう十時だし、キャラハン神父の考えが変わらないともかぎらない。わたしはきみたちのために祈っている。わたしのような不可知論者がお祈りをするのは悪い冗談だが、もうわたしもいままでのような不可知論者ではなくなったような気がする。カーライルの言葉だったかな、人間が心の中から神を追いだしたとき、その後釜に坐るのは悪魔にちがいない、といったのは？」

それにはだれも答えず、マットは溜息をついた。「ジミー、きみの首をもっとよく見せてくれ」

ジミーはベッドに近づいて顎を持ちあげた。傷は明らかに咬み傷だったが、二つともかさぶたにおおわれて、順調に癒《なお》りつつあるようだった。

「痛みとかむずがゆさは？」

「ありません」

「きみはほんとに運がよかったよ」マットは真剣な表情でジミーをみつめながらいった。

「自分で考えている以上に運がよかったと思っていますよ」

マットはベッドに体を横たえた。顔はやつれ、目が深く落ちくぼんでいた。「わたしはベンが断わった薬を服《の》むことにするよ」

「看護婦にそういっておきます」

「きみたちがでかけている間に眠っておこう。あとでまたやらなければならないことが……ま、やめておこう」彼はマークに視線を移した。「きみはきのうどえらいことをやったんだよ、マーク。愚かで向う見ずだが、どえらいことをやってのけた」

「彼女がその代償を払ったんです」マークは静かにいって、顔の前で両手を組みあわせた。その手が小刻みに震えていた。

「そうだ、そしてきみはふたたび代償を払わなければならないかもしれん。きみたちみんながだ。彼を見くびってはいかんよ！　さて、わたしはもうくたくただ。ゆうべはほとんど徹夜で本を読んでいたからな。仕事が終わったらすぐに電話をくれ」

彼らは揃って病室を出た。廊下で、ベンがジミーの顔を見ながらいった。「マットを見てだれかを連想したかい？」

「ああ」と、ジミーが答えた。「ヴァン・ヘルシング教授を連想したよ」

# 7

十時十五分に、エヴァ・ミラーはトウモロコシの壜詰二個を取りに地下室へおりて行った。メイベル・ワーツから病気で寝こんでいると聞いたミセス・ノートンの家へ、それを届けてやるつもりだった。エヴァは九月の大半を湯気のたちこめた台所ですごして、壜詰作業に精を出していた。野菜のあく抜きをして壜に詰めたり、自家製ゼリーのガラス壜にパラフィンで封をしたりして、優に二百個を越すガラス壜を、こざっぱりした土間の地下室の棚にきちんと並べていた。壜詰作りは彼女の大きな楽しみの一つだった。やがて秋から冬に移って、休暇の季節が近づくころになると、彼女はさらにミンスミート作りにとりかかる。

彼女が地下室のドアをあけたとたんに、その匂いがぷうんときた。

「まあひどい」彼女は声をひそめて呟き、汚い水溜りでも渡るように用心深く階段をおりて行った。この地下室は亡くなった夫が自分で造って、低温を保つために石の壁をめぐらしたものだった。ときおりジャコウネズミやマーモットやミンクが、壁の大きな隙間にもぐりこんで、そこで死んでいることがある。この匂いもきっとそれにちがいない。もっともこれほどひどい悪臭は記憶になかった。

土間におりて、二個の五十ワット電球の暗い明りを横目で見ながら、壁にそって進んだ。七十五ワットの電球と取りかえなくっちゃ、と彼女は思った。トウモロコシと書かれた壜を棚から取り、そのあと地下室をぐるりと見まわって、パイプのたくさんついた暖房用閉鎖炉の裏側の隙間までのぞいてみた。だが、なにも見つからなかった。

彼女は階段のほうに引き返して、両手を腰にあてがい、眉をひそめながら周囲を見まわした。広い地下室は、二年前にラリー・クロケットの二人の息子に頼んで、家の裏手に物置小屋を建ててもらってから、前よりずっときれいになっていた。無数のパイプが四方八方に曲がりくねってのびている、インドのカーリー女神を象《かたど》った印象派の画家の彫刻を思わせる暖房用閉鎖炉、十月に入って火が恋しくなったいま、そろそろここから持ちだして窓にとりつけなければならない雨戸、それに防水布でおおわれたラルフのビリヤード・テーブルなどがあった。一九五九年にラルフが死んでからはだれも使う者がいないのに、彼女は毎年五月にビリヤード・テーブルのフェルトの手入れをさせていた。いまはこの地下室にそれ以外のものはほとんどない。彼女がカンバーランド病院のために集めたペーパーバックが一箱、柄の折れた雪かき用のシャベル、ラルフの古い道具類が釘にかかっている板、それにいまではたぶんカビだらけになっているだろう古いカーテンの入ったトランクが一個あるきりだった。

依然として悪臭は続いていた。

彼女の目が地下の穴蔵に通じる小さなドアに釘づけになった。だが、今日はそこへおりて行くつもりはなかった。それに、そこの壁はコンクリートで固められていて切れ目がない。だから動物が入りこむことは考えられなかった。しかし——

「エド?」突然彼女はわけもなしにそう叫んだ。そして自分の声の平板な響きにおびえた。

その声は薄暗い地下室の中で消えていった。なんだってわたしはエドを呼んだりしたのかしら? いくら隠れる場所があるからといったって、エド・クレイグがこんなところでなにをしているというの？　お酒でも飲んでいるというの？　即座に、町じゅうのどこを捜したって、この地下室ほど酒を飲むにふさわしくない陰気な場所はないと結論した。たぶんいまごろ彼はあのろくでなしのヴァージル・ラズバンあたりと一緒に森へでかけて行って、だれかにたかったお金で大酒を飲んでいることだろう。

それでもなお、しばらくその場に踏みとどまってあたりを見まわした。腐ったような匂いは依然として強く匂った。彼女は地下室の燻蒸《くんじょう》消毒をしなくてもすむことを願った。

地下の穴蔵のドアに最後の一瞥《いちべつ》を投げかけてから、彼女は階段をのぼった。

## 8

キャラハン神父が三人の話を聞き終わって、すべての事実を知ったのは、十一時三十分ちょっと過ぎだった。彼らは司祭館のひんやりした広い居間に坐っていた。鉄格子のはまった大きな前窓から陽光がさんさんと流れこんでいた。光線の中で舞う埃を眺めているうちに、キャラハンはいつかどこかで見た漫画を思いだした。それは箒を持った清掃係の女が、あっけにとられて床をみつめている漫画だった。彼女は自分の影の一部を箒ではき消してしまったのだ。いまの彼はちょうどそんな気分だった。わずか二十四時間の間に、二度までも絶対にありえないことに直面した——しかも今度はそのありえないことを、一人の小説家と、見たところ冷静な少年と、町じゅうから尊敬されている医者が口を揃えて事実だと力説している。それにしても、ありえないことはあくまでありえないことだ。自分の影を箒ではき消すことはできない。

ただ、それが現実に起こったように感じられるから困るのだ。

「みなさんが雷雨と停電をひきおこしたとおっしゃるほうが、まだしもわたしには信じられますよ」と、彼はいった。

「しかしこれは事実なのです」と、ジミーがいった。「誓って嘘じゃありません」彼の片手が首筋にのびた。

キャラハン神父は立ちあがって、ジミーの黒い鞄からあるものを取りだした――グリップの部分を切り落として先を尖らせた二本の野球用バットである。その一本を手の中で回しながらいった。「ちょっと待ってください、ミセス・スミス。全然痛くありませんからね」

しかもだれもその冗談を笑わなかった。

キャラハンは杭を鞄に戻して、窓に近より、ジョイントナー・アヴェニューのほうを眺めた。

「みなさんのお話はたいへん説得力に富んでいます」と、彼はいった。「わたしもみなさんのご存知ないささやかな証拠を一つ提出しましょう」

彼は三人のほうを振りかえった。

「バーローとストレイカーの家具店に貼り紙が出ています」と、彼はいった。「『当分の間休業いたします』という貼り紙がね。実は今朝九時に、バークさんのいってることについて話し合うために、あなた方のいう謎の男ストレイカー氏を訪ねてみたんですよ。そしたら店は表も裏も鍵がかかっていました」

「つまりマークの話とつじつまが合うことを、あなたも認めざるをえないでしょう」と、ベンがいった。

「たぶんね。しかし、単なる偶然かもしれません。念のためにもう一度ききますが、カトリック教会をどうしても引っぱりだす必要があるとお考えですか？」

「ええ」と、ベンが答えた。「しかし、やむをえなければわれわれだけでもやりますよ。ぼく一人だけになってもやめはしません」

「そうはさせませんよ」キャラハン神父は立ちあがった。「みなさん、わたしについてきてください、教会へ行ってみなさんの告解を聴きましょう」

9

ベンは暗くかびくさい告解聴聞室の中でぎごちなくひざまずいた。頭がくらくらして、考えがさっぱりまとまらなかった。その合間を縫って、一連の超現実的なイメージが浮かんでは消えた。公園にいるスーザン、傷口のように大きく口をあけながら、間にあわせの舌圧子の十字架を突きつけられて尻ごみするミセス・グリック、車からよろめきでて、案山子《かかし》のような恰好で彼に襲いかかってくるフロイド・ティビッツ、スーザンの車の中をのぞきこむマーク・ペトリー……いまはじめて、たった一度だけ、これらはみな夢かもしれないという考えが浮かんできて、彼の疲れた心は必死でその考えにしがみついた。

彼は告解聴聞室の片隅にあるものにふと目をとめて、物珍しげにそれを拾いあげた。それはジュニア・ミントの空箱だった。たぶん子供のポケットからでも落ちたものだろう。それはまぎれもない現実の感触だった。ボール紙の箱が現実に彼の指先に触れている。従って悪夢もまた現実だった。小さな引戸の向うを見たがなにも見えなかった。そこにはどっしりした幕がさがっていた。

「どうすればいいんですか?」と、彼は幕に向かって質問した。

「神よ、お守りください、わたしは罪を犯しました、というのです」

「神よ、お守りください、わたしは罪を犯しました」と、ベンは口真似した。閉ざされた狭い空間に、まるで他人の声でも聞くような自分の声が重苦しく響きわたった。

「では、あなたの犯した罪を告白しなさい」

「すべての罪を残らず告白するんですか?」ベンは驚いてきいた。

「主なものだけにしてください」と、キャラハンが乾いた声でいった。「暗くなる前にやらなければならないことがありますから」

ベンは十戒に照らして自分の罪を選り分けながら、告白をはじめた。いったん滑りだせばすらすら続いて出てくるというわけにはいかなかった。カタルシスはまったく感じられなかった――他人に自分の人生の恥ずべき秘密を打ち明けるときの、あの漠然とした当惑を感じただけだった。しかし彼はこの儀式が必要欠くべからざるものになってしまったことを理解した。それは慢性的な酒飲みにとってのアルコール・マッサージや、思春期の少年にとってのバスルームのゆるんだ板の裏に隠された写真と同じように、ひどく好奇心をそそった。この儀式にはどこか中世的な感じ、呪われた感じがつきまとった――いわば一度胃袋におさまったものをまた吐き戻す儀式を思わせた。ふと、ベルイマンの『第七の封印』の一シーンを思いだしていた。それはぼろをまとった改悛者《かいしゅん》たちが、黒死病の荒れ狂う町の中を行進するシーンで、彼らは樺《かば》の小枝でおのれを鞭打って血を流していた。こうして自分の秘密をさらけだすことの忌わしさが（しかも彼は嘘をつこうと思えば良心の呵責なしに嘘をつけたにもかかわらず、依怙《いこ》地《じ》になって嘘をつくことを拒んだ）、かえって今日という日の目的を現実的なものにした。自分の心の黒いスクリーンに印刷された「吸血鬼」という言葉がほとんど目に見えるようだった。しかもそれは映画のポスターに印刷されたおどろおどろしい文字ではなく、木彫りかスクラッチのような簡潔な文字だった。彼はこの慣れない儀式に支配されて、時間の流れからはみだしてしまったような、無力な自分を感じた。告解聴聞室は、狼男や悪魔や魔女が闇の中の実在として人々に受けいれられ、教会がその闇を照らす唯一の灯台だった時代と直結するパイプラインなのかもしれなかった。彼は生まれてはじめて時代の脈搏をひしひしと感じ、自分の命を、はっきり見えればすべての人間を錯乱状態に追いやってしまうような大建築の中で、暗く輝く一つの火花として認識した。マットは教会を一つの軍隊と考えるキャラハン神父の認識を彼らに話さなかったが、いまのベンならそのことを理解するだろう。この小さなかびくさい箱の中で、重くのしかかって自分を裸の卑小な存在に変えてしまう力をひしひしと感じた。子供のときから告解に慣れ親しんで育ったカトリック教徒にはとうてい感じられない切実さで、彼はその力を感じた。

告解をおえて外に出ると、新鮮な空気が肌に快かった。首筋を拭った掌が汗で濡れていた。

キャラハンも外に出てきた。「まだ終わっていませんよ」と、彼はいった。

ベンは言葉もなく箱の中に戻ったが、今度はひざまずかなかった。キャラハンは悔悟の祈り——主の祈りとアヴェ・マリアの祈りを十回ずつ——を授けた。

「ぼくはお祈りの文句を知らないんですが」と、ベンがいった。

「お祈りを書いたカードをあげましょう」と、幕の向う側の声がいった。「カンバーランドへ行く途中で唱えてください」

ベンはちょっとためらってからいった。「マットの言葉は正しかったですよ。これは想像以上に困難な仕事になるだろうって、彼はいったんです。すっかり片づくまでに血の汗を流すことになりそうですね」

「そう思いますか?」と、キャラハンがいった――同感なのかそれとも疑っているのか、ベンにはどちらともきめかねる口調だった。ふと下を見ると、ジュニア・ミントの箱をまだ手に持っていた。彼は右手に発作的な力をこめて、その箱をくしゃくしゃに握りつぶした。

10

全員がジミー・コディの大型のビュイックに乗りこんで出発したのは、もうそろそろ一時になるというときだった。だれ一人口をきかなかった。ドナルド・キャラハン神父は法衣で正装して、紫で縁どりした白の襟掛けをかけていた。彼は出発前に聖水盤から汲んだ聖水入りの小壜を各人に渡し、十字を切って祝福を授けていた。膝の上には聖餅が数個入った聖体容器がのっていた。

ジミーはカンバーランドにある自分のオフィスの前で車を停めて、エンジンをかけたまま中へ入って行った。間もなくマクキャスリンのリヴォルヴァーのふくらみを隠すために、たっぷりしたスポーツ・コートを着こみ、右手にありふれたハンマーを持って戻ってきた。

ベンは魅入られたようにそのハンマーをみつめた。ふと気がつくと、マークとキャラハンも同じようにそれを眺めていた。ハンマーには青味がかった鋼鉄のヘッドと、ぶつぶつ穴のあいたゴムのグリップがついていた。

「ぞっとするだろう?」と、ジミーがいった。

ベンはそのハンマーを使ってスーザンの乳房の間に杭を打ちこむ光景を想像した。すると飛行機がゆっくり横揺れするときのように、胃のあたりがむかつきはじめた。

「そうだな」と彼は答えた。唇を湿した。「まったく、ぞっとするよ」

彼らはカンバーランドのバス停留所兼マーケットの前で車を停めた。ベンとジミーがスーパーマーケットに入って、野菜カウンターに並んでいるニンニク——白っぽい灰色の球根十二箱をそっくり買い占めた。レジの女の子が眉をひそめていった。「今夜あんたたちとドライヴにでかける約束をしなくてよかったわ」

出がけにベンがいった「ところでニンニクがやつらに対して効力を持つ根拠はなんなのだ?バイブルにそんなことが書いてあるのか、それとも大昔からのいい伝えなのか——」

「ぼくは一種のアレルギーじゃないかと思うよ」と、ジミーが答えた。

「アレルギーだって?」

キャラハンがおしまいのほうを聞きつけて、ノーザン・ベル・フラワー・ショップに向かう車の中でその話をむしかえした。

「そうそう、わたしもコディ先生の説に賛成ですよ。たぶんアレルギーの一種でしょう……ニンニクに抑止力としての効果があるとすれば。しかしほんとに効くかどうかはまだ証明されたわけじゃない」

「神父さんにしては変わった考えですね」と、マークがいった。

「どうしてかね？　もしもわたしが吸血鬼の実在を認めるとしたら（さしあたりそれを認めないわけにいかないようだが）、同時に彼らを、あらゆる自然の法則の限界を超えた存在として受けいれなければならないかね？　たしかにそういう一面もあることはある。いい伝えによれば、彼らは鏡に映らないし、蝙蝠《こうもり》や狼や鳥に変身することが可能だし、体を細くしてどんな小さな隙間からでも入りこむことができるという。しかしその一方で、彼らは見たり聞いたり話したり……そしておそらくは味わったりもできる。とすれば、不快感や苦痛も当然知っていると考えてよいだろう――」

「それに、愛もですか？」と、ベンがまっすぐ前を見ながらいった。

「いや」と、ジミーが答えた。「おそらく愛は知らないだろう」彼は付属の温室を持つＬ字型の花屋の店の横の、小さな駐車場に車を駐めた。

ドアを通り抜けるときに、頭上で鈴が小さな音をたて、濃密な花の芳香がぷうんと鼻をついた。ベンはさまざまの花の香りがまじった甘ったるい匂いに、ふたたび胸がむかつき、葬儀屋の匂いを思いだした。

「いらっしゃい」キャンヴァスのエプロンをかけた背の高い男が、素焼きの鉢を手に持って近づいてきた。

ベンが入用のものを説明しはじめるより早く、男は首を振って話をさえぎった。

「ちょっと遅かったですよ。金曜日にきた客がうちにあるバラを全部買っていってしまったんです――赤と、白と、黄色のバラをそっくりね。つぎの入荷は早くて水曜日です。なんだったら注文をいただければ――」

「その客の人相は？」

「なんとも異様な感じの男でしたよ」店主は鉢をおきながらいった。「背の高い、つるつるに禿げた男でね。目つきが鋭くて、外国煙草を吸ってましたよ。匂いでわかったんですがね。腕いっぱいに花を抱えて三度往復し、えらく古い車のバックシートに積んでいきましたよ。あれはダッジみたいだった――」

「パッカードだ」と、ベンが訂正した。「黒塗りのパッカードだ」

「じゃ、あの人を知ってるんですか？」

「まあね」

「代金をキャッシュで払ってくれましたよ。あれだけの買物にしちゃ珍しいことです。それだったらあの人にいって少し分けてもらったら――」

「そうだな」

車に戻って、彼らは相談した。

「ファルマスに花屋が一軒ある――」と、キャラハン神父が自信のなさそうな口調でいった。

「だめだ！」と、ベンが叫んだ。そのとげとげしい口調に、ほかの三人は驚いて彼を見た。「ファルマスまで行って、その店にもストレイカーが先回りしていることがわかったらどうします？　ポートランド、キタリー、ボストンまでも花を買いに行きますか？　彼はわれわれの手の内を読んでいるんです！　われわれの鼻面をとって引き回しているんですよ！」

「落ち着けよ、ベン」と、ジミーがいった。「どうだろう、少なくとも——」

「マットの言葉を忘れたのか？　『相手が昼間は起きあがれないからといって、なにも悪いことはできないと思っちゃいかん』彼はこういったんだよ。時計を見てみろ、ジミー」

ジミーは時計をのぞいて、「二時十五分だ」とゆっくり呟き、文字盤の数字を疑うかのように空を見あげた。だが間違いなく日は西に傾いていた。

「彼はわれわれの出方を予想していたんだ」と、ベンがいった。「一マイルごとに四歩も先を行っていたんだ。彼がわれわれの動きにまったく気がついていなかったなんてことが考えられるかい？　正体がばれて攻撃される可能性を考慮に入れていなかったなんてことが考えられるかい？　ここでぐずぐず議論なんてしてないで、いますぐ出発すべきだよ」

「彼のいう通りです」と、キャラハン神父がいった。「議論はやめてすぐにでかけましょう」

「そうしようよ」と、マークが切迫した口調でいった。

ジミーは花屋の駐車場から、舗道にタイヤを軋ませながらとびだした。花屋の主人は、一人の神父を含む三人の男と、少年を一人乗せた医師のナンバー・プレートのついた車を、不思議そうに見送った。しかもあの連中は興奮してなにやらわけのわからぬことをいいあっていた。

## 11

コディは町と反対側のブルックス・ロード側からマーステン館に近づいた。ドナルド・キャラハンはこの新しいアングルから建物を眺めながら思った。おや、この建物は町に迫るような不気味な姿で聳《そび》えている。いままでそのことに気がつかなかったとは不思議だ。ジョイントナー・アヴェニューとブロック・ストリートの交差点の上の丘の頂にあたるその場所は、充分な高さと、ほとんど町全体を見わたせる三百六十度の眺望に恵まれている。それはとりとめのないだだっ広い建物で、鎧戸が閉ざされているために不気味な感じがつきまとい、巨大な石棺と死を連想させた。

おまけにここは自殺と殺人の舞台になったところだ、つまりこの建物は罪深い土地に建っているということになる。

彼はその考えを口に出そうとして思いとどまった。

車がブルックス・ロードに入ると、しばらく木立にさえぎられて建物が見えなくなった。やがて木々がまばらになるころ、車はマーステン館の私道に入りこんだ。パッカードは車庫の外側に駐まっていた。ジミーはエンジンを切ってマクキャスリンのリヴォルヴァーをとりだした。

キャラハンはたちまちその建物の異様な雰囲気が自分に襲いかかってくるのを感じた。そこでポケットから十字架――母親の――をとりだして、自分の十字架と一緒に首にかけた。葉の落ちた木々の枝では小鳥のさえずりひとつ聞こえなかった。丈高くはびこった草は、シーズンの終わりにしてもからからに枯れすぎているように見えた。地面さえも灰色に干あがって、生気というものが感じられなかった。

ポーチに通じる階段はひどく歪んでいて、ポーチの柱の一本の、最近そこから立入禁止の札をはずした場所だけが、ほかより白っぽい四角い跡をとどめていた。玄関の錆の浮きでた古い閂《かんぬき》の下で、真新しいエール錠が光っていた。

「窓から入ったらどうだろう、マークのときみたいに――」と、ジミーがためらいがちにいいかけた。

「いや」と、ベンが答えた。「玄関から入ろう。必要ならドアをこわしてもだ」

「その必要はないと思う」と、キャラハンがいった。まるで他人の声を聞くようだった。車からおりると、彼はごく自然に先頭に立って歩きだした。ドアに近づくにつれて、意欲が――とうの昔に永久に失われてしまったものと思っていた熱烈な意欲がよみがえってきた。建物は彼らのほうにのしかかり、ペンキのひび割れから悪を分泌するかに思えた。しかし彼はためらわなかった。日和見的な考えはすっかり消えていた。

「父なる神の御名において！」と、彼は叫んだ。その声の荒々しい、威圧的な響きに頼もしさをおぼえて、三人は彼のそばに近づいた。「わたしは命令する、悪よ、この家から立ち去れ！　悪霊どもよ、消え失せろ！」そして無意識のうちに手にした十字架でドアに打ちかかった。

閃光が走り――彼らはあとになって全員がそれを見たことを確認した――刺戟的なオゾンの匂いが鼻をつき、扉板が悲鳴を発するかのように、ばりばりっと音をたてた。ドアの上の彎《わん》曲《きょく》した扇窓が突然外側に向かって炸裂し、左手の芝生に面した大きな出窓が破れて草の上にガラスの雨を降らせた。ジミーが叫び声を発した。新しいエール錠は溶けて、ほとんど原形をとどめない鉄の塊と化し、足もとの扉板の上に転がっていた。マークがしゃがんでそれにさわり、あっと叫んだ。

「すごく熱いよ」と、彼はいった。

キャラハンは震えながら一歩さがった。そして手にした十字架を眺めた。「これは疑いもなくわたしの生涯で最も奇蹟的な出来事だ」と、彼はいった。それから神の顔そのものを求めるかのように空を見あげたが、空にはなんの変化も認められなかった。

ベンがドアを押すと、なんの抵抗もなしにあいた。だが彼はキャラハンがいちばん先に中に入るのを待った。キャラハンはホールでマークの顔を見た。

「地下室です」と、マークがいった。「台所から地下室におりる階段があります。ストレイカーは二階です。だけど――」彼は言葉を休めて眉をひそめた。「なんかようすが違う。よくはわからないけど、前とそっくり同じじゃないような気がするんです」

彼らはまず二階へ行った。ベンは自分が先頭ではないにもかかわらず、廊下のはずれのドアに近づくにつれて、あの古い恐怖心がぶりかえすのを感じた。いま、セイラムズ・ロットへ戻ってきてからほぼ一カ月たって、ふたたびこの部屋をのぞこうとしている。キャラハン神父がドアを押すと同時に、彼は天井に視線を走らせた……そしておさえようとする間もなく悲鳴が喉にこみあげてきて、口からほとばしるのを感じた。それは甲高い、女のような、ヒステリックな悲鳴だった。

しかし頭上の梁からぶらさがっているのは、ヒューバート・マーステンでもその幽霊でもなかった。

それはストレイカーだった。しかも喉を切り裂かれて、逆さ吊りになっていた。どんより濁った目が、彼らを通り抜けてうしろのほうをみつめていた。

ストレイカーの死体は血が出きって白くなっていた。

## 12

「これはひどい」と、キャラハン神父が呟いた。「なんということだ」

彼らはおそるおそる部屋の中に入った。キャラハンとコディが一歩先に進み、ベンとマークがぴったり寄りそってあとに続いた。

ストレイカーは両足を縛られ、ロープで吊りあげられて梁に結えつけられていた。ふと、これだけ重い体を、だらりとさがった両手が床に届かない高さまで吊りあげたからには、よほど力持ちの人間の仕業にちがいないという考えが、ベンの頭の片隅に浮かんだ。

ジミーが手首の内側を額に当て、それから死体の片手を握った。「おそらく死後十八時間はたっている」といい、身震いしながら手をはなした。「それにしても、こいつはひどすぎる……いったいどういうつもりなんだろう。なぜ——だれが——」

「バーローの仕業だよ」と、マークがいった。彼はまばたきもせずにストレイカーの死体をみつめた。

「ストレイカーはヘマをやった」と、ジミーがいった。「彼には永遠の生はない。それにしても、どうしてこんなにする必要があるんだ？　逆さ吊りなんて」

「これはマケドニアに昔からあるやり方です」と、キャラハン神父が説明した。「敵や裏切り者を、顔が天ではなく地を向くようにして吊るすのは。聖ペテロもX字形の十字架に逆さ磔《はりつけ》にされています」

ベンが口を開いた。かさかさの、年寄りじみた声だった。「彼はまだわれわれをからかっているんだ。あいつはどんな策略を使うかわからない。下へ行こう」

彼らはベンに続いて廊下を戻り、階段をおりて台所に入りこんだ。台所に辿りつくと、彼はふたたびキャラハンに先頭をゆずった。一瞬彼らはたがいに顔を見合わせた。やがて、二十余年前に階段をあがって二階の部屋の前に立ったときと同じように、ベンは恐ろしい疑問に立ち向かうべく、地下室のドアに視線を向けた。

13

キャラハン神父がドアをあけると同時に、マークはふたたび腐ったような悪臭が鼻をつくのを感じた――が、その匂いもどこかしら違っていた。それほど強烈ではなく、悪意も感じられなかった。

キャラハン神父が階段に足を踏みだした。それでもなお、神父に続いて死の窖《あなぐら》へおりて行くには、意志の力を総動員しなければならなかった。

ジミーが鞄から懐中電灯をとりだしてスイッチを押した。光が床を照らし、一方の壁にのびてぐるりとひとまわりした。一瞬長い木箱の上に止まった光が、やがてテーブルを照らしだした。

「おい、あれを見ろ」

テーブルの上には、闇の中で白く輝く黄色い模造皮紙の封書が一通おかれていた。

「彼の策略だ」と、キャラハン神父がいった。「さわらないほうがいい」

「違う」と、マークがいった。「彼はもうここにはいないよ。これはぼくたちにあてた手紙だと思う。たぶんいやがらせがたくさん書いてあるんだよ」

ベンがテーブルに近づいて封筒をとりあげた。裏表を二度ひっくりかえして眺めてから――マークはジミーの懐中電灯の光で、ベンの指が震えているのを見てとった――封を切った。

中には封筒と同じ一枚の模造皮紙の便箋が入っていた。彼らは手紙のまわりに集まった。ジミーが書面に懐中電灯の光を当てた。蜘蛛の糸のような細い、優雅な文字が、びっしりと便箋を埋めていた。彼らはそれを一緒に読み、マークだけが少し遅れてあとからついていった。

十月四日
親愛なる若き友人諸君へ
お揃いでマーステン館へようこそ!
わたしはかつて一度も客を歓迎しなかったことはない。わたしの長い、そしてしばしば孤独な生涯において、客はおおいなる喜びの一つだった。諸君が夜になってから訪れてくれていたら、わたしはみずから双手をあげて出迎えていたことだろう。しかしながら、諸君は昼間の明るい時間を選んでやってくるものと思うので、残念ながらここはひとまず留守にするほうが賢明だと判断したしだいだ。
わたしのささやかな感謝のしるしを残しておいた。諸君のうちの一人にとって、きわめて身近で大切なある人が、昼間の眠りの場として、より快適なところをほかに見つけるまで、わたし自身が使っていた場所で現在眠っている。彼女はたいそう美しい――ささやかな洒落《ボン・モ》を許してもらえるならば、美味《ヴェリー・トゥースサム》このうえなしというところだよ、ミアーズ君。わたしはもう彼女に用がなくなったので、きみの――こういう場合はどういったかな？　そうそう――メイン・イヴェントにそなえてのウォーミング・アップ用に残しておいた。お望みならきみの食欲をそそるため、といいかえてもよい。きみが予定しているメイン・コースの前菜として、気に入ってもらえるかどうか興味津々というところだよ。

ペトリー坊や、きみはわたしの最も忠実で頭のよい従僕を奪いとってしまった。直接手をくださないまでも、わたしが彼の破滅に一役買う原因を作った。そしてわたしが心ならずも自分の貪欲さを暴露する原因を作った。おそらくきみは彼の背後からこっそり忍び寄ったのだろう。わたしはきみとの間でこの決着をつけるのを楽しみにしている。まずきみの両親から始めることにしよう。今晩か……明日の晩か……あさっての晩か。そしてそのつぎはきみの番だ。しかしきみには去勢歌手として、わたしの教会の合唱隊に加わってもらうことにしよう。

それからキャラハン神父――きみは彼らに説き伏せられてここへくる気になったのか？　たぶんそうだろう。わたしはジェルーサレムズ・ロットに到着してからしばらくの間きみを観察した……ちょうどチェスの名人が敵の指し手を観察するようにだ。しかしカトリック教会はわたしの最も古くからの敵ではない！　わたしはカトリック教会がまだ若かったころ、その信者たちがローマのカタコンベに身をひそめて、仲間を見分けるために胸に魚の絵を描いたころ、すでに年をとっていた。羊どもの救い主を崇拝する、このパン食いとぶどう酒飲みのクラブがまだ弱体だったころ、わたしはすでに強力だった。きみの教会の儀式が生まれる前から、すでにしてわたしの儀式は古かった。しかしわたしはカトリック教会をみくびってはいない。わたしは悪のみならず善にも精通している。わたしはまだ疲れてはいない。

わたしはかならずきみを出し抜いてやる。どうやって？　たしかにきみは白の象徴を身につけている。夜だけでなく昼間も動きまわることができる。わが友マシュー・バークが、わたしとわたしの仲間に対して効果があると考えた、キリスト教および異教の呪《まじな》いや薬もある。しかしわたしはきみよりも長く生きてきた。わたしは狡賢《ずるがしこ》い。わたしは単なる誘惑者《サーペント》ではなく、すべての誘惑者たちの父《ファザー》なのだ。

それでもまだ不充分だ、ときみはいうだろう。いかにも。キャラハン神父《ファザー》、きみは究極においてみずからを滅ぼすことになるだろう。きみの白に対する信仰は弱々しく、頼りない。きみの愛を語る言葉は仮定にすぎない。きみの言葉に内容があるのは酒の話をするときだけだ。

わが親愛なる友人諸君——ミアーズ君、コディ君、ペトリー坊や、そしてキャラハン神父、どうぞごゆっくり。この家のかつての所有者がわたしのために特別に手に入れてくれたメドックは、非の打ちどころのない名酒だ。残念ながら彼とは顔を合わせる機会がなかったが。きみたちが目前の仕事をおえたあともなおワインを飲みたいという気分が失せていなかったら、どうぞわたしの客としてメドックを賞味してくれたまえ。いずれあらためてじきじきにお目にかかる機会もあるだろう。そのときは諸君の一人一人に、より直接的な形で挨拶をさせてもらうことにする。

その機会が訪れるまで、しばしのお別れだ。

バーロー拝

ベンは震えながら手紙をテーブルの上に落とした。そしてほかの三人の顔を見た。マークは両手をぎゅっと握りしめ、なにか腐ったものでも食べたように歪めた口もとを凍りつかせて立っていた。ジミーの奇妙に子供っぽい顔は蒼白にひきつっていた。ドナルド・キャラハン神父は目をらんらんと輝かせ、への字に結んだ口を震わせていた。

彼らは一人ずつベンの顔を見た。

「さあ、行こう」と、彼はいった。

彼らは一緒に地下室の角をまわった。

## 14

パーキンズ・ギレスピーがれんが造りの町役場の正面階段に立って、高倍率のツァイスの双眼鏡をのぞいているところへ、ノリー・ガードナーがパトカーでやってきて、ズボンのベルトを引きあげながら車からおりた。

「どうしたんだい、パーク？」と、彼は階段をあがりながら声をかけた。

パーキンズは黙って双眼鏡を渡し、胼胝《たこ》のできた指でマーステン館を指さした。

ノリーは双眼鏡をのぞいた。古ぼけたパッカードと、その前に駐められた黄褐色のビュイックの新車が見えた。遠すぎてナンバーまでは読みとれなかった。彼は双眼鏡をおろしていった。

「あれはコディ先生の車じゃないかな？」

「うん、おれもそう思う」パーキンズはポール・モールを一本くわえて、うしろのれんが壁で台所用のマッチをすった。

「あすこでパッカード以外の車を見たのははじめてだな」

「そうだな」と、パーキンズは考えこむようにいった。

「行ってようすを見るほうがいいと思うかい？」ノリーがいつになく気乗りしない口調でいった。この男は保安官代理になって五年もたつのに、いまだにこの肩書がうれしくてしょうがないところがあった。

「いや。ほっとけよ」パーキンズはチョッキのポケットから懐中時計を引っぱりだして、急行列車の時間をチェックする車掌のように、渦巻模様の入った銀の蓋をパチリとあけた。三時四十一分だった。町役場の時計とにらみあわせてから、懐中時計をポケットにしまいこんだ。

「フロイド・ティビッツとマクドゥガルの赤ん坊の一件はどうなるのかな？」

「わからん《ダンノー》」

ノリーは一瞬どういってよいかわからなかった。パーキンズはふだんも口数の少ない男だが、今日のそっけなさときたら新記録ものだった。彼はふたたび双眼鏡をのぞいた。なにも変化はなかった。

「今日は町がばかに静かだな」と、ノリーが水を向けた。

「ああ」パーキンズは色の薄くなった青い目でジョイントナー・アヴェニューごしに公園のほうを眺めた。通りにも公園にも人影はなかった。赤ん坊のお守りをする母親や、戦歿者記念碑のあたりをぶらつく暇人の姿が、ふだんより目立って少なかった。

「いろいろ妙なことが続いている」と、ノリー。

「そうだな」

ノリーは藁をもつかむ思いで、これならパーキンズがかならず食いついてくるという、お天気の話題を持ちだした。「曇ってきたようだ。今夜は雨だろう」

パーキンズは空を見あげた。頭上には鰯《いわし》雲が拡がり、南西の空に雲の層が生まれつつあった。「そのようだ」と彼はいい、吸いさしを投げ捨てた。

「パーク、だいじょうぶなのか？」

パーキンズ・ギレスピーはしばらく考えてから答えた。

「いや」

「いったいどうしたんだ？」

「おれは、ひどくこわいんだよ」

「えっ！《ダンノー》」ノリーはへどもどしながらいった。「こわいって、なにがさ？」

「わからん」と答えて、パーキンズは双眼鏡を取り返した。そしてあいた口がふさがらないといったノリーを尻目に、ふたたびマーステン館を観察しはじめた。

# 15

手紙のあったテーブルの向うで、地下室はL字型に曲がっており、彼らはいま、かつてはワイン・セラーだったところにいた。ヒューバート・マーステンはたしかに酒の密売をやっていたようだ、とベンは思った。埃と蜘蛛の巣におおわれた小型や中型の樽が目についた。一方の壁はワイン・ラックでふさがれ、菱形《ひしがた》の仕切りから古めかしい大壜がのぞいていた。その中の何本かは栓がとんでしまい、かつて宝石のようなブルゴーニュ・ワインが通人の舌を待っていた場所に、いまは蜘蛛が住みついていた。壜の中身が残っているものは、おそらく酢に変わってしまったのだろう、つんとくる刺戟臭がゆるやかな腐敗の匂いと混じりあって空気中を漂っていた。

「だめだ」と、ベンが事実を淡々と述べるときの静かな口調でいった。「ぼくにはできない」

「あなたはやらなければならない」と、キャラハンがいった。「簡単なことだとか、それが最善だとかいうつもりはない。要するにあなたがやらなければならないのです」

「ぼくにはできない！」と、ベンが叫んだ、今度はその叫びが地下室じゅうにこだました。

中央の、一段高くなった檀の上に、ジミーの懐中電灯に照らされて、スーザン・ノートンが静かに横たわっていた。肩から足まで一枚の白布でおおわれた彼女のそばに近づいたとき、四人とも一言も口がきけなかった。驚きが言葉を呑みこんでしまったのだ。

生前の彼女は、どこかで美への角を曲がりそこねてしまった（それもほんの数インチのちがいで）感じの、好感のもてるかわいい娘だった。美の領域にいたらなかったのは、美貌に欠けるところがあるからではなく、おそらく彼女の人生があまりにも平穏無事だったからだろう。だが、いまや彼女は美の領域に達していた。それは暗黒の美だった。

死は彼女の肉体に爪痕《つめあと》をしるしていなかった。頬にはほんのりと赤味がさし、化粧を知らない唇は生き生きと赤く輝いていた。額は色白だがしみひとつなく、肌はクリーム色だった。目を閉じて、黒い睫《まつげ》を頬に伏せていた。片手は脇にそえられ、もう一方の手はウェストの部分に置かれていた。だが、全体としての印象は、無垢《むく》の愛らしさというよりは、冷たい、どこかまとまりを欠いた美しさだった。彼女の顔の、言葉では表現できないある感じが、ジミーにサイゴンの若い娘たちを連想させた。その娘たちは――なかには十三歳にもならない子供まで混じっている――酒場の裏の路地で兵隊たちの前にひざまずく。しかも彼女たちにとってそれがはじめての経験でもなければ、常習的な行為でもない。これらサイゴンの娘たちの場合は、腐敗は悪ではなく、ただあまりに早く世の中を知りすぎただけのことだった。スーザンの顔の変化はそれとはまったく異質のものだった――が、どう違うかと問われても彼には答えられなかった。

やがてキャラハンが進みでて、彼女の弾力のある左の乳房に指を押しつけた。「ここが」と、彼はいった。「心臓です」

「だめだ」と、ベンが繰りかえした。「ぼくにはできない」

「彼女の恋人として振る舞いなさい」と、キャラハン神父がやさしくいった。「いや、大として振る舞うのです。あなたは彼女を苦しめるわけじゃない。むしろ解放してやるのです。苦しむのはあなただけなのですよ」

ベンは無言で神父をみつめた。マークがジミーの黒鞄から杭を取りだしていて、それを黙ってベンのほうにさしだした。ベンは放心状態で手をのばして、それを受けとった。いざというときにそのことを考えないようにすれば、たぶん――

しかし、考えないようにすることが可能だとは思えなかった。突然、ブラム・ストーカーの『ドラキュラ』の中の一節が心に浮かんできた。この面白い小説も、もはや彼には全然面白くなかった。それは彼と同じ恐ろしい任務を果たすことを余儀なくされたアーサー・ホームウッドに対する、ヴァン・ヘルシング教授の言葉だった。苦い水の中を通り抜けなければ、甘い水には辿りつけない。

四人とも将来ふたたび甘い水にめぐりあうことなど、はたしてあるのだろうか?

「いやだ!」と、ベンは呻いた。「こんなことをぼくにさせないでくれ――」

だれもなにもいわなかった。

額に、頬に、腕に、気の遠くなるような冷汗がにじみでた。四時間前まではただの野球用バットにすぎなかったものに、あたかも目に見えない巨大な力を集めたかのように、不気味な重さが加わっていた。

彼は杭を持ちあげて、その先端を彼女の左乳房の、ブラウスのおしまいのボタンのすぐ上に当てた。杭の先端が肌にくぼみを作るのを見て、彼は自分の口端がどうしようもなく痙攣するのを感じた。

「彼女は死んでいない」と、彼はいった。しゃがれた、だみ声だった。それが彼の最後の抵抗線だった。

「いや、違う」と、ジミーが容赦なくいった。「彼女は亡者《アンデッド》なんだよ、ベン」彼はそのことを実地に示していた。血圧計のベルトを腕に巻いて、ポンプを押したとき、目盛りは00／00を示した。さらに彼女の胸に聴診器をあてて、体内の沈黙をみんなに聞かせていた。

ベンのもう一方の手になにかが押しつけられた——何年もたってから思い返してみても、依然として三人のうちのだれが自分にそれを手渡したのか思いだせなかった。ハンマーである。穴のあいたゴムのグリップのついたハンマーのヘッドが、懐中電灯の光の中できらりと光った。「手早く片づけて、明るいところへ出なさい」と、キャラハンがいった。「あとはわれわれが引き受けます」

苦い水の中を通り抜けなければ、甘い水には辿りつけない。

「神よ、お許しを」と、ベンが呟いた。

彼はハンマーを高々と振りあげて、一気に打ちおろした。

ハンマーが杭のてっぺんを正確にとらえた。トネリコの杭を伝わるゼラチンを思わせる震動は、一生夢の中につきまとってはなれないだろう。彼女の青い目が、ハンマーの衝撃がそうさせたかのように、ぱっと見開かれた。杭の先端がめりこんだところからどっと血が噴きだし、おびただしく流れでて彼の両手とシャツと頬を赤く染めた。たちまちのうちに地下室には熱い、銅のような血の匂いが充満した。

彼女はテーブルの上で身をよじった。両手が持ちあがって、鳥が羽搏《はばた》くように激しく空気を打った。両足が激しく音をたててめちゃめちゃにテーブルを蹴った。口を大きくあけて、狼のような恐ろしい牙をむきだしながら、地獄のラッパのような悲鳴をあげつづけた。口の両端から血が洪水のように溢れでた。

ハンマーがまた振りあげられ、打ちおろされた。二度……三度……四度……

ベンの脳は大きな黒い鴉《からす》の叫び声に満たされた。頭の中でぞっとするような、記憶にないイメージが渦を巻いた。彼の両手も、杭も、容赦なく上下するハンマーも、みな真赤に染まっていた。ジミーの震える手の中で、懐中電灯がストロボスコープになって、スーザンの激しく歪んだ顔を照らしだした。歯が唇をずたずたに嚙み切った。ジミーがきちんとめくり返した白布に血が飛び散って、漢字のような模様を描きだした。

やがて、突然彼女の背中が弓のように反りかえり、顎の骨がはずれたかと思われるほどに口が大きく開かれた。杭を打ちこんだ傷口からいちだんと濃い血がどっと噴きだした。この頼りない、震え動く光の中で、ほとんどどす黒く見える血——心臓の血だった。大きくあいた口の共鳴箱からほとばしる絶叫は、深遠な種族の記憶の地下室から、人間の魂の湿った暗黒から発するもののようだった。突然口と鼻からもごぼごぼと血が流れでた……いや、血だけではなかった。かすかな光の中で見るそれは、欺かれ、打ち負かされて、あわてて体内から逃げだしてゆくなにかの影でしかなかった。それは周囲の闇にとけこんで見えなくなった。

反りかえった背中がテーブルにつき、口がゆるんでひとりでに閉じられた、ずたずたに嚙み切られた唇が細めに開いて、最後のかすかな一呼吸をおこなった。一瞬瞼がぴくぴくと痙攣し、ベンは公園で彼の本を読んでいたスーザンをそこに見た。あるいは見たような気がした。

すべては終わった。

ベンはハンマーを手から取り落とし、シンフォニーをめちゃめちゃにしてしまった指揮者のように、両手を前にさしだしたまま後ずさりしはじめた。

キャラハンが彼の肩に手をかけた。「ベン――」

彼は急に走りだした。

よろめきながら階段を駆けあがり、つまずいて倒れ、階段の上の光のほうへ這い進んだ。少年時代の恐怖と大人の恐怖がひとつに混じりあった。もしもそこで振りかえっていたら、すぐ目の前に、ヒュービー・マーステンの（あるいはストレイカーの）顔が見えたことだろう。緑色にふくれあがったその顔は、首にロープを深々と食いこませ、歯のかわりに牙をむきだしてにたっと笑いかける……彼は恥も外聞《がいぶん》もなく悲鳴をあげた。

背後にキャラハンの声をぼんやり聞いた。「いや行かせてやりなさい――」

台所を走り抜けて、勝手口から外へとびだした。裏のポーチの階段が足の下から消えて、頭から地面にのめりこんだ。ぶざまに這いずり、ようやく立ちあがって、うしろをちらと振りかえった。

なにもない。

マーステン館はその最後の悪を盗みとられて、ただのありふれた家としてそこに建っていた。

ベン・ミアーズは雑草のはびこる裏庭の静寂の中で、顔をのけぞらせ、大きく息をはずませながら立っていた。

# 16

秋になると、セイラムズ・ロットの夜はこのようにして訪れる。

まず太陽が空気に対するその弱々しい支配力を失い、冷えた空気が冬が近いことと、その冬は長いことを思いださせる。細い雲が出てきて、影が長くなる。秋の影には夏のそれとちがって幅がない。木々はすっかり葉が落ちてしまい、空の雲は痩せているからだ。秋の影は痩せ衰えて、鋭い歯のように地面を嚙む。

太陽が地平に近づくにつれて、その慈悲深い黄金の光は徐々に色濃くなり、汚れていって、ついには怒ったような赤味がかったオレンジ色に変わる。それは地平線上にさまざまな色の混ざりあった輝きを投げかける――さながら雲の充満した羊膜のごとく、赤、橙、朱、紫と変転する。ときおり雲が巨大な、ゆったりした筏のように切れ目を作り、その間から過ぎ去った夏を痛々しく思いださせる清純な黄金色の光があらわれる。

これが午後の六時、夕食《サパー》の時間だ（ザ・ロットでは、ごちそう《ディナー》はお昼に食べる）。骨のまわりに不健康な脂肪をぶよぶよとまつわりつかせた老女、メイベル・ワーツは、電話を横において、ブロイルド・チキンとリプトン・ティーの食卓に坐る。エヴァの下宿では、男どもがありあわせのもの――TVディナー、缶詰のコンビーフ、昔母親が土曜日の朝や午後に作った豆料理とは似ても似つかぬ缶詰の豆、スパゲッティ、仕事の帰りにファルマスのマクドナルドで買ってきたハンバーガーを温めなおしたものなど――を集めて食事にとりかかる。エヴァは表の部屋のテーブルに坐って、グローヴァー・ヴェリルを相手にジン・ラミーをやりながら、下宿人たちに、やれ脂をよく拭きとれだの水をこぼすなだのと、がみがみ文句をいう。男どもは彼女がこんなふうに神経をとがらせるのを見た記憶がない。しかし、彼女自身は知らなくても、彼らはその原因を知っている。

ペトリー夫婦は台所でサンドイッチを食べながら、たったいま町のカトリック司祭、キャラハン神父からかかってきたばかりの電話のことを考えている。おたくの息子さんはいまわたしと一緒に、元気でいます。もうすぐおたくへ帰しますからどうぞご心配なく。彼らは町の保安官のパーキンズ・ギレスピーに連絡することを相談したが、結局もう少し待つことにきめた。彼らは、母親にいわせればもともと夢想癖のある息子に、このところある種の変化が起こったことを感じていた。本人はそのことを認めないが、ラルフィーとダニー・グリックの亡霊にとりつかれているようだった。

ミルト・クロッセンは店の奥でパンとミルクの食事をとっている。一九六八年に妻を亡くしてからというもの、彼はすっかり少食になってしまった。デルの店主デルバート・マーキーは、自分で焼いた五個のハンバーガーを脇目もふらずに平らげているところだ。芥子《からし》をたっぷりつけ、生のタマネギを山のようにのせて食べ、夜になると相手になってくれそうな人間をだれかれなしにつかまえては、消化不良で死ぬほど苦しいとこぼすのが、彼のいつもの癖である。キャラハン神父の家政婦のローダ・カーレスはなにも食べていない。どこかへでかけたきり帰ってこない神父のことが心配なのだ。ハリエット・ダラムと彼女の家族はポーク・チョップを食べている。一九五七年以来やもめ暮しを続けているカール・スミスの献立は、ゆでたジャガイモ一個とモクシーの墾が一本だ。デレク・ボッディン一家はアーマー・スター・ハムと芽キャベツを食べている。面目丸つぶれのがき大将、リッチー・ボッディンが、芽キャベツは嫌いだとだだをこねる。わがままをぬかすと尻を蹴とばすぞ、とデレクが叱りつける。そのくせ彼自身も芽キャベツは嫌いなのだ。

レジーとボニーのソーヤー夫妻は、ビーフのリブ・ロースト、冷凍コーン、フレンチ・フライド・ポテト、それにデザートとしてハード・ソースをつけたチョコレート・ブレッド・プディングの夕食をとっている。この献立はみなレジーの好物ばかりである。そろそろ痣も薄れかけたボニーは、伏し目がちに黙々と給仕を続ける。レジーは脇目もふらずに着々と料理を平らげ、その間にバドワイザーの缶を三個からにする。ボニーは立ったまま食べている。まだお尻が痛くて坐れないのだ。あまり食欲はないのだが、レジーの目にとまってなにかいわれるのがいやで、無理に詰めこんでいる。あの晩彼女を散々殴ったあとで、彼は妻のピルを残らずトイレに流してから、彼女を強姦した。しかもそれ以来一晩も休まず強姦し続けている。

七時十五分前には、町じゅうのほとんどの人間が食事をおえ、食後の煙草や葉巻やパイプを吸い終わって、食卓のあとかたづけも済ませていた。食器洗いも終わり、水切りに並べられている。子供たちはドクター・デントンに着替えさせられ、就寝時間までテレビのクイズ番組を見るために、ほかの部屋へ追いやられる。

ロイ・マクドゥガルは、仔牛のステーキの入ったフライパンを黒焦げにしてしまい、口惜しまぎれにどなり散らしながら、ステーキをフライパンごと台所のごみの中に投げこんでしまう。それからデニムのジャケットをひっかけ、豚のようないまいましい女房を寝室に残してデルの店へでかける。子供は死に、女房は寝こんでしまい、晩飯は黒焦げときては、酒でも飲んで酔っぱらわずにいられようか。そろそろこのけちな町におさらばする潮時かもしれない。

ジョイントナー・アヴェニューから町役場裏の行きどまりまでの短い距離を走るタガート・ストリーム・ロードの、とある小さな二階のフラットでは、ジョー・クレーンが神から意地の悪い贈り物をさずかっていた。夕食をおえてテレビの前に腰をおろしたとき、突然激しい痛みで左胸と左腕が麻痺するのを感じた。どうしたんだろう？　心臓かな？　実はまさにその通りだった。彼は立ちあがって電話のほうへ行きかけるが、途中で急に痛みがふくれあがり、ハンマーで一撃された牛のようにがくんと膝をつく。小型テレビはおしゃべりを続け、彼はこれから二十四時間だれにも発見されないだろう。午後六時五十一分に訪れた彼の死は、十月六日のジェルーサレムズ・ロットにおける唯一の自然死である。

七時ちょうどには、あたかも溶鉱炉の火が世界の果てから下に傾いたかのごとく、地平線上のさまざまな色がオレンジ色の一本の線に収斂《しゅうれん》していた。東の空にはすでに星があらわれていた。星はダイヤモンドのようにきらめいている。この季節の星の輝きには、慈悲も、恋人たちのための慰めもない。ただ、美しい無関心の中で輝いているだけである。

小さな子供たちにとっては、もう就寝の時間である。赤ん坊たちは親の手でベビー・ベッドに寝かされ、もう少し起きていたい、明りを消さないでと泣く子供に、親がほほえみかける。そして押入れのドアをあけ、なにも隠れてなんかいないと子供にいいきかせる。

そして彼らの周囲では、夜が獣の本性をあらわし、暗黒の翼を羽搏いて舞いあがる。吸血鬼の時が訪れたのだ。

# 17

マットがうとうとしているところへ、ジミーとベンが入ってきた。マットはたちまちぱっちりと目をあけて、右手の十字架をしっかり握りしめた。

彼の目はジミーの目と出会い、それからベンの目に移動して……そのまま静止した。

「どうした？」

ジミーが手短に説明した。ベンはなにもいわなかった。

「彼女の死体は？」

「キャラハンとぼくが地下室にあった木箱にうつぶせに詰めました。たぶんバーローが中に入って町まで運ばれてきたのと同じ箱でしょう。そして一時間足らず前に、箱をロイヤル・リヴァーに沈めました。石をいっぱい詰めて。ストレイカーの車で川まで運んだから、だれかが橋のそばで見ていたとしても、ストレイカーの仕業だと思うでしょう」

「よくやった。キャラハンはどこだ？　それからマークは？」

「マークの家に行きました。両親になにもかも打ち明ける必要があります。バーローが彼らを名指しで脅迫しているんですよ」

「彼らは信じるだろうか？」

「もしも信じなかったら、マークが父親からあなたに電話をかけさせることになっています」

マットはうなずいた。ひどく疲れたようだった。

「ベン。こっちにきて、わたしのベッドにかけたまえ」

ベンはうつろな表情で、おとなしくベッドに近づき、腰をおろして、膝の上にきちんと両手を組んだ。その目は煙草の焼け焦げを思わせた。

「きみを慰める言葉もない」と、マットがいった。そしてベンの片手を握りしめた。ベンは逆らわなかった。「だが、それはどうでもいい。時がきみを慰めてくれるだろう。彼女は永遠の安息に浸っているのだ」

「彼はわれわれをばかにしたんです」と、ベンがうつろな声でいった。「われわれを一人ずつからかったんです。ジミー、彼の手紙を見せてやってくれ」

ジミーはマットに封書を渡した。マットは封筒から分厚い便箋を引きだして、目の前数インチのところにかかげながら注意深く読んだ。唇がかすかに動いた。やがて手紙をおいていった。

「そうだ。まさしく彼だ。彼は想像以上にうぬぼれが強いらしい。ぞっとして体が震えてくるよ」

「彼はわれわれをからかうために、わざと彼女を残していったんです」と、ベンがうつろな声でいった。「彼はとっくにいなくなってしまった。彼と戦うのはまるで風と戦うようなものです。彼から見れば、われわれは虫けらのような存在にちがいない。彼はちょこちょこ這いずりまわる虫けらを見て笑っているんですよ」

ジミーがなにかいいかけたが、マットがかすかに首を振った。

「それは大違いだ」と、彼はいった。「スーザンを一緒に連れていけるものならきっとそうしていただろう。数少ない仲間を、きみたちをからかうだけの目的で捨てて行くはずがない！

いいかね、ベン、きみたちが彼に対してしたことを落ち着いて考えてみたまえ。きみたちは彼の従僕のストレイカーを殺した。彼自身が告白しているように、血に飢えたあまり、ストレイカー殺しに手をかすことすら余儀なくされたのだ！　夢さえ見ることのない眠りからさめて、あの恐ろしい大男が武器も持たない子供に殺されたことを知ったとき、彼はどれほどあわてふためいたことだろう」

彼は苦労してベッドの上に起きあがった。

ベンはいつの間にかマットのほうに顔を向けて、ほかの三人がマーステン館の裏庭で彼を発見して以来はじめて、人の話に関心を示していた。

「いや、最大の勝利はまだほかにある」と、マットが続けた。「きみたちは彼が選んだ家から彼を追いだした。ジミーの話では、キャラハン神父は聖水で地下室を消毒し、聖餅ですべてのドアを封印したという。もしもあそこへ舞い戻ってくれば、彼はおそらく死ぬだろう……しかも彼自身そのことを知っている」

「しかし彼はもう行ってしまった」と、ベン。「いないものはしかたがない」

「たしかに彼は行ってしまった」と、マットが小声で繰りかえした。「しかし、彼は今日どこで眠っただろうか？　車のトランクの中かね？　犠牲者の一人の地下室かね？　それとも五一年の大火で焼けたマーシュ地区のメソジスト教会の地下室かね？　どこで眠ったにせよ、彼はその場所が気に入っただろうか？　そこで安全を感じただろうか？」

ベンは答えなかった。

「明日から、きみたちは狩りをはじめる」ベンの手を握ったマットの手にいちだんと力がこもった。「バーローだけではなく、雑魚《ざこ》どもを一匹残らずつかまえるのだ——しかも今夜以降雑魚の数はどんどんふえるだろう。彼らの飢えはとどまるところを知らない。彼らは満腹するまで食べ続けるだろう。夜は彼のものだが、昼間はきみたちがとことん彼を狩りたてる。その結果彼が恐れをなして逃げだすか、きみたちが彼を白日のもとに引きだして、心臓に杭を打ちこみ、彼が断末魔の悲鳴を発して息絶えるか、そのいずれかになるまで彼を狩りたてるのだ！」

ベンは顔をあげてマットの言葉に聞き入った。顔にはいつの間にかぞっとするような生気がみなぎっていたが、やがて口もとにかすかな笑みが浮かんだ。「そうだ、そうしよう」と、彼は小声でいった。「ただし、明日といわず、今夜からはじめよう。いますぐに——」

マットの片手がさっとのびて、驚くほど強い力でベンの肩をつかんだ。「今夜はいかん。今夜はみんなで一緒にすごすことにしよう——きみと、わたしと、ジミーと、キャラハン神父と、マークと、それにマークの両親と、みんな一緒にだ。いまや彼は知っている——そして恐れている。バーローが母なる夜の中で目ざめているときにあえて、彼に近づこうとするのは、狂人か聖人だけだ。われわれはそのどちらでもない」彼は目を閉じて低い声でいった。「わたしには彼がわかってきたような気がする。わたしはこの病院のベッドに横たわって、マイクロフト・ホームズの役割を演じながら、バーローの立場にわが身をおいて、彼を出し抜くにはどうすればよいかを考える。彼は何世紀も生きてきたし、頭もいい。しかしその反面、手紙を見ればわかるように、相当なうぬぼれ屋だ。それはそうだろう。彼のうぬぼれは真珠が大きくなるように、しだいに厚味を増して巨大化し、ついに毒を持つにいたったのだ。彼は自尊心に満ちみちている。まるで高慢の塊だ。そして彼の復讐心は畏怖すべきものである反面、われわれがそれにつけこんで利用できる余地もあるかもしれない」

　彼は目をあけて、真剣な表情で二人を見た。そして十字架を目の前に捧げ持った。「この十字架で彼を防ぎとめることはできるが、たとえばフロイド・ティビッツのときのように、彼が利用する人間には通用しないかもしれない。おそらく彼は今夜われわれのうちのだれかを殺そうとするだろう……あるいは全員を殺そうとするかもしれない」

　彼はジミーを見た。

「キャラハン神父とマークをマークの両親のもとへ行かせたのは間違いだったかもしれない。なにも事情をいわずにここへ呼ぶほうがよかったような気がする。われわれは二手に分かれてしまった……とくにマークのことが心配だ。ジミー、彼らに電話するほうがいいかもしれん……いますぐにだ」

「わかりました」彼は腰をあげた。

　マットはベンに視線を転じた。「きみはわれわれのそばにいてくれるだろうな？　われわれと一緒に戦ってくれるだろうな？」

「ええ」ベンはしゃがれ声で答えた。「そうします」

　ジミーは病室を出て、ナース・ステーションへ行き、電話帳でペトリー家の番号を調べた。急いでダイヤルを回し、受話器を通して聞こえてくる呼出し信号ではなく故障信号を聞いて、ぞっとするような恐怖感に襲われた。

「彼が先回りしたんだ」と、ジミーは呟いた。

　婦長がその声を聞きつけて顔をあげ、彼の表情に目をみはった。

## 18

ヘンリー・ペトリーは教育のある人間だった。ノースウェスタン大では理学士を、マサチューセッツ工科大では修士号と経済学博士号をとっていた。彼は申し分のない短大教授の地位をなげうって、報酬のよさもさることながら、好奇心を満足させるために、プルーデンシャル保険会社の管理職の地位についた。自分の経済思想が理論上だけでなく実際にも通用するかどうかをたしかめたかったのである。それは実際にもりっぱに通用した。翌年の夏には公認会計士試験、その二年後には弁護士試験に合格するという目標を立てた。現在の目標は、一九八〇年代に連邦政府の経済官僚の要職につくことだった。息子の一風変わった気質は父親のヘンリー・ペトリー譲りではなかった。父親の論理は完璧でいささかの破綻もなく、彼の世界はほとんど機械のように正確に型にはまっていた。民主党員であるにもかかわらず、一九七二年の選挙ではニクソンに一票を投じた。ニクソンを廉直な人間と信じたからではなく――自分の妻に向かって、リチャード・ニクソンはウルワースで万引をやる手先の器用さをそなえた小悪党にすぎないと、何度も語っていた――対立候補がアメリカに経済的破滅をもたらす無能なパイロットだと信じたからだった。彼は六〇年代後半のカウンター・カルチャーを、経済的基盤を持たないがゆえにほっといてもやがて滅び去る運命にあると信じて、冷静に傍観していた。妻と息子に対する彼の愛情は、ビューティフルではなかったが、確固として揺ぎないものだった。彼は自分自身と物理学、数学、経済学、それに（いささか信頼度は落ちるが）社会学などの自然の法則に絶対の信頼をおく、ストレートな人間だった。

彼はコーヒーを飲みながら息子と町の司祭の話に耳を傾け、ときおり話の筋道がもつれたり曖昧になったりすると、明快な質問をはさんだ。彼の冷静さは話の奇怪さや妻のジューンの苛立ちに比例して深まってゆくようだった。一通り話を聞き終わったときは七時近くになっていた。ヘンリー・ペトリーは慎重に考えた末、静かに、そして簡潔に評決をくだした。

「ありえないことだ」

マークが溜息をついて、キャラハンのほうを見ながらいった。「ほらね、ぼくがいった通りでしょう」彼は司祭館からキャラハンの古い車で帰ってくる途中、そのことを予言していた。

「でも、ヘンリー――」

「ちょっと待った」その言葉と、（さりげなく）持ちあげられた片手が、すぐに妻を沈黙させた。彼女は腰をおろしてマークの肩を抱き、キャラハンのそばからわずかに引きはなした。少年は逆らわなかった。

ヘンリー・ペトリーは愛想よくキャラハンのほうを見た。「おたがいに理性の人として、この妄想を解明することができるかどうか、ひとつ考えてみようではありませんか」

「おそらくそれは不可能でしょう」と、キャラハンも同じように愛想よくいった。「が、いいでしょう、やるだけはやってみましょう。わたしたちがここへきたのは、バーローがあなたと奥さんを名指しで脅迫したからなんですよ、ペトリーさん」

「あなたは今日の午後実際にその娘さんの死体に杭を打ちこんだのですか?」

「やったのはわたしじゃありません。ミアーズさんです」

「死体はまだそこにあるんですか？」

「川に投げこみました」

「そこまでの話が本当だとしたら、あなた方は息子に犯罪の片棒をかつがせたことになります。それは承知しているんですか？」

「もちろん承知しています。やむをえなかったのですよ。ペトリーさん、あなたがマット・バークの病室へ電話をかけてくださったら――」

「そりゃ、きっとあなたの証人は口裏を合わせるでしょうよ」ペトリーは依然としてあのかすかな、人を苛立たせる微笑を浮かべていた。「それもこの珍事のよくできた点の一つですよ。そのバーローの手紙とやらをお持ちですか？」

キャラハンは心の中で悪態をついた。「コディ先生が持っています」そして思いだしたようにつけ加えた。「ぜひわたしと一緒にカンバーランド病院へ行ってください。そしてみんなと話をすれば――」

ペトリーはみなまでいわせずに首を振った。

「その前にもう少し話し合いましょう。あなたの証人たちが信頼のおける人たちだということは、さっきもいったように否定しません。コディ先生はうちのホーム・ドクターだし、家族はみんな彼を好いています。それからマシュー・バークは非のうちどころのない人物だと聞いております……少なくとも教師としてはね」

「しかし、どうだとおっしゃるんですか？」

「キャラハン神父、こんなふうにいってみたらどうでしょう。もしここに信頼すべき十二人の証人がいて、一匹の巨大なテントウムシが、真昼間『美《うる》わしのアデライン』を歌いながら、そして南軍の旗を振りながら、公園を通り抜けるのを見たと証言したら、あなたはそれを信じますか？」

「証人たちが信頼のおける人間だという確信があれば、そして彼らが冗談をいっているのではないという確信があれば、もちろんわたしは信じますよ」

依然としてかすかに笑みを浮かべながら、ペトリーはいった。「そこがあなたとわたしの違いですな」

「あなたの心は閉ざされているのです」

「いや――閉ざされているのではなく、決然としているだけですよ」

「結局は同じことですよ。いいですか、あなたの働いている会社では、経営陣が客観的な事実よりも自分の信念に基づいて方針を決定するのを認めているんですか？　それは論理ではなく、空念仏というものですよ、ペトリーさん」

ペトリーは笑顔を引っこめて立ちあがった。「率直にいってあなたのお話は不愉快ですな。あなたはわたしの息子を妙ちきりんな、おそらくは危険なことに巻きこんだ。このことで法廷に立たずに済めば運がいいというものでしょう。わたしは病院に電話してあなたの仲間と話してみます。そのうえでバークさんの病室へ行って、この問題を話し合いましょう」

「主義をまげてくださるとはご親切なことですな」と、キャラハンは皮肉たっぷりにいった。

ペトリーは居間へ行って電話を取りあげた。電話線は死んでいて、ぶうんという音が聞こえなかった。彼は眉をひそめながら受話器受けをがちゃがちゃ鳴らした。反応はなかった。彼は受話器をおいて台所へ戻った。

「電話が故障のようです」

キャラハンと息子がとたんに不安げに目を見かわすのを見て、彼は腹立たしい思いに駆られた。「どうぞご心配なく」と、彼は意図したよりやや険悪な口調でいった。「ジェルーサレムズ・ロットの電話が故障したからといって、吸血鬼のせいとはかぎりませんから」

そのとき明りがぱっと消えた。

## 19

ジミーはマットの病室へ駆け戻った。

「ペトリー家の電話が故障している。たぶん彼の仕業だ。ちきしょう、われわれはうかつだった――」

ベンがベッドからおりた。マットの顔が急に縮んで皺くちゃになったように見えた。「彼の狡猾さがわかっただろう？　暗くなるまであと一時間あれば、なんとか……しかしその時間がない。もう手遅れだ」

「向うへ行ってみます」と、ジミーがいった。

「いかん！　行くべきじゃない！　行ったらきみたちとわたしの命が危い」

「しかし、彼らが――」

「彼らは彼らだ！　なにが起こるにせよ――あるいはすでに起こったにせよ――きみたちが

駆けつけたときはもう手遅れだ！」

彼らはどうすべきかを決めかねてドアのそばに立っていた。

マットは必死になって力を奮いおこし、静かだが力強い声で話しかけた。

「彼はうぬぼれが強く、自尊心の塊だ。われわれはこの欠点につけこめるかもしれない。だが彼は頭もいい、われわれはその点も充分考慮してかからなければならない。きみたちが見せてくれた手紙の中で、彼はチェスを引合いに出している。おそらく彼はすぐれたチェス・プレイヤーだろう。あの家の電話線を切るまでもなく、目的を果たすことができたということに、きみたちは気がつかないかね？　つまり彼は、白の駒の一つが詰みかかっていることをきみたちに知らせたかったのだ！　彼は兵力というものを知っている。敵の兵力が分散し、混乱に陥れば、勝利が容易になるということを知っているのだ。きみたちはそれを忘れたために彼に先手を取られた——つまり戦力を二つに割ってしまったのだ。いまあわててペトリーの家へ駆けつければ、戦力は三分されることになる。わたしは独りぼっちでベッドに縛りつけられている。いくら十字架と本と呪《まじな》いがあったってなんの役にも立たない。彼は手下の一人をここへよこして、ナイフか拳銃でわたしを殺させるだけで事足りる。残るは破滅に向かって夜の中をやみくもに走りまわるきみたち二人だけになってしまう。そうなればセイラムズ・ロットはもう彼のものだ。きみたちにはそのことがわからないのか？」

「わかりました」と、ベンが答えた。

マットはぐったりして体を倒した。「わたしは自分の命が惜しくてこんなことをいってるんじゃないよ、ベン。それだけは信じてくれ。それどころか、きみたちの命を心配しているんでもない。町のために心配しているんだ。これからほかにどんなことが起こるにしても、だれかが残って、明日彼の企みを防ぎとめなければならないんだ」

「ええ。ぼくはスーザンの恨みをはらすまでは絶対につかまりません」

三人の間に沈黙が訪れた。

ジミー・コディがその沈黙を破った。「彼らは無事に逃げおおせるかもしれない。彼はキャラハン神父とマーク少年を見くびっていると思う。あの子はいたって冷静だからな」

「そうあって欲しいものだ」とマットはいって、目をつぶった。

彼らは腰をおろして待った。

20

ドナルド・キャラハン神父は、母親の形身の十字架を頭上高くかざして、ペトリー家の広い台所の片側に立っていた。十字架は部屋を横切って不気味な輝きを投げかけていた。バーローは反対側の流しのそばに立って、片手でマークの両腕を背中にねじあげ、もう一方の手を首にかけていた。その中間の床の上に、ヘンリーとジューン・ペトリーが、バーローが闖入《ちんにゅう》したときのガラスのかけらと一緒に倒れていた。

キャラハンは茫然としていた。あっという間の出来事で、なにが起こったのかよくのみこめなかった。いまのいままで、台所のまばゆい明りの下で、ペトリーを相手に理性的に（少々腹を立てていたにしても）この問題を話し合っていたと思うと、つぎの瞬間には、ペトリーが冷静かつ断固として否定した妄想の中にいきなり投げこまれていた。

　彼は目の前で起こったことを順序だてて思いだそうと努めた。

　まずペトリーが居間から戻ってきて、電話が不通だと告げた。その直後に明りが消えた。ジューン・ペトリーが悲鳴を発した。椅子が一つ倒れた。しばらくの間、四人はたがいに名を呼びあいながら闇の中を右往左往した。やがて流し台の上の窓が内側に向かって破裂し、キッチン・カウンターとリノリウムの床にガラスの破片が飛び散った。以上すべてがわずか三十秒以内の出来事だった。

　やがて台所に一個の人影が侵入し、このときやっとキャラハンは呪縛を破った。首にぶらさげた十字架をしっかりと握りしめた。彼の手が十字架に触れると同時に、この世ならぬ光が部屋の中を照らしだした。

　彼はマークが母親を居間に通じるアーチのほうへ引っぱって行こうとするのを見た。ヘンリー・ペトリーは二人のそばに立って、こちらを振りむき、その冷静な顔に、この理不尽な侵入に対する唖然たる驚きの表情を浮かべていた。彼のうしろには、ひときわ高く、にやりと笑った、フラゼッタの絵のような白い顔がぼんやり浮かんでいた。大きくあけた口からは長く鋭い牙がむきだしにされ、目は地獄の溶鉱炉の扉のように赤々と燃えていた。バーローの両手がさっとのびて（キャラハンは一瞬コンサート・ピアニストのように長く繊細な鉛色の指を見た）、片手にヘンリー・ペトリーの頭を、もう一方の手にジューン・ペトリーの頭をつかみ、胸のむかつくような不快な音をたてて、頭と頭を鉢合わせさせた。二人は石ころのように床に倒れ、バーローの最初の脅迫は苦もなく実行された。

マークは甲高い悲痛な叫びを発して、夢中でバーローにとびかかっていた。

「きたか！」バーローは上機嫌で、よく通る力強い声を響かせた。マークはなにも考えずにがむしゃらにとびかかり、たちまちバーローに捕えられた。

キャラハンが十字架を高く掲げて一歩前に進んだ。

「神の名において――」と、キャラハンは祈りはじめた。

神という言葉を聞いたとたんに、バーローは鞭で打たれでもしたようなけたたましい悲鳴を発した。口がよじれてだらりと下にさがり、鋭い牙がのぞいた。首筋の筋肉が緊張して盛りあがった。「近寄るな！」と、彼は叫んだ。「近寄るな、呪《まじな》い師め！　さもないとこの子の首の静脈と動脈を掻き切るぞ！」そういいながら、上唇を長く鋭い歯からめくりあげ、いい終わると同時に蝮《まむし》のような速さで顔を下に向けて、マークの首に嚙みつくそぶりを見せた。

キャラハンは立ちどまった。

「さがれ！」バーローがふたたび冷笑しながら命令した。「いいか、お前はそっちのはし、わたしはこっちのはしだ」

キャラハンは十字架を目の高さに捧げ持って、十字架の腕ごしに相手を見ながらゆっくり後退した。十字架は鎖状に連なった火に包まれたように見え、その力が彼の前腕まで伝わってきて筋肉が固くなり、小刻みに震えた。

彼らは正面から向かいあった。

「とうとう会えたな！」と、バーローが笑いながらいった。彼の顔は力強く、知的で、一種近寄りがたい端整さをそなえていた。が、光のかげんでどうかすると女性的に見えたりもした。

前にこの顔を見たのはどこだったろうか？　やがて、このかつて知らぬ恐怖のさなかに、その記憶がよみがえってきた。それは子供のころ彼のところにだけあらわれたお化け、昼間は押入れの中に隠れていて、夜母親が子供部屋のドアをしめて出て行ったあとに姿をあらわすミスター・フリップの顔だった。彼は夜、明りをつけて眠ることを許されていなかった。両親はこうした子供らしい恐怖にうちかつには、進んでそれに立ち向かうしかないという考えだったからである。そんなわけで、毎晩寝室のドアがしまって、母親の足音がしだいに階段を遠ざかってゆくと、押入れの扉が音もなく細めにあいて、ミスター・フリップの瘦せた青白い顔と赤く燃える目がのぞくのを感じた（あるいは実際に見たのだろうか？）ものだった。そのミスター・フリップがいまふたたび押入れの中からあらわれて、マークの肩ごしに、白塗りの道化のような顔と、燃えるような目と、赤い官能的な唇で、じっと彼をみつめている。

「これからどうするのだ？」と、キャラハンはいった。それは自分の声とは似ても似つかなかった。彼は少年の喉にかかったバーローの長く繊細な指をみつめていた。指には小さな青いしみがいくつも見えた。

「それはそちらしだいだ。お前がこのかわいそうな子供のためになにをしてくれるかによりけりだよ」彼は突然背中にまわしたマークの手首をぐいとねじあげた。明らかに少年の悲鳴でその言葉を強調する魂胆が見えすいていたが、マークはその手に乗らなかった。食いしばった歯の間からしゅうと空気が洩れただけで、マークは一声も発しなかった。

「ようし、音《ね》をあげさせてやる」とバーローは低い声でいい、口を歪めて獣じみた憎しみの渋面をつくった。

「やめろ！」と、キャラハンが叫んだ。

「やめろというのかね？」憎しみの表情が拭ったように消えた。陰気な愛想笑いがそれにとってかわった。「この子の処刑を延期して、別の晩までとっておけというのかね？」

「そうだ！」

ほとんど喉を鳴らさんばかりの甘い声で、バーローがいった。「ではその十字架を投げ捨てて、対等の条件でわたしと相対するか――黒対白として対決するか？　お前の信仰とわたしの信仰の対決を望むか？」

「いいとも」と、キャラハンは答えた。が、その口調にはかすかな動揺があった。

「ではそうしろ！」ぼってりした唇が期待に満ちてすぼめられた。秀でた額が部屋の中を満たす不気味な光の中で白く光った。

「そしてお前がその子を放すのを信じろというのか？　それを信じるぐらいなら、まだしもガラガラ蛇をシャツの中に入れて、そいつが咬まないと信じるほうが利口というものだ」

「しかしわたしはお前を信じる……これを見ろ！」

彼はマークをはなし、両手を宙に浮かせてうしろにさがった。

マークは一瞬信じられないといった表情で立っていたが、やがてバーローを振り向きもせずに、両親のそばに駆け寄った。

「逃げるんだ、マーク！」と、キャラハンが叫んだ。

マークは大きく見開いた暗い目で彼を見た。

「二人とも死んでる――」

「逃げろ！」

マークはのろのろと立ちあがった。それから振りかえってバーローを見た。

「もうすぐだよ、小さな兄弟」バーローはほとんど穏和といってもよいような口調で呼びかけた。「もうすぐお前とわたしは――」

マークが彼の顔に唾を吐きかけた。

バーローの呼吸が止まった。激しい怒りでどす黒くなった額が、それまでの表情の本質、つまりそれが単なる演技にすぎなかったことを暴露した。一瞬、キャラハンは彼の目の中に殺人者の魂よりもどす黒い狂気を見た。

「お前はわたしに唾を吐いた」と、バーローが囁くようにいった。全身が小刻みに震え、ほとんど怒りで揺れ動かんばかりだった。彼は震える足を一歩踏みだした。

「さがれ！」とキャラハンは叫んで、十字架を突きだした。

バーローは恐ろしい叫び声を発して、両手で顔をおおった。十字架がまばゆいばかりの不思議な光を発した。このときキャラハンがなおも一押しすれば、彼を追放することに成功していただろう。

「かならずお前を殺してやる」と、マークがいった。

そういい残して、マークは黒い渦巻のように立ち去った。

バーローの背丈が高くなるかに見えた。ヨーロッパ風にオールバックにした髪が、頭のまわりを漂うかに見えた。黒いスーツにワイン・カラーのタイをきちんと結んだバーローは、キャラハンの目には周囲の闇の一部と見えた。目が狡猾で不機嫌な燠《おき》のように、眼窩の奥で赤く燃えていた。

「さあ、約束を守れ、呪《まじな》い師！」

「わたしは司祭だ！」と、キャラハンがいい返した。

バーローは人を小ばかにしたように、軽く頭をさげた。「では、司祭」といいなおした。その言葉は彼の口の中で醜悪に響いた。

キャラハンは迷った。なぜ十字架を投げだすのだ？　彼を追い払って、今夜のところは引分けで我慢し、明日あらためて――

しかし、彼の心の奥には、警告を与える声があった。吸血鬼の挑戦を斥《しりぞ》けることは、かつて彼が考えも及ばなかった重大な可能性を危くすることだ。もしも十字架を投げ捨てなければ、それはみずから認めるのも同然だ……認めるって、なにを？　いろんなことがこれほどめまぐるしく起こらなかったら、考える時間さえあったら――

十字架の輝きは消えかけていた。

彼は目を丸くしてそれをみつめていた。恐怖感が下腹部でしこりとなり、彼は不意に顔をあげてバーローを見た。バーローはほとんど官能的といってもよいほどの微笑を浮かべて、彼のほうに近づいてくるところだった。

「近寄るな」キャラハンはしゃがれ声で叫んで一歩後退した。「神の名において、わたしは命令する」

バーローはそれを笑いとばした。

十字架の輝きは、もはやキリストの磔刑《たっけい》像にそって流れ落ちるかぼそい光でしかなかった。

吸血鬼の顔はふたたび影におおわれ、その顔だちは奇妙に荒々しい線と、突きでた頰骨の下の三角形に隠されてしまった。

キャラハンはさらに一歩後退した。尻が壁ぎわにおかれたキッチン・テーブルにぶつかった。
「もう逃げ場はない」と、バーローは悲しげに呟いた。彼の黒い目は地獄の愉悦で泡立つかのようだった。「人間の信仰が崩壊するのを見るのは悲しいことだ。さて……」

キャラハンの手の中で十字架が震え、突然最後の光がふっと消えた。それは彼の母親がダブリンのみやげ物屋で、おそらくは安い値段で買った石膏の十字架にすぎなかった。それが彼の腕に伝えた、壁をも崩し石をも砕くほどの力も、いまはすでに失せていた。筋肉はその感覚をまだ記憶していたが、その力を再現することはできなかった。

バーローが闇の中からぬっと手をのばして、彼の指から十字架をもぎとった。キャラハンはみじめな叫び声を発した。それははるかな昔、毎晩のように押入れの中からのぞく恐ろしいミスター・フリップと二人きりで部屋に取り残された子供の、声帯ではなく、魂そのものの振動から発した叫びだった。そしてつぎに耳にした音を彼は生涯忘れないだろう。それはバーローが十字架の腕をぽっきり折ったときの乾いた音と、それを床に投げ捨てたときの無意味な響きだった。

「神の呪いがくだるぞ!」と、彼は叫んだ。

「そういうメロドラマはもう手遅れだよ」と、闇の中からバーローの声がいった。その声は悲しげですらあった。「もうそんな必要はない。お前は自分の教会の教えを忘れたんじゃないのかね?　十字架……パンとぶどう酒……告解聴聞室……そんなものはみな象徴にすぎん。信仰がなければ、十字架はただの木だし、パンは焼いた麦だし、ぶどう酒は酸っぱいぶどうにすぎない。もしもお前が十字架を投げ捨てていれば、いつかはわたしを負かしていただろう。ある意味でわたしはむしろそうなることを望んでいた。わたしが真の好敵手といえる人間と出会ってからすでに久しい。お前よりはあの少年のほうが十倍も勇敢だよ、偽司祭」

だしぬけに、闇の中から、驚くべき力を持った手がのびてきて、キャラハンの肩をつかんだ。

「いまやお前はわたしの死の忘却を歓迎する気持になっているだろう。亡者《アンデッド》に記憶はない。ただ飢えと、主人に仕える欲求があるだけだ。わたしはお前を利用しようと思えば利用できる。お前の仲間たちのところへ行かせることができる。しかしはたしてその必要があるかな？　リーダーのお前がいなくなれば、彼らは取るに足らない存在だ。それにあの少年が彼らに一部始終を報告するだろう。偽司祭のお前には、それよりもっとふさわしい罰がありそうだ」

キャラハンは、ある種の事柄は死よりもなお恐ろしい、というマットの言葉を思いだした。

彼は逃げようとして身をもがいたが、バーローの手は万力のように彼をしめつけた。やがて片手が彼からはなれた。素肌に衣類のこすれる音に続いて、ガリガリと爪でかきむしる音が聞こえた。

バーローの両手が彼の首にかかった。

「さあ、偽司祭。真の信仰のなんたるかを学べ。わたしの聖体拝領を受けるのだ」

キャラハンは一瞬にしてその意味するところを理解した。

「いやだ！　やめてくれ……やめろ――」

しかしバーローの手は容赦なかった。彼の頭は前へ前へと引き寄せられた。

「遠慮するな、司祭」と、バーローが囁くようにいった。

そしてキャラハンの口は、ぱっくり口をあけた血管が脈うっている吸血鬼の冷たい喉の、悪臭を放つ肉に押しつけられた。彼は永遠とも思えるほど長い間呼吸を止め、激しく首を左右に振って逃げようとしたが無駄だった。頬と額と顎がバーローの血で赤く染まった。

やがてついに、彼はその血を飲んだ。

## 21

アン・ノートンはキイをさしこんだまま車からおり、病院の駐車場を横切ってロビーの明るい光のほうへ歩いて行った。頭上では雲が星をおおい隠し、いまにも雨が降りだしそうだった。彼女は雲を見あげなかった。まっすぐ前方に目を据えて、なにも考えずに歩いて行った。

彼女はベン・ミアーズがスーザンに招かれて、家族と夕食をともにした最初の晩に会った婦人とは、まるで別人だった。あのときの彼女は、値の張る品物であることを声を大にして叫ぶのではなく、物質的な豊かさを淡々と語りかけるグリーンのウールのドレスを着た、中背の婦人だった。美人ではなかったが、白いものの混じりはじめた髪にパーマをかけてから間もない、身ぎれいな感じのよい婦人だった。

ところがこの女はフェルトのスリッパしかはいていなかった。脚はむきだしで、パンティ・ストッキングもはいていないので、静脈瘤が目立った（もっとも血圧が低くなっているので、前ほどは目立たなかったが）。ネグリジェの上にあちこち破れた黄色の化粧着を羽織り、ばらばらに乱れた髪を風になびかせていた。顔は青ざめ、目の下にどす黒いくまができていた。

彼女はスーザンと話をして、あのミアーズという男と彼の仲間のことを彼女に警告していた。ミアーズをそそのかしてあんたを殺させたのはマット・バークよ。あの連中はみんなぐるなんだから。わたしはなにもかも知っている。彼が話してくれたのよ。

彼女は朝からずっとぐあいが悪くて、ベッドから起きだすことができなかった。そして昼すぎに彼女が深い眠りの中に沈み、夫がばかげた行方不明者に関する質問に答えるために家を留守にしている間に、彼が夢の中にあらわれた。彼の顔はハンサムで、威圧的で、毅然としていて、なによりも魅力的だった。鼻は鷹《たか》のくちばしを思わせ、髪はオールバックで、ぼってりした肉感的な唇が、笑ったときにだけのぞく不思議に刺戟的な白い歯を隠していた。そしてあの目……あの真赤な目を見ていると、催眠術でもかけられたような気分になってくる。その目でみつめられると、視線をそらすことができなくなり……そらそうという気持もなくなってしまう。

彼は彼女にすべてを話し、彼女がなにをしなければならないかを教えた――そしてその役目を果たせば、娘や、ほかの多くの人々や……彼とも一緒にいられるようになると保証した。スーザンのことはともかく、彼女は彼を喜ばせたかった。そうすれば彼は彼女が熱望し、必要としているもの、すなわち触れられ、刺し貫かれたいという望みを叶えてくれるだろう。

彼女はポケットに夫の三八口径を忍ばせていた。

彼女は病院のロビーに入りこんで受付のほうを見た。だれかが阻止しようとしたら、そいつを片づけてしまうつもりだった。ただし、拳銃は使わない。バークの部屋に入りこむまでは撃ってはならないと、彼に厳命されていた。任務を果たす前にだれかに引きとめられるようなヘマをしでかしたら、彼は夜中に彼女のもとを訪れて、あの燃えるようなキスを与えてくれないだろう。

受付には白い帽子と制服をつけた若い娘がいて、頭上のライトのやわらかい光の中でクロスワード・パズルを解いていた。用務員が彼女らに背を向けて廊下を通りすぎるところだった。

当直看護婦はアンの足音を聞きつけて、身についた微笑を浮かべながら顔をあげたが、うつろな目をした女が化粧着姿で近づいてくるのを見たとたんにその微笑が消えた。女の目は無表情だったが、だれかがネジを巻いて動かしたゼンマイ仕掛けのおもちゃのように、奇妙にぎらぎらと光っていた。たぶん患者が散歩にでもでた帰りなのだろう。

「ちょっと――」

アン・ノートンは時代を超越したギャングスターのように、化粧着のポケットから三八口径を引きだした。当直看護婦の頭に銃口を向けて命令した。「うしろを向きなさい」

看護婦の口が音もなくぱくぱくと動いた。そして痙攣するように激しく息を吸いこんだ。

「声をたてたら殺すわよ」

吸いこんだ空気がふうっと吐きだされた。看護婦は血の気を失った。

「さあ、うしろを向きなさい」

看護婦はゆっくり立ちあがって回れ右をした。アン・ノートンが三八口径を逆手に持ちかえて、ありったけの力をこめて看護婦の頭を銃把《じゅうは》で殴ろうとした。

まさにその瞬間、彼女は足をすくわれて体が宙に浮いた。

22

拳銃が手からはなれてすっとんだ。

黄色い化粧着を着た女は叫び声をたてず、喉の奥でほとんど悲しみの泣き声に近い甲高い声をたてはじめた。彼女はカニのように這って拳銃を追いかけた。彼女のうしろに立って茫然として眺めていた男も、あわてて拳銃のほうに突進した。どうやら女の手が先に拳銃に届きそうだと見てとると、男はロビーの絨毯の上で思いきりそれを蹴とばした。

「おうい！」と男は叫んだ。「だれか、助けてくれ！」

アン・ノートンは肩ごしに振りかえって、憎悪をあらわにした顔で男に蛇のような音を吐きかけてから、また拳銃のほうに這い進んだ。用務員が騒ぎを聞きつけて駆け戻ってきた。一瞬目の前の光景を理解しかねてぼんやり立っていたが、やがて足もとの拳銃を拾いあげた。

「なんてこった」と、彼はいった。「弾丸が入ってる――」

彼女は用務員に襲いかかった。指を鉤のように曲げて、用務員の顔をめちゃめちゃに掻きむしり、驚く相手の額と右頬に血のにじんだ縞模様を刻みつけた。用務員は拳銃を彼女の手の届かない高さに持ちあげた。なおも悲しげな泣き声を発しながら、彼女は拳銃を取り返そうとして爪を立てた。

戸惑っていた男がうしろから彼女を羽交《はがい》じめにした。彼があとで語ったところによれば、まるで蛇を入れた袋でもつかんだような感じがしたという。化粧着の下の体は熱いうえにぞっとするような感触があり、あらゆる筋肉がくねくねと動いていた。

彼女が男の手を振りほどこうとしてもがく間に、用務員が顎に一発パンチを見舞った。彼女は白眼をむいてくずおれた。

用務員と当惑した男は、たがいに顔を見合わせた。

受付の看護婦が金切り声をあげていた。両手で口をふさいでいるために、その叫び声に霧笛のような響きが加わった。

「いったいここはどういう病院なんだ?」と、男がきいた。

「こっちがききたいぐらいですよ」と、用務員がいった。「いったいなにがあったんです?」

「わたしは妹を見舞いにきたところだ。妹が赤ん坊を産んでね。そしたら男の子が近づいてきて、銃を持った女が病院へ入って行ったというんだ。そして——」

「どんな男の子です?」

妹の見舞いにきた男は振りかえった。ロビーには大勢の人が集まりはじめていたが、その中に子供の姿はなかった。

「もういないようだ。しかしさっきはたしかにいた。銃に弾丸が入ってるって?」

「入ってますとも」

「まったく、なんて病院なんだ」と、男は繰りかえした。

23

彼らは二人の看護婦がドアの前を通ってエレベーターのほうへ駆けて行くのを見、階段の吹抜けを伝って下のほうからあがってくるかすかな叫び声を聞いた。ベンがジミーの顔色をうかがうと、ジミーはかすかに肩をすくめた。マットは口をあけて眠っていた。

ベンはドアをしめて明りを消した。ジミーはマットのベッドの足もとにうずくまり、ドアの前でためらう足音が聞こえたとき、ベンがドアの横に立って身構えた。ドアがあいて隙間から頭がのぞくと同時に、ベンはその首をハーフ・ネルソンでしめつけて、もう一方の手に持った十字架を顔に押しつけた。

「はなしてよ！」

相手の片手がのびて、むなしくベンの胸を打った。すぐに頭上の明りがついた。マットがベッドの上に起きあがって、ベンの腕の中でもがくマーク・ペトリーに目をぱちくりさせていた。ジミーが立ちあがってドアのほうへ走った。彼はほとんど少年を抱きしめんばかりにしていった。「顎をあげてごらん」

マークはいわれた通りにして、傷痕のない首を三人に見せた。

ジミーはほっとしていった。「生まれてこのかた、人の顔を見てこれほどうれしかったことはないよ。神父はどこにいる？」

「わからない」と、マークは暗い表情で答えた。「バーローがぼくをつかまえて……ぼくの両親を殺した。パパもママも死んでしまった。彼は両親の頭をごつんこした。それからぼくをつかまえて、キャラハン神父に十字架を投げ捨てればぼくをはなしてやるといった。神父は約束した。ぼくは逃げだした。だけど逃げだす前に彼に唾をかけてやった。ぼくは彼を殺してやる」

彼は戸口でぐらぐら揺れていた。額と頰にイバラで引っかいた傷があった。ずっと前にダニー・グリックとその弟が災難にあったあの道を通ってきたのだった。タガート・ストリームを歩いて渡ったために、ズボンが腰まで濡れていた。途中通りかかった車に乗せてもらったが、だれに乗せてもらったのかおぼえがなかった。ただラジオが鳴っていたことだけが記憶にあった。

ベンの舌は凍りついてしまい、なにを話せばよいのかわからなかった。

「かわいそうに」と、マットが静かにいった。「しかしきみは勇敢だ」

マークの顔がくしゃくしゃになった。彼は目を閉じて、口もとをこわばらせた。「ぼくのママ、ママが——」

彼は目が見えないかのようによろめいた。ベンが両手で受けとめてしっかりと抱きしめ、やさしく揺するうちに、彼のシャツの胸にとめどもなく涙が溢れでた。

## 24

キャラハン神父は、暗闇の中を歩きはじめてからどれくらい時間がたったのかおぼえがなかった。ペトリー家の前に駐めておいた自分の車を振り向きもせずに、ジョイントナー・アヴェニューを町の中心に向かってよろめき歩いてきた。あるときは道の真中をふらふら歩き、あるときは歩道にそって進んだ。一度は一台の車がヘッドライトの大きな光の輪を輝かせ、クラクションをけたたましく鳴らしながら彼のほうに向かってきたが、間一髪ハンドルを切って舗道にタイヤを軋ませた。一度は溝に落ちこんだ。黄色くまたたく町の灯に近づくころから雨が降りはじめた。

通りには彼を目撃した人間が一人もいなかった。セイラムズ・ロットの町は夜を迎えて、ふだんよりもひっそりと内にこもっていた。食堂には客が一人もいなかったし、スペンサーズではミス・クーガンがキャッシュ・レジスターの横に坐って、頭上の蛍光灯の白っぽい光の中で、書架から持ってきた告白雑誌を読んでいた。店の外では、跳躍する青い犬のネオン・サインの下で、**バス**という文字が赤く輝いていた。

町の人々は恐れているのだ、と彼は思った。恐れるだけの理由があった。彼ら自身のどこか内なる部分が危険を吸収し、今夜は何年間も戸締りをしたことのないザ・ロットの家々のドアに鍵がかけられたのだ。

通りには彼のほかに人っ子一人見当たらなかった。そして彼だけはなにも恐れるものがなかった。考えてみればおかしかった。彼は声をたてて笑った。その声は激しい啜《すす》り泣きに似ていた。いかなる吸血鬼も彼には手を触れようとしないだろう。ほかの人間ならともかく、彼には手出しをしないだろう。主人が彼に印をつけた以上、その主人の呼出しがあるまでは自由に歩きまわることができる。

聖アンドルー教会が頭上にぼんやり浮かびあがった。

彼はしばしためらってから、教会に通じる道を歩きだした。彼は祈るつもりだった。必要なら一晩じゅう眠らずに祈るつもりだった。新しい神、ゲットーと社会的良心と無料ランチの神にではなく、モーゼを通じて魔女を生かすなかれと教えたいにしえの神に祈るつもりだった。神よ、いま一度のチャンスを。一生かけて罪を償います。ぜひとも……いま一度のチャンスを。

彼はよろめきながら広い階段をのぼって行った。司祭服の裾は泥だらけになり、口のまわりにはバーローの血がこびりついていた。

最上段でちょっと立ちどまってから、中央のドアの把手に手をのばした。

手を触れた瞬間に、青い閃光が走って、彼はうしろにはじきとばされた。花崗岩の階段をまっさかさまに転げ落ちる間に、背中を、頭を、胸を、腹を、そして向う脛を、痛みが突き抜けた。

彼は雨の中で震えていた。手が燃えるように熱かった。

手を目の前に持ちあげてみると、まぎれもなく火傷《やけど》していた。

「穢《けが》れている」と、彼は呟いた。「穢れている、穢れている。ああ、神よ、わたしは穢れきっています」

全身ががたがた震えだした。両手で肩を抱きながら、彼を拒むように閉ざされた教会のドアに背を向けて立ち、雨の中で震えていた。

25

マーク・ペトリーはマットのベッドの、ベンが坐っていた場所に腰をおろした。袖で涙を拭った目は腫れぼったく、充血していたが、もう落着きを取り戻したようだった。

「きみにはよくわかっているだろうが」と、マットがいった。「セイラムズ・ロットは絶望的な状態にある」

マークはうなずいた。

「いま現在も、彼の手下どもが町の中を徘徊《はいかい》しているのだ。仲間をふやそうとしてね。町の人間を一人残らず仲間に引き入れることはできないだろう――少なくとも今夜じゅうには。明日になれば恐ろしい仕事がきみを待っている」

「マット、少し眠ってください」と、ジミーがいった。「われわれがここで見張ってますからご心配なく。あまりぐあいがよくなさそうだ。ずいぶん無理をしていますからね――」

「わたしの町がほとんど目の前で崩壊しかかっているときに、きみはわたしに眠れというのかね？」見た目には疲れたようすもない彼の目が、やつれた顔の奥からきらりと光った。

ジミーは譲らなかった。「しまいまで見とどけたかったら、いまのうちに少し休んでおくことですよ。これは医者としての命令です」

「わかったよ、ちょっとだけ待ってくれ」彼は三人の顔を見まわした。「明日きみたちはマークの家へ行かなければならない。それまでに杭を作っておくのだ。たくさんの杭を」

その言葉の意味するところは彼らにもぴんときた。

「どれぐらいですか？」と、ベンがきいた。

「少なくとも三百本は必要だろう。五百本ぐらい用意するほうがいいかもしれんな」

「まさか」ジミーがきっぱりといった。「そんなにたくさんいるはずはない」

「いや、吸血鬼どもは血に飢えている。用意を怠らないに越したことはない。きみたちは三人揃って行動する。たとえ昼間でも絶対にはなればなれになってはいかん。これは町の清掃と同じだ。町の一方のはしから始めて反対側へ進んで行く」

「彼らを一人残らず見つけだすことはできませんよ」と、ベンが異議を唱えた。「夜明けと同時に行動開始して、日が落ちるまで続けたとしても、とうてい不可能です」

「とにかく最善を尽くすんだ、ベン。そのうち町の人たちもきみたちの話を信じはじめるだろう。きみたちの話が事実だという証拠を示せば、そのうちから協力者もでてくるかもしれない。そしてふたたび夜が訪れたとき、彼の仕事の大半はまだ終わっていないということになる」マットは溜息を洩らした。「キャラハン神父はもういないものと考えなければならないだろう。残念だがしかたがない。あとはわれわれだけでやるしかない。三人ともくれぐれも用心してくれ。場合によっては嘘をつく覚悟も必要だ。もしもきみたちが留置場にでもぶちこまれたら、彼を大喜びさせることになる。いいか、このことをまだ考えていないとしたら、いまからよく考えておくほうがいい。われわれのだれかが、あるいは全員が、命を全うして彼に打ち勝ったとしても、最後に罪人として罪を問われて法廷に立つことになる可能性も充分にあるのだ」

彼は三人の顔を順に見わたした。そこで読みとった表情に満足したらしく、今度はまたマークにだけ注意を向けた。

「きみはいちばん重要な仕事がなにかわかっているだろうね?」

「ええ。バーローを殺すことです」

マットはかすかに笑いを浮かべた。「それは順序が逆というべきだろうな。その前にまず彼の居場所をつきとめなければならない」彼はマークの顔をじっと見つめた。「今夜、彼の居場所をつきとめる手がかりになりそうなことを、なにか見たり聞いたり、匂いを嗅ぎつけたり、あるいは手で触ったりしなかったかね?　ようく考えてから答えてくれ!　それがいかに人切かということは、だれよりもきみがいちばんよく知っているはずだ!」

マークは考えこんだ。ベンはこれほど冷静に振る舞う人間を見たことがなかった。マークは片手の掌に顎をのせて目をつむった。その夜のバーローとの出会いを事こまかに思いだしているようだった。

ようやく目をあけて、ちらと三人の顔を見まわしてから、首を振っていった。「なにも思いだせません」

マットは失望の表情を浮かべたが、それでも諦めなかった。「たとえば彼の上衣に葉っぱはついていなかったかね?　ズボンの折返しにガマの穂はくっついていなかったかね?　靴についた泥はどうだったか?　糸くずはぶらさがっていなかったか?」彼はじれったそうにベッドを叩いた。「やれやれ、彼は卵のように完全無欠なのだろうか?」

突然マークの目が大きくなった。

「どうした?」マットは少年の肘をつかんだ。「なにか思いだしたのか?」

「青いチョークです」と、マークがいった。「彼はこんなふうに片手でぼくの首を抱えこみました。そのとき彼の手が見えたんです。その長くて白い指の二本に、青いチョークの粉がついていた。ほんのちょっぴりだけど」

「青いチョークか」と、マットが考えこむような口調でいった。

「きっと学校ですよ」と、ベン。

「ハイスクールじゃないな。うちの学校に教材を納入しているのはポートランドのデニズンだ。あそこのチョークは白と黄色だけに限られている。わたしの爪の間と上衣には、何年も前からその粉がついているよ」

「美術のクラスはどうです?」と、ベンが質問した。

「いや、ハイスクールにはグラフィック・アートのクラスしかない。彼らはチョークではなくインクを使っている。マーク、それはほんとだろうな――」

「間違いなくチョークです」と、マークはうなずいて答えた。

「たぶん理科の教師はカラー・チョークを使うと思うが、しかしハイスクールのどこに隠れ場所があるかな? ベン、きみも知っているようにうちの学校は平屋建てで、四方がガラス張りだ。備品室には一日じゅう人が出入りしている。暖房室にしても同じことだ」

「舞台裏は?」

マットは肩をすくめた。「たしかにあそこは暗い。しかしミセス・ローディンがわたしにかわって学校劇を指導しているとすれば、あそこもしょっちゅう使われるだろう。彼にとっては危険が大きすぎる」

「小学校はどうかな？」と、ジミーがいった。「低学年では図画を教えるだろう。きっとカラー・チョークも手近にある」

マットがいった。「スタンリー・ストリート・エレメンタリー・スクールは、ハイスクールと同じ学校債で建設された。あそこも近代建築で、平屋建てのうえに、生徒が定員ぎりぎりまで入っている。日光を充分取り入れるためにガラス窓が多い。われわれの獲物が隠れていそうな建物じゃないね。彼らが好むのは古い建物だ。昔風で、暗くて、汚い建物、たとえば――」

「ブロック・ストリート・スクールのような」と、マークがいった。

「そうだ」マットはベンのほうを見ながら続けた。「ブロック・ストリート・スクールは地上三階地下一階の木造建築で、マーステン館とほぼ同じころの建物だ。学校債の起債についての投票がおこなわれたとき、あの学校は火災の危険があるという人が大勢いた。起債が議決された理由の一つはそれだった。その二年か三年前に、ニュー・ハンプシャーで学校の火事があって――」

「おぼえてますよ」と、ジミーがいった。「あれはコブズ・フェリーじゃなかったですか？」

「そうだ。あの火事で三人の生徒が焼け死んだ」

「ブロック・ストリート・スクールはいまでも使われているんですか？」と、ベンが質問した。

「使われているのは一階だけだ。一学年から四学年までの生徒が入っている。スタンリー・ストリート・スクールの増築が完了する二年後には、すっかり取りこわされる予定になっている」

「バーローが隠れる場所はありますか？」

「たぶんあるだろう」とマットは答えたが、どこかしら気のない口調だった。「二階と三階の教室はがら空きだ。子供たちが石を投げこむので、窓には板が打ちつけてある」

「それだ」と、ベンがいった。「きっとそこにちがいない」

「わたしもそう思う」と、マットがいった。彼はひどく疲れているように見えた。「しかし、あまりに見えすいているような気もする」

「青いチョークか」と、ジミーが呟いて、遠くを見るような目つきをした。

「わからん」マットは内心の苦悩を思わせる声でいった。

「わたしにはわからん」

ジミーが黒い鞄の口をあけて、小さな薬壜を取りだした。「これを二錠水で服んでください。いますぐにです」

「いや。いろいろ考えなければならないことがある。それに――」

「あなたを失う危険を冒すわけにはいきません」ベンは断固としていった。「キャラハン神父がいなくなったとしたら、いまではあなたがいちばん重要な存在です。ジミーのいう通りにしてください」

マークがバスルームからコップに水を汲んできたので、マットはしぶしぶ薬を服んだ。

時刻は十時十五分だった。

部屋の中に沈黙が訪れた。ベンはマットがひどく老けこみ、やつれてしまったと思った。白髪はいちだんと薄くなり、かさかさになってしまったように見え、一生の労苦がわずか数日ではっきり顔に刻みつけられていた。ある意味で、人生の終わりに訪れた困難――大いなる困難——が、このように非現実的な、空想的な形でやってきたのは、彼には似合いだったかもしれない、とベンは思った。彼は生涯かけて、読書ランプの下で明るみにあらわれでて、夜明けとともに姿を消す、象徴的な悪と対決する準備をしてきたのだった。

「彼のことが心配だ」と、ジミーが小声でいった。

「発作は軽いと思ったんだが」と、ベン。「心臓発作と名がつくほどじゃないと思ったよ」

「軽い冠状動脈閉塞だった。しかしつぎの発作は軽くは済まないだろう。命取りになるかもしれない。そのためにもこんなことを早く終わらせる必要がある」彼はマットの手をとって、そっと、愛情こめて脈をはかった。「こんなことで命を落としたら悲劇だよ」

彼らはベッドのそばで交替に仮眠と見張りを続けながら待った。マットはずっと眠っていたが、バーローはあらわれなかった。彼はほかの場所に用があったのだ。

## 26

ミス・クーガンがリアル・ライフ・コンフェッションズ誌で『わたしはわが子を絞殺しようとした』という告白記事を読んでいるときに、店のドアがあいてその夜の最初の客が入ってきた。

こんなに客足が遅いことははじめてだった。ルーシー・クロケットとその仲間たちは、ソーダ・ファウンテンに姿をあらわしていなかったし——ミス・クーガンはそのことを残念に思っていたわけではないが——ロレッタ・スターチャーはニューヨーク・タイムズを受けとりにこなかった。新聞はきちんとたたまれてまだカウンターの下にあった。ジェルーサレムズ・ロットでタイムズを定期的に買っているのは、ただ一人ロレッタだけである。彼女は今日受けとったタイムズをあくる日図書館の閲覧室におくのだった。

ラブリー氏もまだ夕食に出たきり戻っていなかった。もっともそれは別に珍しいことではなかった。ラブリー氏は、スクールヤード・ヒルのグリフェン農場の近くにある大きな家に住む男やもめで、ミス・クーガンは彼が夕食のために家へ帰らないことを知っていた。彼はデルの店へ行って、ハンバーガーとビールの夕食をとる習慣だった。十一時まで戻らなかったら（それまであと十五分ある）、彼女はキャッシュ・レジスターのひきだしから鍵を出して店に戸締りをするつもりだった。それもまた今夜がはじめてではない。しかしだれかが急に薬が必要になって夜中に店へやってきたとしたら、二人とも困った立場に追いこまれるだろう。

ときおり彼女は、通りの向う側にあった古いノーディカの映画館がとりこわされる前の、映画がはねたあとの賑わいをなつかしく思いだすことがあった。若いカップルが手をつないで宿題の話などしながら、アイスクリーム・ソーダやフラッペや麦芽乳を飲みにやってきたものだった。そのころは仕事こそつらかったが健全だった。当時の子供たちはルーシー・クロケットやその仲間たちとちがって、胸のふくらみを誇示したり、パンティの線がはっきり見えるようなぴっちりしたジーンズをはいたりはしなかった。これら一昔前の店の客たちに対する彼女の感情は（彼女自身は忘れているが、そのころはそのころでやはりいまと同じように眉をひそめたものだった）、ノスタルジアに包まれて生々しさを失っていた。だからこの夜ドアがあいたとき、あたかも店に入ってきたのが一九六四年の卒業生とそのガール・フレンドででもあるかのように、チョコレート・サンデーにナッツのおまけをサービスしてやるつもりで、いそいそと顔をあげた。

だが、それは男の客、しかも顔に見おぼえはあるが名前を思いだせない大人の客だった。スーツケースを持ってカウンターに近づいてくるその男の歩き方と頭の動かし方で、彼女はその人物がだれだったかを思いだした。

「キャラハン神父さま！」と、彼女は驚きを抑えきれずに叫んだ。司祭服を着ていない彼を見たのははじめてだった。神父はそこらの工場労働者のような黒い無地のスラックスをはいて、棒縞のシャツを着ていた。

彼女は急に恐ろしくなった。みなりは清潔だし髪もきちんとくしけずられていたが、顔つきにはどこかしら容易ならぬ気配が――

ふと、彼女は母親が突然の発作で死んだ二十年前のあの日のことを思いだした。病院から帰って弟にそのことを告げたとき、弟はちょうどいまのキャラハン神父と同じような表情を浮かべた。げっそりやつれた顔、茫然としたうつろな目つき。その魂の抜けがらのような目が彼女を不安にした。しかも口のまわりが、ひげの深剃《ふかぞ》りでもしたか、しつこい汚れを落とすためにタオルでこすりすぎたかのように、赤くただれていた。

「バスの切符をください」と、神父がいった。

やっぱりそうなんだわ、と彼女は思った。気の毒に、だれか身内の人が死んで、いま司祭館でその知らせを受けとったばかりなんだわ。

「承知しました」と、彼女は答えた。「どちらまで――」

「いちばん早いバスは？」

「どこ行きですの？」

「どこ行きでも結構」彼は彼女の仮説をこなごなに打ち砕いた。

「そうね……ちょっと待ってくださいな……」彼女はどぎまぎしながら時刻表を引っぱりだした。「十一時十分のポートランド、ボストン、ハートフォード、ニューヨーク方面行きがありますわ」

「それにしましょう。いくらですか？」

「どちらまで？」彼女はいまや当惑の極みに達していた。

「終点まで」彼はうつろな声でいって、微笑を浮かべた。人間の顔にこれほど恐ろしい微笑を見るのははじめてだった。彼女は思わず尻ごみした。いま彼に触れられたら、わたしは悲鳴をあげちゃいそう、ものすごい声で叫んじゃいそうだわ、と彼女は思った。

「しゅ、終点はニューヨークです。二十九ドル七十五セントですわ」

彼が少し手間どってお尻のポケットから紙入れを取りだすときに、彼女は右手の包帯に気がついた。彼は二十ドルと一ドル紙幣二枚をさしだした。彼女はいちばん上の切符を取ろうとして積みあげた切符をそっくり床に落としてしまった。やっと切符を拾い終わると、彼はさらに一ドル紙幣を五枚と小銭を追加した。

彼女は白紙の切符に大急ぎで書きこみをしたが、これほどもどかしい思いをしたことはなかった。彼の死んだような視線を肌で感じた。最後に切符にスタンプをおして、相手の手に触れないようにカウンターの上にさしだした。

「外でお待ちになってください、キャラハン神父さま。あと五分で店を閉めなきゃならないんです」彼女は金額をたしかめもせずに、紙幣と小銭を手当たりしだいにひきだしにしまいこんだ。

「そうしましょう」彼は切符を胸のポケットに押しこみ、彼女のほうを見もしないでいった。「主、カインに遇《あ》う者の彼を撃《うた》ざるため印誌《しるし》を彼に与えたまえり。カイン主の前を離《はなれ》て出《いで》てエデンの東なるノドの地に住《すめ》り。これは聖書の中の言葉ですよ、ミス・クーガン。聖書の中で最も苛烈な言葉です」

「そうですか？」と、彼女はいった。「すみませんけど外へ出ていただけませんか、神父さま？　わたし……ラブリーさんがもうすぐ帰ってくると思うんですけど、彼はいい顔をしないんです……わたしが……」

「わかりました」彼は外へ出て行きかけてふと立ちどまり、彼女のほうを振りかえった。彼女はその無表情な目でみつめられてたじろいだ。「あなたはたしかフォルマスにお住まいでしたね、ミス・クーガン？」

「そうですけど――」

「自分の車をお持ちですか？」

「ええ、もちろん。ほんとにすみませんけど、バスをお待ちになるのなら外で――」

「今夜はまっすぐ家へお帰りなさい、ミス・クーガン。ドアを全部ロックして、だれが合図しても絶対に車を止めてはいけません。いいですか、相手がだれであっても
ですよ。もちろん知ってる人間でもです」

「わたし、ヒッチハイカーは乗せないことにしていますから」

「そして家へ帰ったら、すぐにジェルーサレムズ・ロットをはなれるのです」キャラハンは彼女の顔を凝視しながら続けた。「ザ・ロットは災厄に見舞われたのです」

「なんの話かわかりませんけど、バスを待つなら外でお願いします」

「ええ、わかりましたよ」

彼は出て行った。

突然彼女はドラグストアが異様なまでに静かなことに気がついた。日が暮れてからキャラハン神父のほかに一人も客がなかったのかしら？　その通り、客は一人もなかった。

ザ・ロットは災厄に見舞われたのです。

彼女は周囲を見まわしながら明りを消しはじめた。

## 27

ザ・ロットの闇は濃かった。

十二時十分前、チャーリー・ローズはいつまでも続くクラクションの音で目をさまし、はっとしてベッドの上にとび起きた。

おれのバスだ！

続いてすぐに思った。

あのがきども！

子供たちに前にもこんないたずらをされたことがあった。いまいましいこそ泥ども。一度はマッチ棒でタイヤの空気を抜かれた。直接手をくだすところを見たわけではないが、だれの仕業か見当はついた。彼は校長のところへ乗りこんで行って、マイク・フィルブルックとオーディ・ジェームズの仕業だと報告した。この二人にちがいなかった——現場を目撃するまでもない。

ほんとにあの二人の仕業なのかね、ローズ？

そうにきまってますよ。

さすがの生徒に甘い校長もほどこす手がなかった。彼は二人を登校停止にした。それから一週間後に、ローズは校長室へ呼ばれた。

ローズ、今日アンディ・ガーヴィを登校停止にしたよ。

そうですか。べつに驚きゃしませんよ。なにをやらかしたんです？

バスのタイヤから空気を抜いている現場をボブ・トーマスがつかまえたんだ。そして校長は、チャーリー・ローズを冷ややかな、非難するようなまなざしでじっとみつめた。

犯人がフィルブルックとジェームズじゃなしに、ガーヴィだったからって、それでどうだというんだ？　どうせやつらは同じ穴のムジナだから、どいつがお灸《きゅう》をすえられたって同じことじゃないか。

外では彼のバスのクラクションが鳴り続けている。あれじゃバッテリーがあがっちゃうぞ、くそっ、頭にくるじゃないか。

ブウ、ブウ、ブウウウウウウ——

「くそったれめが」彼は小声で罵ってベッドからおりた。暗闇の中でズボンをはいた。明りをつければ悪たれどもが逃げてしまう、逃がしてなるものか。

いつかは運転席に牛の糞をおいていったやつがいた。そのときも彼には犯人がだれかちゃんとわかっていた。それぐらいは相手の目を見れば一目でわかる。これは戦争中に兵員補充部の警備をやったときに身につけた知恵だった。彼は牛の糞の一件を自分流に処理した。悪たれ小僧を三日間バスに乗せずに、家から学校まで四マイルの道を歩かせたのである。とうとう子供は泣きながら彼のところへやってきた。

ぼくはなんにもしてないよ、ローズさん。どうしてぼくをバスに乗せてくれないの？

おれのシートに牛の糞をおいたことがなんでもないっていうのか？

あれはぼくじゃないってば。絶対にぼくがやったんじゃないよ。

ほんとにしぶといがきどもだった。こいつらならにこにこ笑いながら自分のおふくろにでも真赤な嘘をつきかねない、いやたぶんもう嘘をついている。彼がさらに二日バスからほうりだしたところで、とうとうその子は自分がやったと白状した。チャーリーはあと一日だけその子をバスに乗せなかった。これはいわば物のついでみたいなものだったが、見かねた運転手仲間のデーヴ・フェルゼンが、少し頭を冷やせと彼に忠告した。

ブウウウウウウウ——

彼はシャツを手に持ち、部屋の隅に立てかけてあるテニス・ラケットを鷲《わし》づかみにした。ちきしょう、今夜は思いっきり尻をひっぱたいてやる！

裏口から外に出て、黄色い大型バスを駐めてある場所へ歩いて行った。気力体力ともに充実していた。こいつは軍隊でいう敵の潜入というやつだ。

キョウチクトウの茂みのうしろで立ちどまって、バスのほうを見た。いるいる、黒っぽく見える窓の中に、黒い人影がぞろぞろ見える。いつもの燃えるような怒りと、彼らに対する熱した氷のような憎しみがむらむらっとこみあげてきて、テニス・ラケットを握りしめた手に力がこもり、ラケットが音叉のように小刻みに震えた。彼らは六、七、八――彼のバスの窓ガラスを八枚も割っていた！

彼はバスのうしろにこっそり忍び寄り、長く黄色いボディにそって乗車口のほうへ進んだ。ドアは真中から二つに折りたたまれてあいていた。彼はいったん身構えてから、バスのステップに躍りあがった。

「ようし！　そこを動くな！　おい、お前、クラクションから手をはなせ、さもないと――」

運転席に坐って両手をハンドルにかけていた子供が、彼のほうを振りむいてにやにや笑いかけた。チャーリーは急に胸がむかついた。そいつはリッチー・ボッディンだった。紙のように青ざめた顔をしていた――ただ目が石炭のかけらのように黒く、唇が血のように赤かった。

それに歯が――

チャーリー・ローズは通路にそって視線を走らせた。

あれはフィルブルックとオーディ・ジェームズかな？　なんてこった、グリフェンの息子どもがいる！　ハルとジャックが髪に藁きれをくっつけて奥のほうに坐っている。こいつらはおれのバスに乗る資格がない！　メアリ・ケイト・グリーグスンとブレント・テニーが並んで坐っている。メアリはパジャマ姿だし、ブレントはブルー・ジーンズをはいて、フランネルのシヤツをうしろ前とっちがえて、おまけに裏返しに着ている。こいつはシャツの着方を忘れてしまったんだろうか?

それにダニー・グリックがいる。しかし——ばかな——彼は死んだはずだ、もう死んでから何週間もたっている!

「おい」と、彼は麻痺した唇を通していった。「お前たち——」

ラケットが手から滑り落ちた。しゅうっと音がした。リッチー・ボッディンがあいかわらずにやにや笑いながら、クロームのレバーを動かして、折りたたみ式のドアをしめたのだ。いまや全員が立ちあがっていた。

「ちがう」彼は無理に笑いを浮かべながらいった。「お前たちは……わかってないんだ。おれだよ。チャーリー・ローズだよ。みんな……」彼は意味もなく笑いかけ、首を振り、なにひとつ疚《やま》しいところのないチャーリー・ローズの手であることを示すために両手をさしだし、背中が広い色つきのフロント・グラスにぶつかるまで後退した。

「やめろ」と、彼は弱々しい声でいった。

彼らはにやにや笑いながらつめよった。

「やめてくれ」

やがて彼らはいっせいに襲いかかった。

アン・ノートンは病院の一階から二階へあがるエレベーターの中で死んだ。一度激しく痙攣し、口の端から一条の細い血がこぼれ落ちた。

「オーケー」と、用務員の一人がいった。「もうサイレンを止めていいぞ」

## 28

## 29

エヴァ・ミラーは夢を見ていた。

それは奇妙な夢だったが、かならずしも恐ろしい夢ではなかった。地平線の薄いブルーから頭上の白熱した無慈悲な白へと、少しずつ色あいを変えてゆく空の下で、一九五一年の大火が荒れ狂っていた。太陽がこの裏返しの鉢の中から、一枚の銅貨のようにぎらぎらと照りつけていた。つんとくる煙の匂いがいたるところにたちこめていた。町じゅうが仕事をやめ、人々は通りに出て南西のマーシュ地区や北西の森林地帯を眺めていた。午前中いっぱい煙が空気中を漂っていたが、午後の一時になったいまは、グリフェン牧場の向うの緑の中で踊っている火の大動脈が見えるようになった。一瞬も休みなしに吹き続けて、火の手に防火帯を一跨《また》ぎさせた風が、いまは夏の雪のように白い灰を町に降らせていた。

ラルフはまだ生きていて、製材所を火の手から救うためにでかけていた。だが時間の流れがごっちゃになってしまったらしく、エド・クレイグが彼女と一緒にいた。エド・クレイグと会うのは一九五四年の秋になってからである。

彼女は二階の寝室の窓から裸で火事を眺めていた。うしろから二本の手がのびて、彼女の白くなめらかなヒップにさわった。ざらざらした褐色の手、鏡にはごくかすかな姿も映らなかったが、彼女はそれがエドの手だということを知っていた。

エド、と彼女はいいかけた。いまはだめよ。まだ早すぎるわ。そうなるのはまだ九年近く先の話よ。

だが彼の手は執拗だった。下腹部を撫でまわし、一本の指が臍のくぼみをくすぐり、やがて両手が這いあがって図々しく乳房をつかんだ。

わたしたちは窓ぎわに立っているから、通りにいるだれかが振り向けばまる見えだといおうとしたが、言葉は声にならず、そのうちに彼の唇が腕から肩へと這いあがり、淫らに、執拗に、首に吸いついた。彼女は首に歯が当たるのを感じ、やがて彼は首に歯を立てて血を吸いはじめた。彼女はふたたび抗議しようとした。キス・マークをつけちゃだめよ、ラルフに見つかるわ——

だが抗議の言葉は声にならず、それどころか抗議する気も失せてしまった。もはやだれかが振り向いて、厚顔無恥な裸を見ても構うものかという気分だった。

彼の唇と歯が首でうごめくのを感じながら、夢見心地で火事を眺めた。煙は夜のように黒く、昼から夜に移ろうとする熱い砲金色の空をおおっていた。だがその中で真紅に脈うつ火の手は、真夜中のジャングルに咲き乱れる花のようだった。

やがて昼が夜に変わり、町は消え去ったが、火事は依然として暗黒の中で燃えさかり、万華鏡のようにさまざまな形に変化するうちに、血の色で一つの顔を描きだした――それは鷲のような鼻と、深く落ちくぼんだ火のような目と、濃い口ひげでなかば隠された肉感的な厚い唇と、音楽家のようにオールバックにした髪を持つ顔だった。

「食器戸棚《ウェルシュ・ドレッサー》」と、遠くから聞こえてくるような声がいった。彼女はすぐにそれが彼の声であることを悟った。「屋根裏にあるやつ。たぶんあれがぴったりだ。それから階段に細工をしようう……万全の準備をしておくほうがいい」

声がふっと消えた。火事も消えた。

残ったのは暗闇だけで、彼女はその中で夢を見ていた。あるいは夢を見はじめようとしていた。おそらくその夢は甘く、いつまでも続くだろう、だが底のほうは苦く、三途の川の水のように光がさしこまないだろう、と彼女はぼんやり考えていた。

別の声――エドの声が呼びかけた。「おいで、ダーリン。起きるんだ。おれたちは彼のいう通りにしなきゃならない」

「エド？　エドなの？」

彼の顔が上からのぞきこんだ。火の中に描かれた顔ではなく、恐ろしいほど青ざめた、奇妙にうつろな顔だった。だが彼女はふたたび彼を愛していた――ますます深く愛していた。彼のキスを渇望していた。

「おいで、エヴァ」

「これは夢なの、エド？」

「いや……夢じゃないよ」

彼女は一瞬恐ろしさをおぼえたが、すぐにその恐れは消えた。かわりに理解が訪れた。すべてを理解すると同時に、飢えを感じた。

鏡をのぞくと、そこにはだれもいないひっそりした寝室が映っているだけだった。屋根裏部屋には鍵がかかっていて、鍵は化粧テーブルのいちばん下のひきだしに入っていた。だが、もう鍵は必要なかった。

二人は幽霊のように、しまったドアの隙間を通り抜けた。

## 30

夜中の三時には、血はゆっくりと濃く流れ、眠りは深い。魂はさいわいにもこのような時間を知らずに眠っているか、底なしの絶望の中でおのれをみつめているかで、中間地帯は存在しない。夜中の三時には、世界というあの老いたる淫売女の顔からどぎつい化粧が剝げ落ち、鼻かけで片目は義眼という見るも無惨なご面相になりはてる。ポーの陽気さは赤死病に囲まれた城におけるがごとく、むなしく移ろいやすいものになってしまう。恐怖は退屈によって滅ぼされる。愛はただの夢にすぎない。

パーキンズ・ギレスピーはオフィスの机からコーヒー・ポットのほうへよろめき歩いて行った。その姿は消耗性疾患にかかってひどく痩せ衰えた猿を思わせた。背後には一人占いのトランプが時計のように並べられていた。彼は夜中にさまざまな悲鳴や、けたたましいクラクションや、走りまわる足音を聞いていた。だが外へ出て行ってなんの騒ぎか調べる気はしなかった。皺だらけで目がくぼんだ顔には、彼がいま外で起こりつつあると考えていることが深い影を落としていた。彼は聖クリストファーのメダルとピース・サインを首にかけていた。自分でもなんのためにそんなことをするのかよくわからなかったが、とにかくそれで気持が落ち着いた。彼は今夜を無事に切り抜けたら、明日は保安官のバッジを鍵束のそばにおいて、どこか遠くへ逃げだそうと考えていた。

メイベル・ワーツは冷たくなったコーヒーを前にしてキッチン・テーブルに坐っていた。何年ぶりかで窓のカーテンが閉じられ、双眼鏡のレンズはキャップでおおわれていた。六十年の生涯ではじめて、なにも見たくなかったし聞きたいとも思わなかった。夜は彼女が聞くことを望まない不気味なゴシップでいっぱいだった。

ビル・ノートンは電話連絡を受けて（その時点では彼の妻はまだ生きていた）、カンバーランド病院へ駆けつける途中だった。顔は無表情で冷ややかだった。フロント・グラスのワイパーがカチッカチッと音をたてて、いちだんと激しくなった雨を払っていた。彼はひたすらなにも考えまいとした。

町にはほかに、眠っているか、無垢の状態で目ざめている人たちがいた。無垢の人々の大部分は、町に身よりも親友もいない独り暮しの人間だった。彼らの多くはいま町で起こりつつあることを知らなかった。

しかしながら、目ざめている人々は家じゅうの明りという明りをつけっぱなしにしていた。この時間に車で町を通りかかった人間は、途中のほかの町々と似たり寄ったりのこの田舎町だけが、真夜中に煌々《こうこう》と明りをつけっぱなしにして、奇妙に人目を惹くことに、奇異の感を抱いたことだろう。通りかかった人は火事か事故でもあったのかと思って車のスピードを落とし、それらしきものが見当たらないので、またスピードをあげて通りすぎたことだろう。そして間もなくこの町のことなど彼の心からきれいさっぱり消えてしまったことだろう。

奇妙なことに、ジェルーサレムズ・ロットで目ざめていた人々は、だれ一人として事の真相を知らなかった。何人かは薄々感づいていたかもしれないが、彼らの疑惑でさえ三カ月目の胎児のように漠然とした、未熟な状態にあった。にもかかわらず、彼らはためらわずに机のひきだしや、屋根裏の箱や、寝室の宝石箱をかきまわして、なにかしら魔除《まよ》けになりそうなものを探した。べつに深く考えたうえのことではなく、長距離を一人で車を運転する人間がいつの間にか歌いだすように、無意識のうちにそうしたのだった。彼らは自分の肉体がガラスのようにこわれやすいものになってしまったかのように、部屋から部屋へとゆっくり歩きまわって、家じゅうの明りを一つ残らずつけてまわり、決して窓の外をのぞこうとしなかった。

それがいちばん肝心なことだった。彼らは決して窓の外をのぞこうとしなかった。

どんな物音がしようと、恐ろしい可能性がひそんでいようと、未知がいかに恐ろしかろうと、それ以上に恐ろしいことが一つだけあった。それはゴルゴンの顔を見てしまうことである。

## 31

その物音は、堅いオーク材に釘を打ちこむ音のように彼の眠りに突き刺さった。きわめてゆっくりと、徐々に眠りの中に浸透した。はじめレジー・ソーヤーは大工仕事の夢を見ているのかと思った。彼の頭の中には、眠りと覚醒の間の影の地帯で、彼が一九六〇年に父親と二人がかりでブライアント・ポンドに建てたキャンプ小屋の側壁に、下見板を釘づけしているなつかしい記憶が、スローモーションでよみがえってきた。

やがてその記憶が薄れていき、これは夢ではない、実際にハンマーの音が聞こえているのだという、混乱した考えがそれにとってかわった。

混乱はなおもしばらく続いた。やがてはっきり目ざめると、それが玄関のドアを叩く音だとわかった。だれかがメトロノームのように規則正しく、拳で木のドアを叩き続けているのだった。

彼はまず、毛布の下でS字型になって自分の横に寝ているボニーに視線を向けた。それから時計に視線を転じた。四時十五分だった。

彼は起きあがって、そっと寝室から抜けだし、うしろ手にドアをしめた。廊下の明りをつけて、ドアのほうへ行きかけたが、ふと立ちどまった。心が危険を感じて毛を逆立てた。

ソーヤーは小首をかしげてじっと玄関のドアをみつめた。四時十五分に人の家のドアをノックするやつはいない。身内のだれかが死んだのなら、電話で知らせてくるはずで、わざわざやってきてノックなどしない。

彼は一九六八年という、ヴェトナムのアメリカ兵にはたいそう苛酷だった年に、七カ月間ヴェトナムにいて、数々の戦闘を見てきた。そのころは、指をパチンと鳴らしたり電灯のスイッチをひねったりするように、一瞬にして眠りからさめたものだった。いまのいままで石のように眠りこけていたかと思うと、つぎの瞬間には闇の中でぱっちり目をあけている。その習慣は合衆国に送り返されるとほとんど同時に消えてしまった。彼は口にこそ出さなかったがそのことを自慢に思っていた。おれは機械じゃないんだ。Aのボタンを押せば目をさまし、Bのボタンを押せばヴェトコンを殺す、おれはそんなロボットなんかじゃない。

しかしいまは、蛇が脱皮でもするようにいきなり睡気《ねむけ》がすっとんで、彼ははっきり目ざめていた。

だれかが外にいる。たぶんブライアントの息子が酔った勢いで、銃を持って押しかけてきたんだろう。美わしの処女のために、殺すか殺されるかという覚悟でやってきたのだ。

彼は居間へ行って、まがいものの煖炉の上の銃架に近づいた。明りはつけなかった。勝手を知り尽くしていたからである。銃架からショットガンをおろして、銃身を折ってみると、真鍮の薬莢《やっきょう》が薄明りの中で鈍く光った。居間の戸口に戻って廊下に顔をつきだした。ドアを叩く単調な音が続いていた。規則的だがリズム感のない音だった。

「入ってこい」と、レジー・ソーヤーは叫んだ。

音がぴたりとやんだ。

しばらく間をおいてから、ドアの把手がゆっくりと回り、ぎりぎりいっぱいまで回された。ドアがあくと、コーリー・ブライアントが立っていた。

レジーは一瞬心臓が止まりそうになった。ブライアントは彼が家から追いだしたときとそっくり同じ服装だった。ただ服があちこち破れて泥にまみれているところだけが違っていた。ズボンとシャツに木の葉がくっついていた。額にこびりついた泥が、顔の青白さをきわだたせていた。

「そこで止まれ」レジーはショットガンを構えて安全装置をはずした。「今日は弾丸が入ってるぞ」

しかしコーリー・ブライアントは、そのぼんやりした目に憎しみよりもなお恐ろしい表情をたたえて、レジーを凝視しながら、重々しい足どりで前に進んだ。靴には雨でこねられて黒いにかわのようになった土がこびりつき、足を一歩踏みだすごとに土くれが廊下の床に落ちた。その足どりには冷酷無惨ななにかが、ぞっとするような陰気さを見る人に印象づけるなにかがあった。泥のこびりついた靴の踵が床をどすんどすんと踏み鳴らした。いかなる命令も哀願も、その足を止めることはできそうもなかった。

「あと二歩近づいたらお前の頭をぶっとばすぞ」とレジーがいった。声がこわばって、からからに乾いていた。この男は酔っぱらいよりもまだ始末が悪い。頭がいかれている。レジーは突然、おれはどうしてもこの男を殺さなければならないらしいと悟った。

「止まれ」と、彼は繰りかえした。だがその口調は投げやりだった。

コーリー・ブライアントは止まらなかった。彼の目は剥製の大鹿の目のような、生気はないが貪欲な輝きをおびて、レジーの顔を凝視していた。踵が重々しく床を踏み鳴らした。

背後でボニーが悲鳴を発した。

「寝室にひっこんでろ」と、レジーがいった。彼は廊下に出てボニーとブライアントの間に立ちはだかった。ブライアントはいまやわずか二歩の距離に立っていた。白い、ぐんにゃりした片手がのびてきて、スティーヴンズの二連銃身をつかもうとした。

レジーは二つの引金を一度に引いた。

狭い廊下に雷のような銃声が響いた。一瞬二つの銃口から火が走った。硝煙が空気中に充満した。ボニーがまた金切り声をたてた。コーリーのシャツはぼろぼろにちぎれ、黒く煤《すす》けて、前があいた。しかしボタンがちぎれて前があいたところからのぞく白い胸と腹は、信じがたいことだが、かすり傷ひとつ負っていなかった。レジーの凍りついたような目は、コーリーの肉体は実は肉体ではなく、ガーゼのカーテンのように実体のないなにからしいという印象を受けた。

やがて、まるで子供の手から叩き落とすようにあっさりと、彼の手からショットガンが叩き落とされた。彼はコーリーにつかまって、ものすごい力で壁に叩きつけられた。両脚が支えの役目を果たさなくなり、くらくらしながら床に倒れた。ブライアントは彼のそばを通りすぎてボニーのほうへ歩いて行った。彼女は戸口で尻ごみしながらも、ブライアントの顔をじっとみつめていた。レジーはその目の中に熱っぽい輝きを見てとった。

コーリーが肩ごしに振り向いてレジーに笑いかけた。砂漠の頭蓋骨が観光客に向けるような、顔いっぱいに広がる放心したような笑いだった。ボニーは両手をさしだしていた。その手はぶるぶる震えていた。彼女の顔を、太陽の光と影が交互にさしかけるように、恐怖と欲望がかわるがわるよぎるように見えた。

「ダーリン」と、彼女が呼びかけた。

今度はレジーが悲鳴を発した。

## 32

「ねえあんた」と、バスの運転手がいった。「ハートフォードに着いたよ」

キャラハンは広い偏光ガラスの窓を通して、見なれない風景を眺めた。湧きでるような夜明けの光の中で、その眺めはいちだんと奇異な感じに見えた。ザ・ロットでは、いまごろ彼らがねぐらへ帰りつつあるのだろう。

「わかってますよ」と、彼はいった。

「二十分間休憩だ。バスから降りてサンドイッチでもつまんできたらどうかね？」

キャラハンは包帯を巻いた手でポケットから紙入れを取りだそうとして、あやうくそれを取り落としそうになった。不思議なことに、火傷した手はもうあまり痛まず、ただ感覚がないだけだった。痛みがあればまだしもましだった。少なくとも痛みは現実だった。腐ったリンゴのような死の味がまだ口の中に残っていた。はたしてそれだけだろうか？　そうだ。それだけでも耐えがたかった。

彼は二十ドル紙幣を一枚さしだした。「酒を一本買ってきてもらえませんか？」

「しかし、あんた、規則が――」

「もちろんお釣りはさしあげます。一パイントで結構ですから」

「おれのバスの中で酔っぱらって騒がれるのはごめんだね。あと二時間でニューヨークだ。向うへ着いたら好きなだけ飲んでくれよ」

あんたは勘ちがいしている、とキャラハンは思った。彼はふたたび紙入れをのぞいて残りの金をかぞえた。十ドルが一枚、五ドルが二枚、それに一ドルが一枚あった。さきの二十ドルにさらに十ドルを加えて、包帯を巻いた手で運転手にさしだした。

「ほんとに一パイントでいいんです。お釣りはとっておいてください」

運転手は三十ドルから、相手の暗い、落ちくぼんだ目に視線を移し、一瞬生きた頭蓋骨、なぜか笑いを忘れてしまった頭蓋骨と話をしているような気がしてぞっとした。

「たった一パイントの酒に三十ドルかね？　あんたは頭がどうかしてるよ」彼はそういいながらも金を受けとり、からっぽのバスの前のほうへ歩いて行ったが、やがて振りかえっていった。「だけど、おれに手を焼かせないでくれよ。バスの中で騒ぎを起こされちゃかなわんからな」

キャラハンは悪いことをして叱られる子供のようにおとなしくうなずいた。

運転手はさらに数秒間彼の顔をみつめてから立ち去った。

安い酒がいい、とキャラハンは思った。舌と喉が灼《や》けるような安酒のほうがいい。あのこってりと甘い味を消してくれるか……さもなければせめてどこか腰を据えて飲める場所が見つかるまで、一時的にその味をごまかすだけでもいい。そういう場所が見つかったら、徹底的に飲んで飲んで飲みまくろう——

たぶんそのとき自分は取り乱して泣きだすだろう、と彼は思った。もう涙は涸《か》れていた。体じゅうがからからに乾いて、空っぽになったような感じだった。あるのはただ……あの忌わしい味だけだった。

急いでくれ、運転手。

彼は窓の外を眺め続けた。通りの向うで、十代の男の子が一人、ポーチの階段に坐って両手で頭を抱えていた。キャラハンはバスが動きだすまでその少年を見守っていたが、少年はぴくりとも動かなかった。

## 33

だれかの手が腕にさわったのを感じて、彼は眠りの底から覚醒へと浮上した。右の耳もとでマークの声がいった。「おはよう」

彼は目をあけ、二度まばたきをして目やにを除いてから、窓の外の世界を眺めた。強くもなく弱くもなく、休みなしに降り続ける秋の雨の中で、いつの間にか夜が明けていた。病院の北側の草深いパヴィリオンを取り巻く木々は、すでになかば葉が落ちて、黒ずんだ枝が灰色の空に未知のアルファベットで巨大な文字を書いていた。町はずれで東の方角にカーヴする三十号線は、雨に濡れてアザラシの皮のように光っていた——まだテイルライトをつけたままで通りかかった一台の車が、マカダム舗装の道路の上に禍々《まがまが》しいほど赤い影を落としていった。

ベンは立ちあがってあたりを見まわした。マットは眠っていて、胸が規則的だが浅い呼吸で上下に動いていた。ジミーも病室にある唯一のソファに横になって眠っていた。彼の頬に医者らしくない不精ひげが目立つのを見て、ベンも自分の顔を撫でてみた。掌にざらついた感触があった。

「そろそろでかける時間じゃないか？」と、マークがいった。

ベンはうなずいた。彼らを待ちうける一日と、そこにひそむ恐ろしい可能性を思って、気おくれを感じた。それを乗り切る唯一の方法は、十分以上先のことを考えないようにすることだろう。彼は少年の顔をのぞきこみ、そこに断固たる決意を読みとって不快な感じをおぼえた。

ソファに近づいてジミーを揺り起こした。

「ううっ！」ジミーは椅子の上で、深い水の底から浮上するときのように両腕を振りまわした。顔がぴくぴく痙攣し、まばたきをする目に一瞬恐怖の色が浮かんだ。目の前にいる二人がだれだか思いだせないかのように、ぽかんとして彼らの顔を眺めた。

やがてはっと気がついて、全身の力を抜いた。「ああ。夢だったのか」

マークが無理もないというようにうなずいた。

ジミーが窓の外を見て、守銭奴《しゅせんど》が金という言葉を口にするときのように、万感をこめて「夜明けだ」と呟いた。それから起きあがってマットのベッドに近づき、脈をとった。

「だいじょうぶなの？」と、マークがきいた。

「ゆうべよりだいぶいいようだ。ベン、ゆうべマークがだれかに姿を見られているとまずいから、荷物用エレベーターで下におりることにしよう。危険はできるだけ避けるほうがいい」

「バークさんを一人にしておいてだいじょうぶなの？」と、マークがいった。

「たぶんね」と、ベンが答えた。「彼の頭脳を信頼するしかないさ。ぼくたちがもう一日ここに足どめされたら、バーローは大喜びするだろう」

彼らは忍び足で廊下を歩いて行き、荷物用エレベーターで下におりた。調理場ではちょうどこの時間に――もうすぐ七時十五分になるという時間に仕事が始まっていた。調理場の一人が彼らを見つけて片手で合図し、「おはよう、先生」と声をかけてきた。ほかにはだれも話しかけなかった。

「どこから始める?」と、ジミーがいった。「ブロック・ストリート・スクールかな?」

「いや」と、ベンが答えた。「午前中は人が多すぎる。子供たちは何時ごろ帰るんだ、マーク?」

「二時だよ」

「だったらそのあとでも日は充分にある。マークの家へ行こう。まずいちばんに杭だよ」

34

ザ・ロットに近づくにつれて、ほとんど手で触れられるほどの恐怖の雲が、ジミーのビュイックの中に拡がり、会話もとだえがちになった。十二号線　ジェルーサレムズ・ロット　カンバーランド　カンバーランド・センター、とある大きなグリーンの夜光標識のところでターンパイクを出たとき、ベンはここがスーザンとの最初のデートの帰りに通った道だったことを思いだした――彼女はカー・チェイスのシーンがある映画を見たがったのだった。

「いやな感じだ」と、ジミーがいった。彼の少年のような顔は青ざめ、恐れと怒りに満ちていた。「なにかが匂うような気がする」

そうだろうとも、とベンは思った。もっともそれは現実の匂いではなく、心理的なものだった。ぷうんと鼻をつく墓の匂い。

十二号線はほとんど人気がなかった。町に入る手前で、彼らは道ばたに乗り捨てられたウィン・ピューリントンの牛乳配達用のトラックを見つけた。エンジンがかけっぱなしだったので、ベンが荷台をのぞいてからエンジンを止めた。車に戻ってきた彼に、ジミーが問いかけるような視線を向けた。ベンは首を振った。「彼はいない。エンジン・ライトがついていて、ガスがほとんどなくなりかけている。何時間もかけっぱなしになっていたらしい」ジミーは拳で片脚をとんとんと叩いた。

だがやがて町に入ると、ジミーがほっとしたような口ぶりでいった。「あれを見ろ。クロッセンズがあいている」

たしかに店はあいていた。ミルト・クロッセンが外に出て、新聞スタンドにプラスチックのカバーをかけており、レスター・シルヴィアスが黄色いレインコートを着てそばに立っていた。

「しかしレスターのほかに常連の姿が見えない」と、ベンがいった。

ミルトが彼らを見つけて手を振った。あの二人の顔には疲労の皺が刻まれている、とベンは思った。フォアマン葬儀店のドアには依然として「休業」の札がさがっていた。金物屋も閉まっていたし、スペンサーズは鍵がかかっていて暗かった。食堂はあいていた。その前を通りすぎてから、ジミーは新しい店の前で車を停めた。ショー・ウィンドーの上に、「バーロー・アンド・ストレイカー——美術家具」というシンプルな金文字が見えていた。そしてキャラハン神父がいったように、前の日の置手紙で見おぼえのあるあの美しい筆蹟で、「当分の間休業いたします」と書かれた貼り紙がドアに出ていた。

「なぜここでとまったの？」と、マークがきいた。

「ひょっとしたら彼が中に隠れているんじゃないかと思ってね。灯台下暗しというやつで、われわれがうっかり見すごすことを計算に入れているかもしれない。それに税関では検査済みの荷にチョークで印をつけるかもしれないからね」

彼らは店の裏へ回った。ベンとマークが肩をすぼめて雨を避けている間に、ジミーがオーバーコートを着た片手の肘で裏口のドアのガラスを突き破って、三人とも店の中に入りこんだ。

空気はわずか数日ではなく、何世紀もの間閉めきってある部屋のように、ぷうんとかびくさかった。ベンがショールームをのぞいたが、そこには吸血鬼の隠れ場所はなさそうだった。展示された品物も少なく、ストレイカーが商品を補充していたようすはなかった。

「きてくれ！」と、ジミーがしゃがれ声で叫んだので、ベンは心臓が喉からとびだすほどびっくりした。

ジミーとマークは長い木箱のそばに立っており、すでにジミーがハンマーの尖ったほうで蓋をわずかにこじあけていた。その隙間から中をのぞくと、青白い一本の手と黒い袖口が見えた。

ベンが前後の見境もなく箱にとびかかった。ジミーは反対側のはしをこじあけようとしていた。

「ベン」と、ジミーがいった。「手を切っちゃうぞ。あぶないからよせ」

だがその声もベンの耳には入らなかった。釘や木片《こっぱ》をものともせずに、手で板きれを剝がしにかかった。とうとう見つけたぞ、いやらしい夜の化物をつかまえたぞ、スーザンの心臓に杭を打ちこんだときのように、おれのこの手でお前の心臓に杭を打ちこんでやる――

彼は粗末な木箱の板をまた一枚ぽきりと折った。目の前にあらわれたのは、マイク・ライアースンのお月さまのように青白い死に顔だった。

一瞬、死のような静寂が訪れた。やがて三人が同時にふうっと息を吐きだした……あたかも部屋の中を微風が駆けめぐったようだった。

「どうする?」と、ジミー。

「早くマークの家へ行くほうがいい」と、ベンが失望で張りを失った声でいった。「彼がそこにいることはわかっている。ところがまだ杭も出来あがっていない」

彼らは板きれを集めていいかげんに箱をふさいだ。

「きみの手の手当てをしよう。血が出てるよ」

「あとでいい。さあ、行こう」

彼らは店の裏口から外へ出た。三人とも口には出さなかったが、外の空気を吸ってほっとしていた。ジミーがふたたびビュイックを運転して、ジョイントナー・アヴェニューにそって走り、みすぼらしい繁華街を出てすぐのところにある住宅地にさしかかった。おそらく三人のだれもが望まなかったほど短い時間でマークの家に到着した。

キャラハン神父の古ぼけたセダンが、ペトリー家の車まわしに、ヘンリー・ペトリーのしゃれた小型車ピントのうしろに接して駐まっていた。それを見たとたんに、マークがはっと息をのんで目をそむけた。顔が真青だった。

「ぼくは家の中に入りたくない」と、彼は呟いた。「悪いけど、車で待っている」

「なにも謝ることはないさ、マーク」と、ジミーがいった。

彼は車を停め、エンジンを止めて外へ出た。ベンはちょっとためらってからマークの肩に手をかけた。「一人でだいじょうぶか？」

「うん」と答えはしたものの、だいじょうぶではなさそうだった。顎が小刻みに震え、目はうつろだった。彼は急にベンのほうを向いた。その目はもはやうつろではなく、苦悩の涙があふれていた。「おおいをかけてくれる？　もしも死んでいたら、おおいをかけてやってよね」

「いいとも」

「これでよかったんだ。ぼくのパパは……すごくりっぱな吸血鬼になってただろう。そのうちバーローぐらいにはなってたかもしれない。パパは……なにをやらせても上手《じょうず》なんだから。上手すぎるくらいなんだ」

「あまり考えないようにするんだな」とベンはいった。そしていったとたんになんの慰めにもならないその言葉を後悔した。マークは彼を見あげて青ざめた微笑を浮かべた。

「薪は裏に積んであるよ。地下室にある父の旋盤を使うと仕事がはかどると思うけど」

「わかった。くよくよ考えるなよ、マーク。なるべくのんびり構えるんだ」

だが少年は横を向いて、手で涙を拭っていた。

ベンとジミーは裏口の階段をあがって中に入った。

35

「キャラハンはここにはいない」ジミーがぽつりといった。すでに家じゅうくまなく捜し終わっていた。

ベンが気の進まない言葉を口に出した。「バーローにつかまったんだよ、きっと」

彼は手の中のこわれた十字架を眺めた。昨日までキャラハンの首にさがっていた十字架だった。キャラハンの痕跡を示すものはそれしか見つからなかった。それはペトリー夫妻の死体のそばに落ちていた。そして夫妻はまぎれもなく死んでいた。文字通り骨が砕けるほどの強い力いで、頭と頭をぶっつけられて死んでいた。ベンはミセス・グリックのこの世のものとも思えない強い力怪力を思いだして、気分が悪くなった。

「さあ」とベンはジミーをうながした。「死体におおいをかけよう。マークと約束したんだ」

## 36

彼らは居間から長椅子のダスト・カバーを持ってきて、二つの死体をおおった。ベンは自分たちのしていることを見たり考えたりしないように努めたが、それは不可能だった。仕事が終わったとき、一本の手が——マニキュアをした指でジューン・ペトリーの手とわかった——派手な模様のダスト・カバーの下から突きでているのが見えたので、ベンは顔をしかめて吐気をこらえながら、靴の爪先でそれをカバーの下に押しこんだ。カバーを通して死体の形がはっきりとわかり、ヴェトナムのニュース写真——兵士たちがゴルフ・バッグを思わせる黒いゴムのバッグに戦死者の死体を入れて運ぶ写真を連想させた。

二人はそれぞれ黄色いトネリコの薪を腕いっぱいに抱えて地下室へおりた。

地下室はヘンリー・ペトリーの領域で、彼の性格を正確に反映していた。仕事場の上に一直線に並んでさがっている三個の強力な電球が、それぞれ幅広い金属製の笠で、平削り盤、糸鋸、旋盤、電気やすりなどに強い光を当てる仕組みになっていた。おそらく来春庭におく予定だったのだろう、小鳥用の巣箱が作りかけになっていて、その設計図が金属製の文鎮で四隅をきちんと押えられていた。几帳面だがひらめきの感じられない仕事ぶり、それももう永久に完成に漕ぎつけることはない。床はきちんと掃除されていたが、なつかしいおがくずの匂いが空気中に漂っていた。

「こんなことをしたって無駄だよ」と、ジミーがいった。

「わかってるさ」と、ベン。

「薪の山か」と、ジミーは自嘲的にいって、腕に抱えた薪をがらがらと床に投げだした。ストーヴ用の薪は床に転がって騒々しい音をたてた。彼は甲高い、ヒステリックな笑い声をたてた。

「ジミー――」

だが、ジミーの笑いが切れたピアノ線のようにベンをさえぎった。「ぼくたちはこれから外へ出て行って、ヘンリー・ペトリーの裏庭の薪で災厄に終止符を打とうとしている。いっそ椅子の脚や野球のバットでも使ったらどうなんだい？」

「ジミー、ほかになにができる？」

ジミーはベンの顔を見ながら、かろうじて自制心を取り戻した。「これじゃまるで宝捜しだ。チャールズ・グリフェンの北の牧場に入りこんで四十歩進み、大きな石の下をのぞけ。冗談じゃないよ。町を出よう。それならできるじゃないか」

「きみは手を引きたいのか？　え、そうなのか？」

「いや、そういうわけじゃないさ。しかしこの仕事は今日一日だけじゃ終わらないんだぜ、ベン。かりに連中を一人残らず見つけだせるとしても、それまでには何週間もかかるだろう。きみはそれに耐えられるか？　きみがスーザンにしたことを、一千回も繰りかえす勇気があるのか？　やつらを押入れやあなぐらから引きずりだして、心臓に杭を打ちこまなきゃならないんだぞ。そんなことを十一月まで続けても気が変にならない自信があるのかい？」

ベンはそのことをじっくり考えてみた結果、一つの壁に突き当たった。つまり、まったく予想がつかないという壁だった。

「わからない」と、彼は答えた。

「それからマークはどうだ？　彼は耐えられるだろうか？　そのうちおかしくなるにきまっている。それにマットは死ぬだろう。ぼくは医者としてそのことを断言できる。それからもう一つ、警察がセイラムズ・ロットでなにが起きているのかと嗅ぎまわりはじめたらどうする？　いったいどう説明したらいいんだ？『ちょっと失礼、この吸血鬼に杭を打ちこむまで待ってください』とでもいうかい？」

「そんなこと知るもんか。そこまで考えて行動する余裕なんかだれにもなかったよ」

彼らは顔つきあわせていがみあっていることに、同時に気がついた。「おいおい」と、ジミーがいった。「頭を冷やせよ」

「すまん」

「いや、ぼくが悪かった。おたがいに疲れている……それこそバーローの思うつぼだ」彼は片手で赤毛をかきあげて、意味もなくあたりを見まわした。と、突然ペトリーの設計図のかたわらにあるものを目にとめて、それを手にとった。黒いクレヨンだった。

「そうだ、いい考えがあるぞ」

「なんだい？」

「きみはここに残って杭作りを始めるんだ、ベン。この仕事を続けるつもりなら科学的にやろう。きみは生産担当だ。マークとぼくは捜索を引き受ける。二人して町じゅうを虱《しらみ》つぶしに捜しまわる。さっきマイクを見つけたように、ほかの連中も見つけることができるだろう。そしたらこのクレヨンで発見場所に印をつけておく。そして、明日は杭打ちだ」

「彼らはその印に気がついて場所を変えるんじゃないかな？」

「ぼくはそうは思わない。たとえばミセス・グリックの行動はそれほど筋道立っているようには思えなかった。たぶん彼らはなにも考えずに、本能に従って行動しているのだろう。そのうち少しは賢くなって、もっと上手に隠れるようになるかもしれないが、いまのうちなら楽々つかまえられると思うよ」

「ぼくが捜しに行っちゃいけないのか？」

「それはやっぱりぼくの役目だよ。ぼくは町の人間を知ってるし、町の人間もぼくを知っている。ザ・ロットの人間でまだ生きている連中は、今日はみな家の中に隠れている。きみが訪ねて行っても彼らは顔を見せないだろう。だがぼくが行けばほとんどの人間は会ってくれる。それにぼくは隠れ場所もいくつか知っている。だがきみは知らない。飲んべえどもがマーシュ地区のどこで寝泊りしているか、パルプ用木材の運搬道路がどこにあるかも知っている。旋盤は使えるか？」

「うん」

もちろん、ジミーのいうことは理にかなっていた。しかし、外へでかけて行って彼らと対決しないで済む安心感が、彼にうしろめたさを感じさせた。

「よし、それじゃ始めてくれ。もう正午過ぎだ」

ベンは旋盤のほうへ行きかけて立ちどまった。「三十分ほど待ってくれれば、杭を半ダースぐらい持って行けるかもしれないよ」

ジミーはちょっと間をおいて、目を伏せた。「いや、やっぱり明日にしよう……」

「オーケー。じゃ行ってくれ。三時ごろには戻ってきてくれよ。そのころなら学校の生徒たちがいなくなるだろうから、一緒に調べに行こう」

「ああ、そうしよう」

ジミーはペトリーの仕事場からはなれて、階段のほうへ行きかけた。そこでなにかが——思いつきかインスピレーションのようなものが彼を振り向かせた。ベンが一直線に並んだ三つの電灯の煌々たる輝きの下で仕事にとりかかっていた。

なにかが……だがそれはすぐに消えてしまった。

ジミーはベンのそばまで戻った。

ベンが旋盤のスイッチを切って彼を見た。

「まだなにか?」

「そう。喉まで出かかっているんだが、思いだせないんだよ」

ベンが眉をひそめた。

「階段で振りかえってきみを見たとき、なにかがふと心に浮かんだ。それがもう消えてしまったんだ」

「大事なことかい？」

「わからない」彼は意味もなく足を動かして、それを思いだそうとした。電灯の下に立って旋盤の上にかがみこんでいたベンのイメージと関係があった。だが、考えれば考えるほどそれは遠のいていった。

彼は階段をあがったが、ふたたび途中で立ちどまって振りかえった。頭の隅にこびりついているなにかのイメージ、それがどうしても思いだせない。彼は台所を通り抜けて、車のほうへ出て行った。雨はいつの間にか小降りになっていた。

## 37

ロイ・マクドゥガルの車がベンド・ロードのトレーラー住宅の敷地にとまっていた。休日でもないのにここで車を見つけたジミーは、最悪の事態を予想した。

彼は黒い診察鞄を持って、マークと一緒に車からおりた。階段をあがって呼鈴を鳴らした。呼鈴がこわれていたのでかわりにドアをノックした。マクドゥガルのトレーラーからも、二十ヤードはなれた隣のトレーラーからも、応答がなかった。隣家の前にも車が一台とまっていた。

ジミーは雨戸をあけようとしたが、鍵がかかっていた。「車のバックシートにハンマーがある」と、彼はいった。

マークがそれを取ってくると、ジミーが雨戸の把手の横のガラスを割った。割れ目から手を入れて掛金をはずした。内側のドアには鍵がかかっていなかったので、彼らは家の中に入りこんだ。

とたんにまぎれもないあの匂いがぷうんときた。ジミーの鼻孔は無意識のうちにすぼんで、その匂いを閉めだそうとした。マーステン館の地下室ほど強烈な匂いではなかったが、同じようにいやな匂い――腐敗と死の匂いだった。じめじめした、不快な匂い。ジミーは少年時代の春休みに、仲間と一緒に自転車に乗って、雪どけとともに姿をあらわしたビールやソフト・ドリンクの空壜を拾い集めに行ったときのことを思いだしていた。空壜の一本（オレンジ・クラッシュの壜）に、甘い匂いに誘われて中に入りこみ、外に出られなくなった野鼠の腐った死骸が閉じこめられていた。その匂いを嗅ぎつけたとたんに顔をそむけて吐いてしまった。この匂いもそれとそっくりだった――胸のむかつくような甘ったるい匂いと、すえた腐臭が混じりあって発酵したような、ぞっとする匂い。胃袋がぐっとせりあがってきた。

「彼らがいるんだよ」と、マークがいった。「どこかに隠れている」

彼らは家じゅうをくまなく捜した。台所、食堂、居間、二つの寝室――途中で押入れものぞいてみた。寝室の押入れでそれらしいものが見つかったが、よく見ると汚れた衣類の山だった。

「地下室はないの？」と、マークがきいた。

「ない。しかし物置ぐらいはあるかもしれん」

彼らは裏へまわった。トレーラーの安っぽいコンクリートの土台に、内側に向かってあく小さなドアがついていた。古い南京錠がドアにかかっていた。ジミーはハンマーを五回叩きつけて南京錠をはずし、小さなドアを押しあけた。とたんにあのいやな匂いが強烈に彼らを襲った。

「ここに間違いない」と、マークがいった。

ジミーが中をのぞくと、戦場に並べられた死体のように、三対の足が見えた。一人はブーツをはき、一人は寝室用の毛糸のスリッパをはき、もう一人の、ごく小さな足は素足だった。

一家団欒《だんらん》の図か、とジミーは突拍子もないことを考えた。リーダーズ・ダイジェストよ、いまこそおたくの雑誌が必要だというのに、どこへ行ってしまったんだ？　非現実的な感覚が波のように押しよせてきた。赤ん坊か。こんな赤ん坊の心臓に杭を打ちこめるだろうか？

彼は黒いクレヨンでドアに印をつけて、こわれた南京錠を拾いあげた。「隣の家へ行ってみよう」と、彼はいった。

「待って。一人だけ外に引っぱりだしてみようよ」

「引っぱりだす？……なぜだ？」

「日光に当てれば死ぬかもしれないよ。そうすれば杭を打ちこまなくてすむ」

ジミーの心に希望が湧いてきた。「よし、やってみよう。どれにする？」

「赤ん坊はよそうよ」と、すかさずマークが答えた。「男がいい。片足を持って」

「よしきた」と、ジミーがいった。口がからからに干あがって、唾を呑みこむと喉がひりついた。

マークが風に吹き寄せられた枯葉をかさかさ鳴らしながら、腹這いになってドアの中に入りこんだ。ロイ・マクドゥガルの作業靴の片足をつかんで引っぱった。ジミーが低い戸口で背中をこすりながら、横から体をこじ入れた。閉所恐怖症と激しく戦わねばならなかった。彼がもう一方の足をつかんで、二人がかりでそぼ降る雨と白日の中に、ロイの体を引っぱりだした。

やがてほとんど耐えがたい光景が展開された。ロイ・マクドゥガルは日の光に当たると同時に、眠りをかき乱された人間のように激しく身をよじりはじめた。全身の毛穴から湯気と湿気がふきだし、皮膚がわずかにたるんで黄色に変色した。眼球が閉じられた薄い瞼の奥でぐりぐり動いた。両足がゆっくりと、夢遊病者のように濡れた枯葉を蹴った。上唇がめくれあがって、セパードかコリーのような大型犬を思わせる門歯がむきだしになった。両腕が掌を閉じたり開いたりしながら、ゆっくりと振りまわされた。片手がマークのシャツをかすったとき、彼はぞっとしたような叫びを発してとびのいた。

ロイは寝返りを打って、尺とり虫のようにのろのろとドアの中へ戻りはじめた。雨を吸いこんで柔らかくなった腐植土に、腕と膝と顔の跡がしるされた。ジミーは、光が当たったとたんに、鼾《いびき》を伴った呼吸と無呼吸状態が交互に訪れる、痙攣するようなチェイン＝ストークス呼吸が始まったことに気がついていた。それはマクドゥガルが完全に日陰に逃げこむと同時にぴたりと止まった。激しい発汗もそれにつれて止まった。

マクドゥガルは安息所に逃げこむと、あおむけになって静かに横たわった。

「ドアをしめて」と、マークが首をしめられたような声でいった。「お願いだからドアをしめてよ」

ジミーはドアをしめて、間に合わせにこわれた南京錠をかけた。雨に濡れた枯葉の中で、方向感覚を失った蛇のようにうごめいていたマクドゥガルの姿が、網膜に灼きついてはなれなかった。たとえ百年生き続けたとしても、かたときもその光景を忘れることはないだろう。

38

彼らは雨の中に立って、震えながら顔を見合わせた。「隣の家へ行ってみる?」と、マークがいった。

「そうしよう。マクドゥガル一家が最初に襲うのは、当然隣家の人たちだろう」

彼らは隣の家に近づいた。今度は家の中に入る前からあのまぎれもない匂いがぷうんと鼻をついた。呼鈴の下の表札はエヴァンズという名前だった。デーヴィッド・エヴァンズとその家族。ゲイツ・フォールズのシアーズの自動車部門で修理工をしている男で、二年ほど前にジミーが嚢腫《のうしゅ》かなにかを治療してやったことがあった。

今度は呼鈴が鳴ったが、やはり応答はなかった。彼らはミセス・エヴァンズをベッドで発見した。二人の子供たちはくまのプーさんの物語をあしらった同じパジャマを着て、共有の寝室の二段ベッドに横たわっていた。デーヴ・エヴァンズもすぐに見つかった。彼は小さなガレージの裏の、未完成の物置小屋に隠れていた。

ジミーは玄関のドアとガレージのドアにクレヨンで印をつけた。「いい調子だ」と、彼はいった。「いまのところ十割だよ」

マークが遠慮がちにいった。「一分か二分だけ待ってくれない? ちょっと手を洗いたいんだけど」

「いいとも。ぼくもそうしたいな。無断でバスルームを借りても、エヴァンズ一家は文句をいわないだろう」

彼らは家の中に引き返し、ジミーは居間の椅子に腰をおろして目をつむった。間もなくマークがバスルームで水を流す音が聞こえてきた。

葬儀屋の作業台に横たわるマージョリー・グリックの姿が瞼に浮かんだ。彼女をおおったシーツが小刻みに震えだし、片手がだらりと垂れさがって、空中でデリケートなトウ・ダンスを踊りはじめる――

彼は目をあけた。

トレーラーの中はマクドゥガル家のそれよりもきちんとかたづいて、手入れが行きとどいていた。ミセス・エヴァンズとは一度も会ったことがないが、彼女は家庭に誇りを持っていたにちがいない。おそらく移動住宅業者の宣伝パンフレットでは、洗濯室と呼ばれていたにちがいない小さな物置部屋には、死んだ子供たちのおもちゃがきちんと積みあげられていた。かわいそうな子供たち。まだ明るい昼間や日光があった間に、子供たちがそのおもちゃで心ゆくまで遊んだことを彼は祈った。三輪車が一台、大きなプラスチックのトラックが数台と、おもちゃのガソリン・スタンド、無限軌道車が一台（兄弟同士でそれをとりっこしたにちがいない）、それにおもちゃの玉突き台などがあった。

彼はほかに視線を転じかけ、はっとして振りかえった。

青いチョーク。

一列に並んだ三つの笠つきの電灯。

男たちが明るい電灯の下でグリーン・テーブルの周囲を歩きまわり、キューで玉を突き、指先についた青いチョークの粉を払いおとす。

「マーク！」彼は椅子の上でさっと体を浮かして叫んだ。「マーク！」

マークがシャツを脱いだままで駆けだしてきた。

## 39

マットの昔の教え子（一九六四年度の卒業生、文学はAで作文はC）が、二時三十分ごろに病気見舞いにあらわれ、山のような神秘思想の文献を見て、オカルトの学位をとるために勉強をしているのかと質問した。マットはその教え子の名前がハーバートだったかハロルドだったか思いだせなかった。

そのハーバートだかハロルドだかが病室に入ってきたとき、『謎の失踪事件』という本を読んでいたマットは、むしろ邪魔が入ったことを喜んだ。三人が三時すぎまではだれにも見咎《みとが》められずにブロック・ストリート・スクールに入りこめないことを知りつつも、電話が鳴るのをしびれを切らして待っていたところだった。彼はキャラハン神父がどうなったか知りたくてうずうずしていた。病院では時間のたつのが遅いと聞いていたにもかかわらず、一日は恐るべき早さですぎて行くようだった。気力は衰え、頭はぼんやりして、とうとうおれも正真正銘の老人になってしまったかという感じだった。

彼はハーバートだったかハロルドだったかを相手に、たったいま読んだばかりのヴァーモント州モンスンの町の話を始めた。もしその話が事実だとすれば、それこそザ・ロットを待ち受ける運命の先駆だと思えたので、ことのほか興味を惹かれていた。

「町じゅうの人間が一人残らず消えてしまったのだ」と、彼はハーバートだかハロルドだかに話して聞かせた。相手はお義理で聞いていたが、退屈さを隠せなかった。「そこは州間二号線とヴァーモント州十九号線が通っている、ヴァーモント州北部の小さな田舎町だ。一九二〇年の国勢調査のときは人口が三百十二名だった。一九二三年の八月に、ニューヨークに住むある婦人が妹から二カ月間便りがないので心配になった。彼女は夫と一緒に車でこの町へでかけて行き、この事件を新聞に知らせた最初の人間となった。もっとも周辺の住民はしばらく前からモンスンの人々の失踪をうすうす知っていたんじゃないかと、わたしは思うがね。彼女の妹とその夫だけでなく、モンスンの全住民が完全に姿を消していた。家や納屋はちゃんと残っており、ある家ではテーブルに夕食が用意されていた。当時はかなりのセンセーションを巻き起こしたらしいよ。わたしならそんな町で一夜を明かすのはご免こうむりたいね。この本の著者は、近隣の町の人々が妙な話……幽霊だとか悪霊だとかいったことを口にしたと述べている。何軒かの納屋にはペンキで描いた魔除けの印や十字架がいまも残っているそうだ。ほら、これが百貨店とガソリン・スタンドと家畜の飼料および穀物を売る店——モンスンの目抜通りの写真だよ。きみはこれをどう思う?」

ハーバートだかハロルドだかは、いやな顔もせずに写真を眺めた。商店と家が数軒あるだけのありふれた田舎町。そのうちの何軒かはたぶん雪の重みで倒れかかっている。そのあたりのどこの町の写真だといっても通用するだろう。人通りの絶えた夜の八時過ぎに車で通る人間には、はたしてこの町に生きた人間が住んでいるのかどうかもわからないだろう。年寄りはたいてい頭がおかしくなってしまっている。ハーバートだかハロルドだかは自分の年とったおばのことを思いだした。彼女は死ぬ二年前ぐらいから、娘が彼女のかわいがっていたインコを殺して、ミート・ローフにして自分に食べさせていると信じこんでいた。年寄りというのは妙なことを考えるものだ。

「とても面白い話ですね」彼はマットの顔を見ながらいった。「しかし、どうも……バークさん、どうかしましたか？　ねえ……看護婦！　おうい、看護婦！」

マットの目はまばたきもしなかった。片手でベッドの上掛けを握りしめ、片手で胸をおさえていた。顔は青ざめ、額の真中が激しく動悸を打っている。

早すぎる、と彼は思った。わたしはまだ死ねない――

波のように襲いかかる苦痛が彼を暗黒の中に追いこんだ。彼はぼんやり考えた。最後の一歩に気をつけろ、それが命取りだ。

やがて、底知れぬ淵へ落ちこんでゆく。

ハーバートだかハロルドだかは病室から駆けだした。そのはずみに椅子を倒し、本の山を突き崩した。看護婦が小走りに走ってくるところだった。

「バークさんが」と、ハーバートだかハロルドだかが彼女に急を告げた。まだヴァーモント州モンスンの写真ページに人さし指を当てたままだった。

看護婦はうなずいて病室に入った。マットは頭を半分ベッドからはみださせ、目を閉じて横たわっていた。

「彼は――?」と、ハーバートだかハロルドだかがおそるおそるきいた。それ以上いう必要はなかった。

「ええ、たぶん」と看護婦は答え、同時に緊急連絡用のボタンを押した。「あなたは遠慮してください」

彼女はいまやすっかり落ち着きを取り戻し、食べかけの昼食を惜しむ余裕さえあった。

## 40

「でも、ザ・ロットに玉突き屋はないよ」と、マークがいった。「いちばん近いのではゲイツ・フォールズだよ。彼はそんなところまで行くかしら?」

「いや」と、ジミーが答えた。「たぶん行かないだろう。しかし自宅に玉突き台のある家が何軒かある」

「うん、ぼくも知ってるよ」

「それからまだある。もう少しで思いだせるんだが」

ジミーは椅子にもたれて目をつむり、両手で目をおおった。いま思いだそうとしているそれは、彼の心の中でプラスチックと結びついていた。なぜプラスチックなのか? プラスチックのおもちゃ、プラスチックのピクニック用品、それに冬の間ボートにかけておくプラスチックのカバーがある――

そこまで考えたとき、突然大きなプラスチックのダスト・カバーにおおわれた玉突き台のフィルムが、サウンド・トラックまでついて、心の中のスクリーンにあるシーンを映しだした。フェルトにかびがはえる前に売ってしまいたいんだけど——エド・クレイグがいうにはフェルトにかびがはえるんですって——なにしろあれはラルフの形見の品で……という声が耳に聞こえた。

彼は目をあけた。「わかったぞ」と、叫んだ。「バーローの居所が。エヴァ・ミラーの下宿屋の地下室だ」もはや疑問の余地はなかった。

マークが目を輝かせた。「彼をつかまえに行こう」

「ちょっと待った」

ジミーは電話のそばへ行って、電話帳でエヴァ・ミラーの番号を捜し、すばやくダイヤルを回した。ベルが鳴ってもだれも出なかった。十回、十一回、十二回。彼はうろたえながら受話器をおいた。エヴァの下宿屋には少なくとも十人の下宿人がいる。そのほとんどは引退した老人たちだ。いままではいつでもだれかがいた。このことが始まる前は。

彼は時計を見た。三時十五分、時間のたつのがひどく早かった。

「行こう」

「ベンはどうするの？」

ジミーはこわい顔でいった。「電話はできない。きみの家の電話は通じないからな。ここからまっすぐエヴァの下宿へ行けば、かりにぼくらの予想がはずれたとしても、まだ日が暮れるまで時間はたっぷりある。もしも予想が当たっていたら、いったんベンを呼びに戻って、バーローの時計を止めるとしよう」

「待って、シャツを着てくるから」といって、マークは廊下をバスルームのほうへ駆けて行った。

## 41

ベンのシトローエンはあいかわらずエヴァの下宿屋の駐車場にあって、砂利を敷いた駐車場をおおう楡《にれ》の、濡れた枯葉があちこちにはりついていた。風はいちだんと強くなったが、雨はすでにやんでいた。「エヴァズ・ルームズ」の看板が灰色の午後の中で風に揺れて軋んでいた。建物は不気味なほどの静寂に包まれ、人を待ち受けるような感じがあって、ジミーは心の中でそれをバーローと結びつけてぞっとした。その感じはマーステン館とそっくりだった。ここでもかつてだれか自殺した人間がいたのだろうか？　エヴァなら知っているだろう。しかしいまとなっては、彼女がそんなことを教えてくれるとは思えなかった。

「ここなら申し分のない隠れ場所だ」と、ジミーはいった。「町の下宿屋に住みついて、自分の子供たちにまわりを囲ませるとはうまいことを思いついたもんだ」

「ほんとにベンを呼ばなくていいの？」

「それはあとまわしだ。行こう」

彼らは車からおりてポーチのほうへ歩いて行った。風が彼らの着ているものをあおりたて、髪を乱した。家じゅうのカーテンが閉めきられ、建物が頭上にのしかかってくるような感じがした。

「あの匂いがわかるかい？」と、ジミーがきいた。

「うん。ここの匂いがいちばんひどいよ」

「覚悟はいいか？」

「うん」マークはしっかりと答えた。「あなたは？」

「ぼくもそうあって欲しいよ」

彼らはポーチの階段をあがり、ジミーがドアを試してみた。鍵はかかっていなかった。エヴァ・ミラーの神経質なほど清潔な広い台所に入りこむと、例の匂いがぷんと鼻をついた。ごみ捨場のような匂い――だが年月をへた埃のように奇妙に乾いている。

ジミーはエヴァとの会話を思いだした――それはいまからほぼ四年前、彼が開業医の仕事をはじめた直後のことだった。エヴァは健康診断を受けにやってきた。彼女はジミーの父親の長い間の患者で、ジミーが同じカンバーランドのオフィスで父のあとを継いだとき、彼女はなんのためらいもなく彼の診察を受けにやってきた。そのとき死んでからすでに十二年にもなる夫のラルフの話が出た。彼女はいまだに家の中にラルフの幽霊が出るという話をした――ときおりまったく見おぼえのない品物や、屋根裏とか机のひきだしにしまいこんだまま忘れていた夫の遺品があらわれることがあるというのだった。もちろん地下室にある玉突き台もその一つだった。ほんとはあれも処分してしまいたいんです、場所ふさぎでどうにも始末が悪いから、と彼女はこぼした。でもラルフの形見だと思うと、新聞に広告を出したり、ラジオ番組で宣伝したりする気にはどうしてもなれなくて。

彼らは台所を通り抜けて地下室の入口のほうへ歩いて行き、ジミーがドアをあけた。悪臭がひどくなって、ほとんど呼吸もできないくらいだった。彼は電灯のスイッチを押したが明りはつかなかった。もちろん彼がこわしてしまったのだろう。

「そこらを捜してみてくれ」と、彼はマークにいった。「懐中電灯かろうそくがあるかもしれん」

マークはそこらじゅう捜しまわって、ひきだしの中をのぞいた。流し台の上の包丁さしが空っぽなのに気がついたが、そのときはなんとも思わなかった。彼の心臓は音のしない太鼓のように、胸苦しくなるほどゆっくりと鼓動していた。いまや忍耐も限界に近づきつつあることを知った。心はなにも考えず、ただ反射的に働いているだけのように思えた。横目で物の動きを認めると、反射的にそっちへ顔を振り向けたが、そのくせなにも見ていなかった。戦場なれした兵士なら、そこに戦闘神経症の始まりを告げる徴候を読みとったことだろう。

彼は廊下に出て、そこにある戸棚の中を捜した。三番目のひきだしから、電池を四本使用する長い懐中電灯が見つかった。それを持って台所に戻った。「あったよ、ジ――」

がたがたっという音に続いて、重いものがどすんと落ちるような音がした。

地下室のドアがあいていた。

やがて悲鳴が聞こえはじめた。

## 42

マークが地下室から台所へ戻ってきたときが、ちょうど五時二十分前だった。目はうつろで、

Tシャツは血まみれだった。茫然とした、反応の鈍い目。

だしぬけに彼は絶叫した。

その声は腹の底からごうごうとせりあがってきて、喉の暗い通路を通り抜け、大きく開かれた顎から一気にほとばしった。彼は狂気のいくぶんかが頭から消えてゆくまで叫び続けた。喉がからからに干あがって、小骨でも立ったように声帯がひどく痛みだすまで叫び続けた。そうやってすべての恐怖を外に吐きだしてしまったあともなお、戦慄と怒りと絶望が、あの恐るべき重圧が、波のように地下室から押しよせてきた。バーローは地下室のどこかに隠れている

――だがもう日暮れが近い。

彼はポーチによろめきでて、風まじりの空気を胸いっぱいに吸いこんだ。ベンだ。ベンを呼んでこなくっちゃ。しかし奇妙な無気力が鉛のように彼の脚を包みこんでしまったかに思えた。そんなことをしてなんになる？　結局はバーローが勝つのだ。彼に刃向かったのは無謀の極みだった。その結果スーザンとキャラハン神父だけでなく、ジミーまでも大きな代償を払わされた。

彼の中に一本通った筋金が反論した。ちがう、ちがう、ちがう。

彼は震える脚でポーチの階段をおりて、ジミーのビュイックに乗りこんだ。キイはイグニッションにさしこんだままになっていた。

ベンを呼んでこよう。もう一度やってみるんだ。

脚が短すぎてペダルまでとどかなかった。シートを前に出してキイをまわした。エンジンがかかった。ギヤシフト・レバーをドライヴに入れてアクセルを踏んだ。車が前にとびだした。

あわててブレーキを踏んだために、ハンドルにいやというほど叩きつけられた。クラクションが激しく鳴り響いた。

ぼくは運転できないいんだ！

そのとき、理路整然とした、物知りぶった口調で話しかける父の声を聞いたような気がした。運転を学ぶときは充分注意しなくてはいかんよ、マーク。車は全面的に連邦法で規制されていない唯一の交通手段なのだ。その結果、運転者はみなアマチュアのようなものだ。アマチュアの中には自殺的な運転をするやつがたくさんいる。だからこそ充分な注意が必要なんだ。アクセルはペダルと足の間に卵が一個はさまっているつもりで慎重に扱う。うちの車みたいなオートマティック・トランスミッションの車を運転するときは、左足は全然使わなくていい。使うのは右足だけ、最初はブレーキ・ペダル、つぎがアクセル・ペダルだ。

ブレーキ・ペダルを踏んだ足をはなすと、車は私道を走りだした。舗道の縁石にぶつかったのであわててブレーキを踏んだ。フロント・グラスがすっかり曇っていた。腕でごしごしやると、ますます前が見にくくなった。

「ちきしょう」と、彼は呟いた。

ふたたびぎくしゃくと走りはじめて、大きく、酔っぱらったようなUターンをする途中で反対側の縁石に乗りあげ、ようやく自分の家の方角に走りだした。首をのばしてハンドルごしに前方に目を配らなければならなかった。右手で手探りしてラジオのスイッチを入れ、ヴォリュームをあげた。彼は泣いていた。

43

ジミーの褐色のビュイックが、酔っぱらいのようにふらふら走ってきたとき、ベンはジョイントナー・アヴェニューを町のほうに向かって歩いているところだった。彼が手を振って合図をすると、ビュイックは歩道ぎわに寄り、左の前輪を縁石にぶつけて停止した。

彼は杭作りに熱中するうちに時間のたつのを忘れてしまい、ふと時計を見ると、驚いたことに間もなく四時十分過ぎだった。彼はあわてて旋盤をとめ、二本の杭をベルトにはさんで、上へ電話をかけに行った。受話器に手をかけたときはじめて、電話が不通であることを思いだした。

急に不安になって家の外に駆けだし、キャラハンとペトリーの二台の車をのぞいた。どちらにもキイは見当たらなかった。家の中に戻ってヘンリー・ペトリーのポケットを探ることを考えたが、とてもそうする気にはなれなかった。そこでジミーのビュイックが迎えにきはしないかと目を配りながら、町のほうへ急ぎ足で歩きだした。まっすぐブロック・ストリート・スクールへ行くつもりで歩いているところへ、ジミーの車がやってきたのだった。

小走りに運転席のほうへまわると、マーク・ペトリーが……一人ぽつんとハンドルを握って坐っていた。彼は茫然とした表情でベンを見あげた。唇が動いたが声にならなかった。

「どうしたんだ？　ジミーはどこだ？」

「ジミーは死んだ」マークは抑揚のない声でいった。「バーローはまたぼくらの先手を打った。

彼はミセス・ミラーの地下室のどこかに隠れている。ジミーもそこにいるよ。ぼくは助けに地下室へおりたけど、引きあげることができなかった。やっと板を一枚見つけて自分だけ這いあがったけど、最初はあそこに閉じこめられてしまったのかと思った……ひ、日が暮れるまで……」

「いったいなにがあったんだ？　なんの話をしているんだ？」

「ジミーは青いチョークの答を見つけた。ベンド地区のある家にいるときに。青いチョークは玉突き台のチョークだと。ミセス・ミラーの地下室には、彼女の夫が使っていた玉突き台がある。ジミーは下宿に電話をかけたけど、だれも出なかったので、ぼくたちは車ででかけて行った」

マークは涙の涸れた顔をあげた。

「彼は地下室の電灯スイッチがこわれているから、懐中電灯を捜してきてくれとぼくにいった。マーステン館のときと同じだった。ぼくは懐中電灯を捜しに行った。ぼくは……流し台の上の包丁さしの包丁が一本もなくなっているのに気がついたけど、そのときはなんとも思わなかった。だから、ある意味で彼を殺したのはぼくなんだ。ぼくが不注意だった。ぼくが――」

ベンはマークの肩に手をかけて、二度激しく揺さぶった。「やめろ、マーク！　やめるんだ！」

マークはヒステリックなわめき声が口からほとばしりでるのを止めようとするかのように、両手で口にふたをした。その手の上から、大きく見開かれた二つの目がベンを見つめた。

ようやく彼は気を取りなおして続けた。「ぼくは廊下の戸棚で懐中電灯を見つけた。ジミーが地下室に落ちて悲鳴をあげはじめたのはそのときだった。彼は――彼が注意してくれなければぼくも同じように落ちていたところだった。彼の最後の言葉は、『気をつけろ、マーク』

だった」

「いったいどういうことなんだ？」

「バーローと彼の仲間が、地下室の階段をはずしてしまったんだよ」マークは生気のない声でいった。「上の二段だけ残して鋸で切り落としてしまったんだ。手摺だけはもう少し先まで残っていたのでちょっと見たところ……」マークは絶句して首を振った。「暗いもんだから、ジミーは階段があると思ったんだ」

「なるほど」ベンにはその光景が目に浮かぶようだった。急に気分が悪くなった。「で、包丁は？」

「階段の下の床に立ててあった。彼らは薄いベニヤ板に包丁を柄まで突き刺してから、柄をとりはずし、それを刃を上に向けてばらまいておいたんだ」

「ああ」ベンは悲痛な声を発した。「なんてこった」それから身をかがめてマークの肩を抱いた。「彼はほんとに死んだのか、マーク？」

「うん。彼は……六カ所も包丁が突き刺さって……出血が……」

ベンは腕の時計を見た。五時十分前。ふたたび時間に追いたてられてせっぱつまったような感じに襲われた。

「これからどうするの？」と、マークがぼんやりきいた。

「町へ行く。電話でマットと話して、それからパーキンズ・ギレスピーにも事情を話す。そして暗くなる前にバーローをしとめるんだ。なにがなんでも」

マークがかすかな、ぞっとするような微笑を浮かべた。「ジミーもそういってたよ。ぼくたちはバーローの時計を止めるんだって。だけどぼくたちは逆にバーローにやられてばかりいる。ぼくたちよりもっとましな人たちが何度も彼に挑戦して、みんな失敗したにちがいない」

ベンは少年を上から見おろしながら、なにかひどいことをいわなければなるまいと覚悟した。

「さてはおじけづいたな」

「そうとも。ぼくはこわい」マークは逆らわずに答えた。「あなたはどう?」

「ぼくだってこわいさ。しかしそれに劣らず怒りに燃えている。ぼくは大好きだった女の子をなくした。たぶん彼女を愛していたんだと思う。それからぼくたちはジミーを失った。きみは両親を失った。きみの両親はソファのダスト・カバーにおおわれて居間の床に横たわっているんだぞ」彼は思い切って最後の止《とど》めの言葉を投げつけた。「それなのに、きみは手をこまねいて見物しようというのか?」

マークは傷つき、反感をむきだしにして、ベンから尻ごみした。

「きみに手をかしてもらいたいんだよ」と、ベンはいくぶん穏やかな口調で続けた。自己嫌悪で胸がむかついた。まるでビッグ・ゲームを前にしたフットボール・コーチのような口ぶりだった。「これまでだれがバーローをやっつけようとしたか、そんなことはぼくの知ったこっちゃない。フン族の王アッティラが彼に挑戦して敗北を喫したとしても、ぼくの知ったこっちゃない。ぼくはなにがなんでもやってみるつもりだ。きみにも手をかしてもらいたい。ぼくにはきみが必要なんだ」その言葉は嘘も隠しもない真実だった。

「わかったよ」と、マークが答えた。膝の上に視線が落ちた。そこでは両の手がからみあって悲痛なパントマイムを演じた。

「元気をだせ」と、ベンがいった。

マークは絶望的な表情で彼を見あげて、「わかったよ」と答えた。

## 44

ジョイントナー・アヴェニューのはずれにあるソニーズ・エクソン・ガソリン・スタンドは営業中で、主人のソニー・ジェームズが（彼は自分と同名のカントリー・ミュージック歌手の大きなカラー・ポスターを、オイル缶のピラミッドのそばの窓に貼りだしていた）みずから応対にでてきた。彼は地中の小妖精を思わせる小男で、後退した髪をいつもクルー・カットにして、ピンク色の頭皮をあらわに見せている。

「やあ、ミアーズさん、元気かね？　おや、あんたのシトローエンは？」

「休ませてあるんだよ、ソニー。ピートはどこだい？」ピート・クックはソニーズのパート・タイムの従業員で、町に住んでいる。ソニーは町の住人ではなかった。

「今日はあらわれないんだよ。べつに困りゃしないがね。このところ商売が暇だから。なんか町じゅう火が消えちゃったようだね」

ベンはどす黒い、ヒステリックな笑いがこみあげてくるのを感じた。これは腐ったような匂いのする大波となって口から溢れでそうだった。

「満タンにしてくれ」と、彼はかろうじて笑いをこらえていった。「それから電話を使わせてもらえないかな？」

「いいとも。おい、坊や。今日は学校がないのかい？」

「ミアーズさんと校外見学をしてるんです」と、マークは答えた。「ぼく、鼻血をだしちゃったんです」

「そうか。そういえばおれのおふくろも年じゅう鼻血をだしてたっけ。鼻血は高血圧のしるしだっていうぜ、坊や。気をつけな」ソニーはジミーの車のうしろへ回って、ガソリン・キャップをはずした。

ベンは店の中に入って、ニュー・イングランドのロード・マップを並べたスタンドのそばの公衆電話のダイヤルを回した。

「カンバーランド病院です。どちらにおつなぎしますか？」

「バークさんを頼む。四〇二号室だ」

相手が交換手らしくもなく躊躇する気配だったので、ベンが病室が変わったのかと質問しようとしたとき、その声が質問した。

「失礼ですがどなたでしょうか？」

「ベンジャミン・ミアーズだ」突然マットが死んだのかもしれないという考えが、長い影のように彼の心にさしかけた。そうなのだろうか？　まさか――いくらなんでもそれはひどすぎる。「彼は元気なのか？」

「ご親戚の方ですか？」

「いや、親しい友人だ。まさか彼は――」

「バークさんは今日の午後三時七分にお亡くなりになりました、ミアーズさん。ちょっとお待ちください。コディ先生が戻っているかどうかきいてみます。たぶん――」

声はまだ続いていたが、受話器を耳に当てていたにもかかわらず、もはや言葉は彼の耳に入らなかった。この悪夢のような午後を切り抜けるために、自分がどれほどマットを頼りにしていたかということを、目眩《めまい》のするような重さとともに悟った。そのマットが死んだ。鬱血性心臓麻痺で。自然死だった。神は彼らから顔をそむけてしまったらしい。

もういいマークとぼくだけだ。

スーザン、ジミー、キャラハン神父、マット。みんないなくなってしまった。

彼は無言でパニックと戦った。

なにも考えずに受話器をおき、なかば形をなしかけた質問を断ち切った。

店から出てきたときは五時五分すぎだった。西の空では雲が散りはじめていた。

「きっかり三ドルだよ」と、ソニーが陽気に話しかけた。「こいつはコディ先生の車じゃないのかね？　この医師ナンバーを見るたびにいつか見た映画を思いだすよ。悪党仲間の一人がいつも医師ナンバーのついた車を盗む話で――」

ベンは彼に一ドル札を三枚渡した。「もう行かなくちゃならないんだ、ソニー。悪いけど、ちょっとごたごたが持ちあがってね」

ソニーが眉をひそめた。「そうか、そいつは気の毒にな、ミアーズさん。出版社から悪い知らせでもあったのかい？」

「まあそんなところだ」彼は運転席に乗りこんで、ドアをしめ、黄色いレインコート姿で見送るソニーを残して走りだした。

「マットが死んだの?」と、マークが彼の顔を見ながらきいた。

「そうだ。どうしてわかった?」

「あなたの顔にそう書いてある」

五時十五分だった。

## 45

パーキンズ・ギレスピーは町役場の小さな屋根つきのポーチに立って、ポール・モールを吸いながら西の空を眺めていた。彼はあまり気乗りしないようすでベン・ミアーズとマーク・ペトリーに視線を向けた。三流の食堂で客にだすコップの水のように、悲しげに老けこんだ顔だった。

「元気かい、保安官?」と、ベンが声をかけた。

「まあまあだよ」と、パーキンズが答えた。そして親指の爪と接するなめし皮のような皮膚のささくれだったところをじっとみつめた。「あんたたちが行ったりきたりするのを見ていたよ。さっきはレイルロード・ストリートからその子が自分で車を運転してきたようだった。そうじゃないかな?」

「そうです」と、マークが答えた。

「もう少しでぶつかるところだった。反対側からきた車がすれすれで衝突を免れたよ」

「保安官」と、ベンがいった。「この町で起こっていることをあんたに聞いてもらいたいんだ」

パーキンズ・ギレスピーはポーチの手摺にかけた両手をあげずに、口にくわえた吸いさしを吐き捨てた。そして二人の顔を見向きもせずに、静かに答えた。「その話なら聞きたくないね」

二人は唖然とした表情で彼を見た。

「ノリーのやつは今日あらわれなかった」パーキンズはあいかわらず静かな口調で続けた。「どういうわけかもう二度とあらわれないような気がする。ゆうべ遅く電話をかけてよこして、ディープ・カット・ロードでホーマー・マクキャスリンの車を見つけたといってた——たしかディープ・カット・ロードといったような気がする。それっきり連絡がない」ゆっくりと、悲しげに、水の中の人間のように、彼はシャツのポケットに手を入れて、新しいポール・モールを一本取りだした。それを親指と人さし指でつまんで、考え事をしながらくるくる回した。「このいまいましい事件は、どうやらおれの命取りになりそうだ」

ベンはもう一度やってみた。「例のマーステン館に住んでいる男だけどね、ギレスピー。彼の名前はバーローといって、いまエヴァ・ミラーの下宿屋の地下室に隠れている」

「そうかね?」パーキンズはとくに驚いたようすもなかった。「彼は吸血鬼なんだろう? 二十年前にはやったコミック・ブックに出てくるようなやつさ」

ベンはなにもいわなかった。恐ろしい悪夢の虜《とりこ》になってしまったような感じがますます強くなった。その悪夢は、目には見えないが、表面のすぐ下に隠されたゼンマイ仕掛けで永遠に動き続ける。

「おれは町を出ることにしたよ」と、パーキンズがいった。「もう荷物をまとめて車に積みこんだ。拳銃とバッジは棚の上においてきた。もうこの仕事とは縁切りだ。キタリーにいる妹のところへ行くつもりだよ。あすこまで逃げだせば安全だろう」

ベンは遠くのほうから聞こえてくるような自分の声を聞いた。「あんたは腰抜けだ、臆病者だよ。この町はまだ生きているというのに、それを見捨てて逃げだすんだからな」

「もう生きちゃいないよ」パーキンズは台所用のマッチで煙草に火をつけながらいった。「だからこそ彼がこの町にやってきたんだ。町は彼と同じように死んでいるのさ。二十年も前から死んでいるんだよ。いずれこの地方はみな同じ運命を辿るだろう。おれとノリーは二週間前に、シーズン・オフで閉鎖される直前のファルマスのドライヴ・イン・シアターへ映画を見に行った。一本目の西部劇で、二年間朝鮮半島にいた間に見たのより多くの流血と殺戮を見せられた。子供たちはポプコーンを食べながら拍手を送っていたよ」彼は漠然と町を指さした。町は西日の弱々しい光に照らされて、この世のものとも思えないほど金色に染まり、夢の中の村のように横たわっていた。「あの子供たちならおそらく喜んで吸血鬼になりたがるだろう。しかしおれはいやだ。ノリーが今夜からおれの後釜に坐るだろう。とにかくおれは町を出るよ」

ベンは絶望的なまなざしを彼に向けた。

「あんたたちもその車で町を出たらどうかね？　町はおれたちなしでもやっていける……当分の間は。そのうちにどうでもよくなるだろう」

そうだ、とベンは思った。なぜ彼のいう通りにしないんだ？

マークが二人にかわってその理由を明らかにした。「だって彼は悪いやつだよ、保安官。すごく悪いやつだ、だから彼をやっつけなきゃ」

「そうかね？」パーキンズはうなずいてポール・モールを吸った。「ま、それもいいだろう」

それから合同ハイスクールのほうに視線を向けて、「今日は出席者がえらく少なかった、少なくともザ・ロットの生徒たちは。バスは遅れるし、子供たちは病気になるし、学校から欠席した生徒の家に電話をかけてもだれも出ない。事務員がおれのところに電話をしてきたんで、少し慰めてやったよ。頭の禿げたおかしな小男でね、自分のやってることはなんでも知っていると思いこんでいる。ま、いずれにしろ先生たちはいる。大部分はこの町に住む人間じゃないからね。先生同士で教えっこでもするさ」

マットのことを思いだして、ベンがいった。「みんながみんな町の外に住む先生ばかりじゃないよ」

「そんなことはどうだっていい」パーキンズはベンのベルトにはさんだ杭に目を向けた。「そいつであの男をやるつもりかね？」

「そうだ」

「よかったらおれの暴動鎮圧用の銃を持ってゆくといい。そいつはノリーのアイディアでね。ノリーのやつは銃を持ち歩きたがる。町には強盗が入るような銀行が一軒もないのにだ。しかしあいつなら、こつさえのみこんだら優秀な吸血鬼になれるだろう」

マークはしだいに反感をつのらせながら彼をみつめていた。ベンは早くマークをここから連れださなければと思った。

「行こう」と、彼はマークにいった。「彼はどうしようもない」

「その通り」と、パーキンズがいった。彼は皺に埋もれた生気のない目で町を眺めた。「えらく静かだ。メイベル・ワーツが双眼鏡でのぞき見をしているのを見たが、今日はあまり見るものがないだろう。夜になれば見どころはふえるだろうが」

彼らは車に戻った。もうすぐ五時三十分だった。

46

彼らは六時十五分前に聖アンドルー教会の前で車を停めた。長くなった教会の影が司祭館のほうにのびて、予言のようにその建物をおおっていた。ベンはジミーの鞄をバックシートから引きよせて、中身をあけた。小さなアンプルをいくつか見つけて、薬液を窓から捨て、容器だけ残した。

「それをどうするの？」

「聖水をつめるんだ」と、ベンが答えた。「さあ行こう」

彼らは教会のほうへ歩いて行って階段をのぼった。中央のドアをあけようとしたマークが、ふと手を止めて指さした。「これを見て」

把手が黒焦げになって、まるで高圧電流でも流されたようにひしゃげていた。

「なにか思い当たることでもあるのかい？」

「ううん、ないよ。だけど……」マークはかぶりを振って、まだ形をなさない考えを追いはらった。それからドアをあけて中に入りこんだ。教会の内部は冷たく、灰色で、白い信仰と黒い信仰の別なく、無人の祭壇に共通するあの無限の意味深長な休息に満ちみちていた。

二列の信者席は広い中央通路にへだてられ、通路の両側には聖水盤を持った二つの石膏の天使像が立っていた。天使たちは水に映った自分の姿をとらえようとするかのように、穏やかなやさしい顔で下をのぞきこんでいた。

ベンはアンプルをポケットにしまいこんだ。「顔と手を聖水に浸すといい」と、彼はいった。

マークは困ったような顔をして彼を見た。「でも、それは、ぼ——ぼう——」

「冒瀆《ぼうとく》か？　いや、場合が場合だから許されるよ。さあ、早く」

彼らは聖水に両手を沈め、目をさましたばかりの人間が目に冷たい水をかけて、そのショックで現実を呼び戻すように、顔にばしゃばしゃと水をかけた。

ベンがポケットからアンプルを取りだして、一本目に聖水をつめているとき、鋭い声が彼らを咎めた。「ねえ！　あなた方！　そこでなにをしているんです？」

ベンが声のするほうを振りかえった。キャラハン神父の家政婦、ローダ・カーレスが、信者席の最前列に坐って一心にロザリオを繰っていた。黒いドレスの裾からスリップがのぞいていた。髪はばらばらに乱れ、五本の指がそれをかきあげた。

「神父さまはどこです？　そこでなにをしているんです？」弱々しくかぼそい、いまにも泣きだしそうな声だった。

「あなたはだれだ？」と、ベンがきいた。

「ミセス・カーレスです。キャラハン神父さまの家政婦をしている者です。神父さまはどこにいるんですか？　あなた方はここでなにをしているんですか？」彼女は両手を合わせて揉手《もみで》をはじめた。

「キャラハン神父は行ってしまった」と、ベンはできるだけ穏やかにいった。

「そうですか」彼女は目を閉じた。「あの方はこの町を苦しめているものと戦ってらしたのですね？」

「そうだ」

「わたしは知っていました。あの方にたずねるまでもなくわかったんです。あの方は強い、りっぱな神父さまでした。ベルジュロン神父さまの後釜《あとがま》には不足だという声もありましたけど、そんなことはありません。むしろあの方のほうが器が大きすぎたのです」

彼女は大きく目を見開いて彼らをみつめた。左の目から一条の涙がこぼれ落ちて頬を伝った。

「あの方は戻っていらっしゃるでしょうか？」

「それはわからない」

「世間はあの方のお酒のことをとやかくいいました」と、まるでベンの答を聞いていなかったかのように言葉を続けた。「アイルランド人の司祭で一度も酒壜に手を触れたことのない人の中に、世のためになるりっぱな人が一人でもいたでしょうか？」彼女の声はしゃがれた、ほとんど挑戦的な叫びとなって円天井のほうへ立ちのぼった。「あの方こそ真に男らしい、本物の司祭でしたよ！」

ベンとマークは言葉もなく、驚きもなく、それを聞いていた。この夢でも見ているような一日には、もはやどんな驚きも残されていなかった。もう驚きの入りこむ余地はどこにもなかった。彼らは自分たちを行為者とも、復讐者とも、あるいは救世主とも考えていなかった。この一日が彼らを呑みこんでしまい、彼らは無力に生きているだけだった。

「あなた方が最後にお会いになったとき、あの方は強いお方でしたか？」と、彼女がたずねた。

涙が妥協を許さぬ彼女の目の鋭さをいちだんと強めていた。

「ええ」と、マークが自分の家の台所で十字架を高々とかかげたキャラハン神父の姿を思いだしながら答えた。

「で、あなた方がこれからあの方の仕事を引きつぐのですね？」

「そうです」と、ふたたびマークが答えた。

「では、しっかりやってください。なにを待っているのですか？」そういい残して、彼女は中央の通路を遠ざかって行った。喪服に包まれたその姿は、この教会でおこなわれなかった葬儀のただ一人の会葬者だった。

47

ふたたびエヴァの家——そしてこれが最後になるだろう。六時十分になっていた。太陽は西の松林の上まで傾き、雲の切れ目から血の色をのぞかせていた。

ベンは駐車場に車を乗り入れて、物珍しげに自分の部屋を見あげた。カーテンがあいていて、歩哨のように立っているタイプライターと、そのかたわらの、ガラス玉の文鎮をのせた原稿の束が見えていた。世の中のすべてが秩序整然としているかのように、それらのものがこの場所からはっきり見えることが意外だった。

彼は裏のポーチに視線を向けた。スーザンと最初のくちづけを交わしたロッキング・チェアが、そのときと少しも変わらずに二つ並んでいる。台所に通じるドアは、マークがあけはなしたままになっていた。

「ぼくはいやだ」と、マークがいった。「行きたくない」恐怖で見開かれた白っぽい目。彼は両膝を抱えこむようにしてシートにうずくまっていた。

「二人一緒に行かなきゃだめだ」といいながら、ベンは聖水の入った二個のアンプルをさしだした。マークはそれに手を触れれば皮膚を通して体内に毒が流れこむとでもいうように、ぞっとした表情で身を引いた。

「さあ、行こう」ほかに言葉が見つからなかった。「勇気を出して」

「いやだ」

「マーク！」

「ぼくは行きたくない！」

「マーク、きみが必要なんだ。もう残ったのはきみとぼくだけなんだよ」

「ぼくはもう充分やったよ！」と、マークは叫んだ。「これ以上はできない！　わからないの、ぼくは彼の顔を見るのがこわいんだよ！」

「マーク、この仕事はぼくたち二人でやらなきゃだめなんだ。きみにはそれがわからないのか？」

マークはアンプルを受けとって、ゆっくりと胸に押しつけた。「ああ！」と呻いて、ベンのほうを見ながらうなずいた。ぎくしゃくと苦痛にみちた頭の動きだった。「わかったよ」と、彼はいった。

「ハンマーはどこだ？」と、車からおりるときにベンがきいた。

「ジミーが持ってるよ」

「よし」

彼らは吹きつのる風の中をポーチの階段のほうへ歩いて行った。太陽は雲の切れ目から赤々と輝き、ものみな赤く染めていた。台所に入りこむと、死の匂いがじっとりと、花崗岩のように重々しく押し寄せた。地下室のドアはあいていた。

「こわいよ」と、マークが震えながらいった。

「こわくて当り前だよ。懐中電灯はどこだ？」

「地下室にある。さっきぼくが……」

「よし、わかった」彼らは地下室の入口に立った。マークがいった通り、日暮れの光の中で階段はどうもなっていないように見えた。「あとからついてきてくれ」と、ベンがいった。

## 48

ベンはいともあっさり考えた。ぼくはこれから死にに行くのだと。

その考えはごく自然に浮かんできて、そこには恐怖も後悔もなかった。心の内側に向かう激しい感情は、この家をおおう圧倒的な悪の雰囲気の下で失われてしまっていた。マークが脱出するときに使った板の上を滑って地下室におりて行くとき、彼が感じたのは、氷のように冷たい異様なほどの冷静さだけだった。両手が目に見えない手袋でもはめたように光り輝いていたが、べつに驚きもしなかった。あるをようだのフィナーレにしておこう。唯一の皇帝はアイスクリームの皇帝だ。これはだれの言葉だったろうか？　マット？　マットは死んだ。スーザンも死んだ。ミランダも死んだ。そしてウォレス・スティーヴンズも死んだ。おれがあんただったら見ないがね。しかし彼は見てしまった。人が死ぬときはああいうものだろう。さまざまな色の液体のつまったものを押しつぶしたような眺め。さほどひどい眺めではなかった。少なくとも彼の死ほどには醜くない。ジミーはマクキャスリンのピストルを持っていたが、たぶんまだ彼のポケットに入っているだろう。それをポケットから取りだして、万一バーローを見つけだす前に日が暮れてしまったときは、まずこの少年を、そしてつぎに自分自身を……決していい眺めではないが、彼の死よりはましだろう。

彼は地下室の床におり立って、マークを助けおろした。少年の目が床の上の黒々とうずくまったものをちらと見て、それからさっと横を向いた。

「見たくないよ」と、彼はかすれた声でいった。

「見なくてもいいさ」

マークは顔をそむけ、ベンがひざまずいた。包丁の刃が竜の歯のように突っ立ったベニヤ板の凶器を押しのけてから、そっとジミーの体をあおむけにした。

おれがあんただったら見ないがね。

「ああ、ジミー」と彼はいいかけたが、言葉はぱっくり傷口をあけて彼の喉で血を流した。彼は左の胸にジミーの頭を抱えて、右手でバーローの刃を抜いた。包丁は全部で六本あって、ジミーは大量に出血していた。

地下室の隅の棚に、きちんと折りたたまれた居間のカーテンがのっていた。彼は拳銃と懐中電灯とハンマーを取りのけてから、それを運んできてジミーの遺体をおおった。

彼は立ちあがって懐中電灯をつけてみた。プラスチックのレンズ・カバーは割れていたが電球は無事だった。それで周囲を照らしてみたがなにもなかった。玉突き台の下にもなにもない。暖房用の炉のうしろも空っぽだった。壜詰のずらりと並んだ棚、道具掛け。それに鋸で切りはなされて、台所から見えないように隅のほうにかたづけられた階段。それはどこへも通じない足場を思わせた。

「やつはどこに隠れているんだ?」と、ベンが呟いた。時計を見ると六時二十三分だった。日没は何時だったろうか?　彼は思いだせなかった。遅くとも六時五十五分には日が暮れるだろう。とすると、残された時間は三十分そこそこだ。

「いったいどこなんだ?」と、彼は叫んだ。「たしかに彼を感じる、だがどこだかわからない」

「ねえ!」マークが光り輝く手であるものを指さした。「あれはなに?」

ベンはその方向に電灯を向けた。食器戸棚《ウエルシュ・ドレッサー》が光の中に浮かびあがった。「これじゃ小さすぎるよ」と、彼はいった。「それに、壁にぴったり接している」

「裏側を見てみよう」

ベンは肩をすくめた。彼らは食器戸棚に近づいて行って、両端にわかれて立った。急に体じゅうがぞくぞくしてきた。匂いというか、霊気というか、名前はどうであれ、そういったものがここではいちだんと強く感じられた。

ベンはあいたままになっている台所のドアをちらと見あげた。光はいよいよ薄れ、金色の輝きが失われかけていた。

「重すぎるよ」と、マークがあえぎながらいった。

「だいじょうぶ。持ちあげなくても倒すだけでいい。しっかり持って」

マークは前かがみになって戸棚に肩を押し当てた。光り輝く顔からぎらぎらする目がのぞいていた。「いいよ」

二人が力を合わせて押すと、食器戸棚はエヴァ・ミラーのはるか昔の婚礼の食器がこわれる、骨の鳴るような音をたてて床に倒れた。

「やっぱり！」と、マークが勝ち誇るように叫んだ。

食器戸棚で隠されていた壁に、胸の高さの小さなドアがあらわれた。新しいエール錠が掛金を固定していた。

ハンマーで二度力まかせに殴りつけたが、錠はこわれそうもなかった。ベンは小声で、「くそっ！」と呟いた。苦い失望が喉にこみあげてきた。この期《ご》に及んでわずか五ドルのエール錠に邪魔されるとは——

冗談じゃない。いよいよとなったら、歯でドアを食い切ってでも中に入りこんでやる。

彼は電灯でぐるりを照らした。階段の右手にある道具掛けの板が光の中に浮かんだ。その二本の釘に、刃の部分にゴムのカバーをかけた斧が掛かっていた。

彼は道具掛けに走り寄って、斧をひったくり、ゴムのカバーをはずした。ポケットからアンプルを取りだして、床に落とした。聖水が床にこぼれて光り輝いた。もう一本のアンプルを取りだして小さなキャップを回し、斧の刃に聖水をそそいだ。斧は不気味な光を放ちはじめた。木の柄に両手をかけると、信じられないほどしっくりと手になじんだ。まるでグリップが彼の肉体の一部になったような感じだった。そうやって斧を手に持ち、光り輝く刃の部分を眺めているうちに、ある種の奇妙な衝動に駆られて、刃に額を当てた。すると不動の確信が、正義の、白の感覚が、彼に乗り移った。この数週間ではじめて、もはや自分は確信と不安の霧の中を手探りで進んでいるのではない、その肉体があまりに実体を欠くために打撃を支えきれないようなパートナーを相手にしてスパーリングをやっているのではない、という自信が湧いてきた。

　力が高圧電流のように唸りを生じて彼の腕を駆けのぼった。

　斧の刃はますます強く光り輝いた。

「早くやって！」と、マークが催促した。「お願い、早く！」

ベン・ミアーズは足を拡げ、斧を振りかざして、残像となって網膜に残る光の弧を描きながら、はっしと斧を振りおろした。斧の刃はがつんという不吉な音を発して深々と木に食いこんだ。木っ端がぱらぱらと飛び散った。

　彼は斧を引き抜いた。木がぎちぎちと軋んだ。二度、三度、四度と斧を振りおろす。背中と腕の筋肉がよじれ、からみあい、かつて知らぬ確かな、力強い動きを示した。一撃ごとに榴霰《りゅうさん》弾《だん》のように木屑が飛び散った。五度目の一撃でドアに穴があくと、すさまじいスピードでその穴を拡げはじめた。

　マークは驚きの目で彼を見守った。冷たく青い火が斧の柄を伝わって両腕に燃え拡がり、まるで火の柱の中で斧をふるっているように見えた。首は一方にかしぎ、首筋には太い筋肉が盛りあがり、片方の目はぎらぎらと見開かれ、もう一方の目はぎゅっと閉じられていた。シャツの背中がはりつめた両肩の力で真中から引き裂かれ、皮膚の下で筋肉がロープのようにうごめいた。彼は憑《つ》かれた人間だった。マークは彼に取り憑いたものがキリスト教的な力とは無縁であることを、知識としてではなく（知る必要はない）理解した。それはより根源的で、より原始的な善の力だった。それはむきだしの塊となって地中から吐きだされた鉱石だった。まだ磨かれていない力、宇宙の巨大な車輪を動かす力だった。

エヴァ・ミラーの地下の穴蔵のドアも、その力には抗すべくもなかった。斧はほとんど目にもとまらぬスピードで動きはじめた。それは小波《さざなみ》となり、振りおろされる弧となり、ベンの肩の上から木っ端みじんに叩きこわされたドアにかかる虹となった。

彼は最後の一撃を加えてから斧を投げ捨てた。両手を目の前にかざした。その手はまばゆい光を発した。

彼はマークのほうに両手をさしだした。少年は尻ごみした。

「きみを愛している」と、ベンはいった。

彼らは固く手を握りあった。

## 49

穴蔵は独房のように狭く、埃まみれの壜が数本、木箱がいくつか、あちこちに芽を吹いた古いジャガイモの入った埃だらけの籠——それに人間が数人横たわっているだけだった。バーローの柩《ひつぎ》はミイラの入った石棺のように奥の壁に立てかけられ、その紋章が彼らの持ちこんだセント・エルモの火のような光の中で冷たく輝いていた。

柩の前に、ベンが同じ屋根の下に住んで食事をともにしてきた人々が、まるで線路の枕木のように横たわっていた。エヴァ・ミラー、その隣のウィーゼル・クレイグ、二階の廊下のはずれに住んでいたメイブ・マリカン、関節炎のために朝食をとりに下までおりてくるのがやっとだったジョン・スノー、それにヴィニー・アプショーとグローヴァー・ヴェリルたち。

二人は彼らの体を跨《また》いで柩のそばに立った。ベンが時計を見た。六時四十分。

「向うへ運びだそう」と、ベンがいった。「ジミーのそばがいい」

「重すぎて無理だよ」

「だいじょうぶ」ベンは試すように手をのばして、柩の右肩をつかんだ。紋章が熱狂した目のように輝いた。木の柩はぞっとするような感触で、長い年月をへて石のように滑らかだった。木には気孔が一つもなく、指先に感じられるどんな瑕瑾《かきん》もないように思われた。だがそれは片手で楽々と動いた。

彼がほんのわずか力を入れただけで、あたかも目に見えない平衡おもりが作用しているかのように、柩がぐらりと前に傾いた。中でごとんと音がした。ベンは片手で柩の重みを受けとめた。

「さあ、そっちを持ってくれ」

マークが反対側の端を軽々と持ちあげた。少年の顔が快い驚きに満ちた。「指一本で持ちあげられそうだよ」

「そうとも。とうとうつきがぼくらのほうに回ったんだ。しかし、急がなきゃならない」

彼らはこわれたドアの外に柩を運びだした。いちばん幅の広い部分が戸口につかえそうだったので、マークが頭をさげてぐいと押した。ぎぎっと軋み音をたてて、柩は苦もなく通過した。彼らはエヴァ・ミラーのカーテンにおおわれて横たわっているジミーのかたわらに柩を運んでいった。

「とうとうつかまえたよ、ジミー」と、ベンがいった。「やつはいまきみの目の前にいる。おろすんだ、マーク」

彼はもう一度時計を見た。六時四十五分。台所のドアを通ってさしこんでくる光はいまや青白い灰色に変わっていた。

「いいかい?」と、マークがきいた。

彼らは柩の上で目を見合わせた。

「いいぞ」と、ベンが答えた。

マークが反対側に回り、二人は柩の錠の前に並んで立った。一緒に腰をかがめて錠に手を触れたとたんに、それはぴしっと音をたててひとりでにはずれた。彼らは蓋を持ちあげた。

バーローは目をあけたままで横たわっていた。

目の前にあらわれたバーローは若い男だった。光沢のある生き生きとした黒髪が、狭い柩の頭部の繻子《しゅす》の枕の上に流れ落ちていた。肌は生気に満ちて光り輝いていた。頬はワインのように赤かった。象牙のような黄色い筋の入った白い歯が、厚ぼったい唇の外に反りかえっていた。

「彼は――」といいかけて、マークは絶句した。

バーローの目がぞっとするような生気と嘲り勝ち誇ったような表情をたたえて、眼窩《がんか》の中でぎょろりと動いた。その視線がマークの視線をとらえた。マークは茫然自失した表情で、魅入られたようにバーローの目をのぞきこんだ。

「目を見ちゃいかん！」と、ベンが叫んだが、時すでに遅かった。

彼はマークを突きとばした。マークは喉の奥でくぐもった泣き声をたてながら、突然ベンに襲いかかった。ベンは不意をつかれてよろめき、後退した。間髪を入れず少年の手が上衣のポケットからホーマー・マクキャスリンのピストルを取りだしていた。

「マーク！　やめろ――」

だが少年は聞いていなかった。顔は洗われた黒板のように無表情だった。喉の奥から罠にかかった小動物のような泣き声が依然として洩れ続けていた。両手でしっかりとピストルを握っていた。ベンは自分にもマークにも銃口を向けないようにしながら、少年の手からピストルを奪いとろうとしてもみあった。

「マーク！」彼は大声でどなった。「目をさますんだ、マーク！　頼むから――」

銃口が彼の頭のほうを向き、引金が引かれた。弾丸が彼のこめかみをかすめた。彼はマークの両手を押さえて片足で蹴った。マークがよろよろと後ずさり、ピストルが手からはなれて二人の中間の床に転がった。少年が泣きながらピストルを拾おうとするところへ、ベンが渾身の一撃を口に見舞った。唇が歯に当たってびしゃっとつぶれるのを感じたとき、ベンは自分が殴られでもしたように悲鳴を発した。マークががっくりと床に膝をつき、ベンがピストルを遠くへ蹴とばした。マークが這ってピストルを追いかけようとするのを見て、ベンはもう一度パンチを見舞った。

少年はふっと疲れたような吐息を洩らして気を失った。

さきほどまでの力も、確信も、いまは失われていた。彼はいまやただのベン・ミアーズに戻り、しかも恐怖におののいていた。

台所の戸口からさしこむ四角い光が薄紫色に変わっていた。時計の針は六時五十一分をさしていた。

巨大な力が彼の顔を引き寄せて、かたわらの柩の中に横たわる、バラ色の飽食した寄生虫に、目を向けさせようとしているかのようだった。

おれをよく見ろ、虫けらめ。お前が一冊の本を手にして煖炉の前で何時間かをすごすように、何世紀もの間生き抜いてきたこのバーローを見ろ。お前がその貧弱な杭で葬り去ろうとした偉大な夜の生きものをとくと見ろ。おれをよく見るのだ、三文文士め、おれは人間の命で書いてきた、そして血がおれのインクだった。おれを見て絶望の淵に沈め！

ジミー、ぼくにはできない。もう手遅れだ、彼はあまりに強すぎる——

**おれを見ろ！**

六時五十三分。

マークが床の上で呻いた。「ママ、ママ、どこにいるの？　頭が痛いんだ……それにここは暗い……」

きみには去勢歌手として、わたしの教会の合唱隊に加わってもらうことにしよう……

ベンはベルトにはさんだ杭を一本抜こうとして、手から取り落とし、絶望的な叫びを発した。

外では、すでに太陽がジェルーサレムズ・ロットを見捨てていた。消え残った最後の光が、マーステン館の屋根の上を漂っていた。

彼は杭を拾いあげた。だが、ハンマーはどこだ？

それは穴蔵のドアのそばにあった。ドアの錠をこわすときに使ったのだ。

彼は急いでドアに近づき、ハンマーを拾った。

マークは口を血だらけにして床に坐りこんでいた。片手で口を拭って、茫然として血をみつめた。「ママ！」と、彼は叫んだ。「ママ、どこにいるの？」

六時五十五分。光と闇が完全に均衡した。

ベンは左手に杭、右手にハンマーを握って、暗くなってゆく地下室の中を駆け戻った。

突然、勝ち誇ったような哄笑《こうしょう》が響きわたった。バーローがその赤い目に身の毛もよだつような勝利の輝きをたたえて、柩の中で起きあがりつつあった。その目と自分の目が出会った瞬間、ベンは意志の力が尽きようとするのを感じた。

ひきつったような異様な叫びを発して、杭を頭上に振りかざし、風を切り、弧を描いてそれを振りおろした。尖った杭の先端がバーローのシャツを切り裂き、その下の肉に食いこむたしかな手応《てごた》えがあった。

バーローが傷ついた狼の吠え声のような不気味な叫び声を発した。突き刺さった杭の勢いに押されて、彼はふたたび柩の中にあおむけに倒れた。指を鉤のように曲げた両手が持ちあがって、激しく空《くう》をかきむしった。

ベンが杭の頭にハンマーを打ちおろすと、バーローがまた絶叫した。墓のように冷たい片手が、杭を握るベンの左手をつかんだ。

ベンは柩の中に入りこんで、バーローの膝を自分の膝でしっかりとおさえつけた。そして憎しみと苦痛にゆがんだ相手の顔を見おろした。

「はなせ！」と、バーローが叫んだ。

「どうだ、悪党」ベンは泣きながらいった。「思い知ったか、吸血鬼め」

彼はふたたびハンマーを打ちおろした。血が冷たくほとばしって、一瞬ベンの視界をさえぎった。バーローの頭が繻子《しゅす》の枕の上で激しく左右に揺れた。

「はなせ、よくもこんな——」

彼は何度も何度もハンマーを振りおろした。バーローの鼻孔からどっと血がふきだした。全身が銛《もり》で仕止められた魚のように柩の中でのたうった。両手がベンの頬に爪を立てて、長い傷をつくった。

**「はなせえええええ——」**

ハンマーの最後の一撃とともに、バーローの胸からどくどくと溢れでる血の色がどす黒く変わった。

そして、消滅。

それはわずか二秒間の出来事だった。あとになって白日のもとで思いかえせば、信じられないほどすばやい出来事だったが、それでいてぞっとするようなストップ・モーションで、夜な夜な繰りかえし悪夢の中によみがえるほどゆっくりした出来事でもあった。

まず皮膚が黄ばんで、ざらざらになり、古いキャンヴァスのようにぶつぶつができた。目の色が薄くなり、白い膜がかかったようになって、眼球が落ちこんだ。髪の毛が白くなって、羽毛のようにはらはらと脱け落ちた。黒い服の中の肉体が縮んで平べったくなった。唇がめくれあがって口がどんどん大きくなり、やがて鼻まで拡がって、口の形に丸く突きでた歯の輪の中に消えた。爪が黒く変色して剝がれ、骨だけになった指に残された指輪がカスタネットのような乾いた音をたてた。シャツの繊維の目から埃が立ちのぼった。毛がすっかり脱け落ちて皺だらけになった頭がしゃれこうべと化した。支えを失ったズボンが、黒い絹をまとった二本の箒の柄のようにぺしゃんこになった。一瞬恐ろしく力の強い案山子《かかし》が下で激しくあばれるのを感じて、ベンはしめつけられたような恐怖の叫びをあげながら、柩の中からとびだした。だがバーローの最後の変容から目をはなすことは不可能だった。まるで催眠術にかかったようなものだった。肉の落ちたしゃれこうべが繻子の枕の上で激しく左右に揺れ動いた。むきだしの顎骨が、大きく開かれて声にならない叫びを発した。骨だけになった指が、闇の中でマリオネットのようにかちかちと音をたてて踊りくるった。

異臭がぷうんと鼻をついて消えた。一瞬の強烈な匂い、ぞっとするような生ぐさい腐臭。かびくさい図書館の匂い。つんとくる埃っぽい匂い。やがていっさいの匂いが消えた。抗議するかのようにぴくぴく動いていた指の骨が、鉛筆のようにばらばらになって横たわった。しゃれこうべの鼻腔が拡がって口腔とひとつになった。二つの眼窩が肉のない驚きと恐怖の表情をおびて拡がり、やがてひとつに合わさって消えた。しゃれこうべは明朝《みんちょう》の古い花瓶のように陥没した。着衣はぺしゃんこになり、汚れた洗濯物のように見ばえがしなくなった。

それでもなお、バーローは執拗にこの世にしがみついていた——塵と化したあともなお、微細な塵の悪魔となって柩の中でのたうちまわった。やがて、突然、なにかが強い風のように体をかすめて吹き抜けるのを感じて、ベンは思わずぶるぶるっと身震いした。同時にエヴァ・

ミラーの下宿屋の窓という窓が一枚残らず外に向かって破裂した。

「気をつけて、ベン！」と、マークが叫んだ。「あぶない！」

彼がくるりとうしろを向くと、彼らがぞろぞろ地下貯蔵室から出てくるのが見えた――エヴァ、ウィーゼル、メイブ、グローヴァーたちが。彼らの出番がやってきたのだ。

マークの叫びが巨大な半鐘の音のように耳にこだました。彼はマークの肩をつかんだ。

「聖水がある！」と、マークの恐怖でゆがんだ顔に向かって叫んだ。「彼らは指一本触れられない、ない！」

マークの叫びが弱々しい泣き声に変わった。

「板をよじのぼれ。ここから出るんだ」ベンは階段がわりの板の前に少年を立たせて、尻をぽんと叩いた。少年が板をよじのぼるのを見とどけてから、振りかえって亡者《アンデッド》の群をにらみつけた。

彼らはおよそ十五フィートほどの距離をおいて、人間のものとも思えない無気力な憎しみの表情を浮かべながら立っていた。

「お前はご主人様を殺した」と、エヴァがいった。その声にはほとんど悲しみに近い響きがあった。「なんということをしてくれたの」

「ぼくはまた戻ってくる」と、ベンはいった。「お前たちを一人残らず殺しに戻ってくる」

彼は両手を使って板をよじのぼった。板は彼の体重で軋んだが、どうにかもちこたえた。登りきったところで振り返って下を見おろした。彼らは柩を囲んで、黙々と中をのぞきこんでいた。それは事故の後ミランダの死体を取り囲んだ弥次馬の群を思いださせる光景だった。

彼はマークの姿を目で探した。少年はポーチのドアのそばにうつぶせに倒れていた。

## 50

ベンは少年が気を失っただけだと自分にいい聞かせた。事実そのようだった。脈は力強く、規則的だった。両手に少年を抱いてシトローエンのほうに運んで行った。

運転席に坐ってエンジンをかけた。レイルロード・ストリートに車を乗り入れるころになって、遅れてやってきた反動が殴りつけるような激しさで彼を襲い、口まで出かかった叫び声を手でおさえなければならなかった。

彼らが、夜歩く死者たちが、通りに満ちみちていた。

全身が氷のように冷たくなるかと思うと、火のように熱くなった。彼はがんがんする頭を抱えてジョイントナー・アヴェニューへと左折し、セイラムズ・ロットから逃げだした。

# 第十五章　ベンとマーク

## 1

マークは徐々に目ざめた。シトローエンの間断ないエンジンの音でふっと意識を取り戻すのだが、頭にはいかなる考えも記憶も浮かばなかった。やがてようやく窓の外を眺めたとき、底知れぬ恐怖がそのざらざらした両手で彼をとらえた。外はすっかり暗くなっていたからである。両側の木々はぼんやりした影となって彼方に飛び去っていき、すれちがう車はパーキング・ライトとヘッドライトをつけていた。彼は吐気をもよおしたような、言葉にならない呻き声を洩らして、まだ首にさがっている十字架に夢中で手をのばした。

「落ち着け」と、ベンがいった。「もうここは町の外だ。二十マイルもはなれている」

少年はベンの肩ごしに手をのばして、ベンに運転を誤らせる危険を冒しながら、運転席の側のドアをロックした。つぎに身をひるがえして反対側のドアもロックした。それからゆっくりとシートの上にうずくまって体を丸めた。そしてなにも思いださないことを祈った。頭の中が空っぽの状態であるほうがむしろ快かった。恐ろしい光景を思いださずに済む心の空白ほど快いものはなかった。

シトローエンのエンジンの響きが心を慰めた。ブルルルルル。心のやすらぎ。彼は目をつむった。

「マーク？」

返事をしないほうが安全だ。

「マーク、だいじょうぶか？」

ブルルルルル。

「――マーク――」

遠くで自分の名前を呼ぶ声が聞こえる。それでいい。快い空白が戻ってきて、灰色の影が彼を包みこんだ。

## 2

ベンはニュー・ハンプシャーとの州境を越えてすぐのところにあるモーテルに泊まって、ベン・コディおよびその息子と宿帳に記入した。マークは十字架を前に突きだしながら部屋に入った。二つの目が罠にかかった小動物のようにきょろきょろと左右をうかがった。ベンがドアをしめて鍵をかけ、把手に自分の十字架をぶらさげるまで、十字架から手を放さなかった。カラー・テレビがあったので、ベンはしばらくそれを見た。アフリカの二つの国が戦争を始めていた。大統領が風邪を引いたがたいしたことはなかった。ロサンゼルスでは正気を失った男が十四人を射殺していた。天気予報は雨で――メイン州北部は小雪がちらつく見込みだった。

## 3

セイラムズ・ロットは暗黒の眠りに沈み、吸血鬼たちは凶事のかすかな記憶のように町の通りや田舎道を歩きまわっていた。そのうちのある者は死の影の中から姿をあらわして、子供だましの狡猾さを取り戻していた。ローレンス・クロケットはロイヤル・スノーに電話をかけて、カード・ゲームでもやらないかとオフィスに誘っていた。ロイヤルがやってきてオフィスに足を踏み入れたとたんに、ローレンスと妻が彼に襲いかかった。グリニス・メイベリーはメイべル・ワーツに電話をかけて、一人でいるのがこわいから、夫がウォーターヴィルから帰るまで一緒にいてくれないかと頼みこんだ。メイベルはそれを聞いて自分でもほっとしながら、二つ返事で承知した。それから十分後にメイベルがドアをあけると、グリニスが一糸まとわぬ裸で、片手にハンドバッグをかけ、飢えた巨大な牙をむきだして目の前に立っていた。メイベルは悲鳴をあげるだけの余裕があったが、それも一声だけだった。デルバート・マーキーが八時をまわった直後に客の一人もいない店の外に出たとき、カール・フォアマンとホーマー・マクキャスリンが暗がりからあらわれて、一杯やりにきたと声をかけた。ミルト・クロッセンは閉店時間の直後に上顧客や昔なじみの一団の訪問を受けた。ジョージ・ミドラーはいつも彼の店に買物にきては、小ばかにしたような目つきで彼を見るハイスクールの生徒たちの何人かを訪問した。そして自分のどす黒い妄想を現実にした。

観光客や通過旅行客が依然として十二号線を通っていたが、ザ・ロットを通過するときに彼らの目についたのはエルクス慈善保護会の広告板と、時速三十五マイルの制限標識だけだった。彼らは町を出たとたんに速度六十マイルにあげ、おそらくなんてさびれた田舎町だろうと思っただけで、あとはこの町のことを忘れてしまうだろう。

町はその秘密を保ち続け、マーステン館は死せる王のようにその上に君臨し続けていた。

## 4

あくる日の夜明けに、ベンはマークをモーテルの部屋に残して町に戻ってきた。途中ウェストブルックの客の多い金物屋に寄って、シャベルとつるはしを買いもとめた。

セイラムズ・ロットはいまにも雨が落ちてきそうな暗い空の下に静かに横たわっていた。通りにはわずかな車しか見えなかった。スペンサーズはあいていたが、エクセレント・カフェはしまっていて、グリーンのブラインドは残らず引きおろされ、窓にはりだしたメニューも取り除かれ、日替りの特別料理を知らせる小さな黒板もきれいに拭き消されていた。

人気《ひとけ》のない通りが彼を骨まで凍らせ、あるイメージが心に浮かんできた。それはあるロックンロールのアルバムで、ジャケットには黒のバックに横顔を浮かせて、奇妙に男っぽい顔に血のように赤いルージュと頬紅を塗りたくった女装の男性の写真があしらってあった。アルバムのタイトルは、『彼らは夜だけあらわれる』だった。

彼はまずエヴァの家へ行って、二階にあがり、自分の部屋のドアをあけた。部屋は出て行ったときのままで、ベッドも乱れていた。机の下にあるブリキのくず籠を部屋の中央に引きだした。

原稿の束をくず籠に投げこんで、表紙を破って点火用のこよりを作った。ライターでこよりに火をつけて、充分に燃えあがってからタイプ原稿の上に投げた。焰がタイプ用紙の味見をし、味が気に入ったらしく、めらめらと拡がっていった。隅が茶色に変色し、めくれあがって黒焦げになった。くず籠の中から白っぽい煙がうねるように立ちのぼるのを見とどけると、彼はもうそのことを頭から追いだして、机の上に身を乗りだし、窓をあけた。

片手が机の上の文鎮に触れた。少年時代から彼の夜の町に一緒に住みついた文鎮――幽霊屋敷に忍びこんだあの悪夢のような日に、無意識のうちにつかんで持ち帰ったあのガラス玉の文鎮だった。手で揺り動かして眺めると、雪がふわふわと舞いおりる。

いましも少年のころのようにそれを揺り動かして目の前に捧げ持つと、遠い昔と同じあの幻覚がまた訪れた。ふわふわと漂う雪を通して、安っぽい小さな家とその家に通じる小径が見える。安っぽい鎧戸はしまっているが、空想好きの少年の目には（ちょうどいまのマーク・ペトリーがそうだった）、その鎧戸の一枚が長く白い一本の腕で折りたたまれ、やがて青白い顔がのぞいて、長い歯をむきだして笑いかけながら、この世ならぬ家の中に誘いこもうとするように見える。そこではまがいものの雪の中でゆるやかな無限の幻想が繰りひろげられ、時が神話となる。いまもその顔が彼を眺めている。青白い、飢えた顔、日の光も青空も二度と見ることを望まない顔だ。

それは彼自身の顔だった。

彼は文鎮を部屋の隅に投げつけた。ガラス玉は粉々に砕け散った。

彼はその中からこぼれでたものを見とどけることなく部屋を出た。

5

彼はジミーの遺体を引きとりにエヴァの地下室へおりたが、それがいちばん辛い仕事だった。柩は前の晩と同じ場所にあって、中には塵さえ残っていなかった。しかし……完全に空っぽというわけではなかった。杭のほかにもまだ目についたものがあった。彼は吐気に襲われた。歯。バーローの歯――それが彼の残されたすべてだった。ベンが腰をかがめて歯を拾いあげた

――と、それは白い小さな動物のように手の中でのたうって、彼の手を噛もうとした。

彼はぞっとして悲鳴をあげながら、それを柩の外に投げだした。歯はばらばらになって床に飛び散った。

「神よ」彼はシャツに手をこすりながら呟いた。「おお、神よ。どうぞもう終わりにしてください。これで彼を終わりにしてください」

## 6

彼はエヴァのカーテンにおおわれて横たわっているジミーの遺体を、やっとの思いで地下室から運びだした。それをジミーのビュイックのトランクに積みこんで、ペトリー家に向かった。バックシートにはジミーの黒い鞄と並んで、シャベルとつるはしが積まれていた。ペトリー家の裏手の、タガート・ストリームの水音が近くに聞こえる森の中の空地に、午後のなかばまでかかって、深さ四フィートの大きな墓穴を掘った。その中にジミーと、まだソファのダスト・カバーにおおわれたままのペトリー夫婦の遺体をおろした。

二時三十分に、これら吸血鬼にけがされていない遺体に土をかけはじめた。曇り空から光が薄れはじめるにつれて、シャベルの動きがしだいに速くなっていった。かならずしも労働のせいばかりではない汗が、皮膚の上で濃縮されていった。

四時に埋葬が完了した。できるだけ土を突き固めてから、ビュイックのトランクに土のこびりついたシャベルとつるはしを積んで町に戻った。エクセレント・カフェに車を駐めて、キイはイグニッションにさしこんだままにしておいた。

しばしその場に佇《たたず》んであたりを見まわした。にせ正面を持つ人気《ひとけ》のない商店群が、通りの上にのしかかってくるかに見えた。正午ごろから降りはじめた雨が、喪に服するかのように蕭々《しょうしょう》と降り続いていた。はじめてスーザンと出会った小公園にも人影一つ見当たらなかった。町役場の窓の日除けがおろされ、ラリー・クロケットの保険・不動産事務所の窓には、「すぐに戻ります」と書かれた札がむなしくさがっていた。そして耳につくのは雨の音だけだった。

彼は歩道にうつろな靴音を響かせながら、レイルロード・ストリートのほうへ歩きだした。エヴァの家に辿りつくと、しばし自分の車のそばに佇んで、最後の見おさめにあたりを見まわした。どんな動きも認められなかった。

町は死んでいた。ちょうど路上に転がったミランダの靴の片方を見た瞬間に彼女の死を知ったように、この瞬間セイラムズ・ロットの町がまぎれもなく死んでいることを悟った。

彼は声をあげて泣きだした。

「あなたはいますてきな田舎町ジェルーサレムズ・ロットをあとにしつつあります。またどうぞ！」と書かれたエルクスの看板の前を通りすぎるときも、まだ泣き続けていた。

やがて彼はターンパイクに入りこんだ。高速道路の入口からは、マーステン館は木々にさえぎられて見えなかった。彼はマークの待つモーテルに向かって、おのれの生命《いのち》に向かって、南のほうへ車を走らせた。

# エピローグ

これら虐殺された村のなかで
南風にさらされたこの岬で
連なる山々が眼前をさえぎり、
　あなたを隠すとき、
忘れようとするわれわれの決断をだれが算えようか？
われわれのこの捧げものをだれが受けとろう、
　この秋の終りに？
　　　　　　――イオルゴス・セフェリアデス

いまや彼女は盲目と化した。
かつて彼女が捕えた蛇たちが
彼女の両手を食いつくす。
　　　　　　――イオルゴス・セフェリアデス

# 1

ベン・ミアーズ所有のスクラップ・ブックより（切抜きはすべてポートランド・プレス＝ヘラルドからのもの）

一九七五年十一月十九日（二十七ページ）

ジェルーサレムズ・ロット――つい一カ月前にカンバーランド郡ジェルーサレムズ・ロットの町に農場を買ったチャールズ・V・プリチェット一家は、早くもこの町から出て行こうとしている。その理由は、ポートランドから越してきたチャールズとアマンダのプリチェット夫妻の語るところによれば、移転以来夜な夜ないろいろ妙なことが起こり続けているからだという。スクールヤード・ヒルに位置した町のランドマークともいうべきこの農場の前の所有者は、チャールズ・グリフェンという人物で、グリフェンの父親は一九六二年にスルーフット・デアリー・コーポレーションに吸収されたサンシャイン・デアリーの経営者だった。ポートランドの不動産業者を介して、プリチェットの表現を借りれば「捨値」でこの農場を売ったチャールズ・グリフェンとは、残念ながら連絡がとれず、彼の話を聞くことができなかった。アマンダ・プリチェットが干草置場の「妙な物音」のことを最初に夫に話したのは、農場に越してきて間もなくのことで……

一九七六年一月四日（一ページ）

ジェルーサレムズ・ロット――昨夜または本日早朝、メイン州南部の小さな町ジェルーサレムズ・ロットで奇妙な自動車衝突事故が発生した。警察が現場近くで発見されたスリップ跡から推定したところによれば、この新型セダンは制限を上まわる速度で走っていて、道路からとびだし、セントラル・メイン電力の高圧線鉄塔に激突したものらしい。車そのものは完全なスクラップと化し、フロント・シートとダッシュボードに血痕が認められたにもかかわらず、不思議なことに乗っていた人間はいまのところまだ発見されていない。警察の発表では、この車はスカーボロのゴードン・フィリップスなる人物の名前で登録されている。隣人の語るところによれば、フィリップスとその家族はヤーマスに住む親戚を訪ねる途中だった。警察はフィリップス夫妻と二人の子供が事故のショックで茫然自失して迷い歩いているうちに、行方不明になったものと推定している。捜索計画は……

一九七六年二月十四日（四ページ）

カンバーランド――ウェスト・カンバーランドのスミス・ロードに住む一人暮しの未亡人、ミセス・ファイオーナ・コッギンズの失踪を、彼女の姪のミセス・ガートルード・ハーシーが今朝カンバーランド郡保安官事務所に通報した。ミセス・ハーシーの語るところによれば、彼女の叔母は家に閉じこもったきりの孤独な病人だったという。保安官代理たちが捜査を開始したが、この時点ではなにがあったか断定をくだすまでにいたらないと……

一九七六年二月二十七日（六ページ）
ファルマス――生まれたときからファルマスに住んでいる老農夫ジョン・ファリントンが、今朝早く自宅の納屋で死体となって発見された。発見者である義理の息子のフランク・ヴィッキーは、ファリントンは低い干草の山のそばでうつぶせになって死んでおり、片手の近くに干草用の熊手が落ちていたと語っている。郡検死官デーヴィッド・ロイスの談話によれば、死因は多量の出血、おそらくは内出血で……

一九七六年五月二十日（十七ページ）
ポートランド――カンバーランド郡猟区管理官たちに対して、メイン州野生動物保護庁より、ジェルーサレムズ・ロット――カンバーランド――ファルマス地区を横行する野犬の群れを監視すべしという指示が伝えられた。この一カ月間に、喉や腹を切り裂かれた数頭の羊が発見されている。あるときは羊のはらわたが抜かれていた。猟区管理官代理のアプトン・プルーイットはつぎのように語っている。「ご承知のように、南部メイン州では事態はきわめて悪化しており……

一九七六年五月二十九日（一ページ）
ジェルーサレムズ・ロット――最近カンバーランド郡のこの小さな町の、タガート・ストリーム・ロードにある家に越してきたダニエル・ハロウェイ一家の失踪に関して、犯罪の疑いが持たれている。これはダニエル・ハロウェイの祖父が同家に何度電話をかけても応答がないので、不安を感じて警察に通報した結果である。

ハロウェイ夫婦と二人の子供は四月にタガート・ストリーム・ロードに越してきたが、友人や親戚に日が暮れてから「妙な物音」が聞こえると話していたことがわかった。

ジェルーサレムズ・ロットはこの数カ月間に起きたいくつかの奇妙な事件の中心にあり、多くの家族が……

一九七六年六月四日（二ページ）
カンバーランド――カンバーランド郡のこの小さな町の西部、バック・ステージ・ロードの小さな家に住む未亡人ミセス・エレイン・トレモントは、今朝早く心臓の発作を起こしてカンバーランド病院に収容された。彼女は本紙記者に、テレビを見ているときに寝室の窓をひっかく音がしたので顔をあげると、人間の顔が外から彼女のほうをのぞいていたと語っている。
「その顔はにやにや笑っていました」と、ミセス・トレモントは語った。「とっても恐ろしい顔でした。あんなにびっくりしたことは生まれてはじめてです。それに一マイル先のタガート・ストリーム・ロードであの一家が殺されてからというもの、わたしはいつもびくびくしながら暮らしていたんです」
ミセス・トレモントのいうあの一家とは、先週のはじめごろジェルーサレムズ・ロットの自宅から失踪したダニエル・ハロウェイ一家のことである。警察はこの二つの事件の結びつきを調べたが……

2

背の高い男と少年は九月の半ばにポートランドに到着して、三週間ここのモーテルに滞在した。二人とも暑さにはなれっこになっていたが、ロス・サパトスのからっとした空気にくらべると、ここの湿気はひどく体にこたえた。彼らはモーテルのプールで大いに泳ぎまくり、飽かず空を眺めた。男は毎日欠かさずポートランド・プレス＝ヘラルドを買ったが、いまやその新聞は時間や犬の小便で黄ばんではいなかった。男は天気予報に目を通し、ジェルーサレムズ・ロットに関する記事に目を配った。ポートランド滞在の九日目に、ファルマスである男が失踪した。その男の飼犬が庭で死体となって発見された。警察が調査を始めていた。

男は十月六日の朝早起きして、モーテルの前庭に立った。観光客の大部分はニューヨークやニュー・ジャージーやフロリダへ、オンタリオやノヴァ・スコシアへ、ペンシルヴァニアやカルフォルニアへ引きあげていた。彼らがごみと金を落として去ったあとは、土地の人々がこの州の最も美しい季節を楽しむ番だった。

この朝は空気中になにか新しい気配がみなぎっていた。大通りから漂ってくる排気ガスの匂いはそれほどひどくなかった。地平線上に靄《もや》がたちこめることもなく、道路の向う側の野原に立つ立看板の脚のまわりに地上霧が漂うこともなかった。朝の空はあくまで澄みわたり、空気は冷えびえとしていた。小春日和は一夜のうちに去ってしまったようだった。

少年が出てきて男のかたわらに立った。

男がいった。「いよいよ今日だ」

3

彼らがセイラムズ・ロットへの分岐点に達したのは、もうすぐ正午になるというころだった。ベンは少年時代から自分につきまとっているすべての悪魔を追いはらうべく決意して、しかもその成功を確信して、ここに到着した日のことを、胸の痛みとともに思いだした。あの日はもっと暖かく、西風はこれほど強くなく、小春日和が始まったばかりだった。彼はあの日見かけた釣竿をかついだ二人の少年のことを思いだした。今日の空はあの日よりも青く澄み、空気も冷たい。

カー・ラジオが火災指数は最高から二番目の五度だと告げていた。メイン州南部では九月の第一週以来雨らしい雨が降っていなかった。WJABのディスク・ジョッキーは、運転者たちに煙草の火をしっかり消すようにと警告し、それから愛のために給水塔から跳びおりようとする男を歌ったレコードをかけた。

彼らは十二号線のエルクスの看板を通りすぎて、ジョイントナー・アヴェニューに入った。ベンは点滅信号が消えていることに気がついた。もう信号は不必要だった。

やがて彼らは町に入った。ゆっくりと町の中を走って行くうちに、屋根裏部屋で見つかった、少々きついけれどもまだ体に合うコートのように、かつての恐怖が全身をおおうのを感じた。

マークははるばるロス・サパトスから持ってきた聖水の壜を握りしめて、緊張しながらベンのかたわらに坐っていた。グラコン神父が餞別《せんべつ》としてマークに贈った聖水だった。

　恐怖とともに記憶がよみがえってきた。それは心臓がはりさけんばかりの生々しい記憶だった。

　スペンサーズ・サンドライはラ・ヴァーディアーズという名前に変わっていたが、経営者が変わっても効果はなかったらしく、閉めきった窓は汚れほうだいでがらんとしていた。グレイハウンド・バスの看板はなくなっていた。エクセレント・カフェの窓の売店舗の札は傾き、カウンターのスツールは残らず取りはらわれて、どこかのもっと客の多いランチルームへ運ばれていた。同じ通りの、かつてクリーニング屋だった店には、いまだに「バーロー・アンド・ストレイカー——美術家具」という看板が残っていたが、その金文字は変色して人気のない歩道を見張っていた。ショー・ウィンドーは空っぽで、分厚いパイルのカーペットは汚れていた。ベンはマイク・ライアースンのことを思いだして、彼はいまもなお奥の部屋の木箱の中で眠っているのだろうかと考えた。それを考えただけで口がからからに乾いた。

　ベンは交差点でスピードを落とした。丘の上に目を向けると、ノートン家の建物が見えた。かつてビル・ノートンのバーベキュー炉があった庭は、伸びほうだいに伸びて黄色く枯れた草におおわれていた。窓ガラスが何枚か割れていた。

　なおも先へ進んで歩道の縁石に車を寄せ、公園を眺めた。戦歿者記念碑がジャングルのような灌木と雑草の上に君臨し、幼児用プールには夏の水草がいっぱいにはびこっていた。ベンナの緑色のペンキはひびが入って剝げ落ちていた。ブランコの鎖はすっかり錆びついていて、その不快な軋み音がブランコ乗りの楽しみを台なしにしてしまいそうだった。すべり台は倒れ、死んだカモシカのように硬直した脚を突き立てて横たわっていた。砂場の一隅に、草の上に片手をだらりと投げだして、子供が忘れていった人形が横たわっていた。人形の靴ボタンの目は、長い間砂場にうち捨てられていた間にすべての暗黒の秘密を見てしまったかのように、どす黒い、生気を失った恐怖を反映していた。たぶん実際にそれらの秘密を見てしまったのだろう。

彼はマーステン館を見あげた。依然として鎧戸を閉ざしたまま、それはいまにも倒れそうな建物に悪意をみなぎらせて町を見おろしていた。いまは無害だ、だが日が暮れたら……？

キャラハン神父がドアを封印した聖餅は、とっくに雨で洗い流されてしまったことだろう。彼らが望めばこの家はふたたび彼らのものとなる。彼らの社《やしろ》として、このいまわしい死の町を見おろす暗黒の灯台として、彼らはそこで集会を開いているのだろうか？　青ざめた姿でその暗い廊下を歩きまわり、吸血鬼の宴を催し、彼らの造り主のそのまた造り主への邪悪な礼拝をおこなっているのだろうか？

彼は寒気をおぼえて目をそらした。

マークは町の家々を眺めていた。大部分の家はカーテンが閉ざされていたが、窓から人気のない部屋の中を見通せる家も何軒かあった。カーテンのしまっている家よりもそのほうがなお始末が悪い、とベンは思った。それらは病んだ人の無気力な目で昼間の侵入者を見張っているような感じを与えた。

「彼らは家の中にいる」と、マークが緊張した声でいった。「いまは家の中にいて、ベッドや、押入れや、地下室に隠れている。それから床の下にもだ」

「落ち着くんだ、マーク」と、ベンがいった。

町は後方に遠ざかった。ベンはブルックス・ロードに入りこんで、マーステン館を通りすぎた——依然として鎧戸はかしぎ、芝生は膝まで達する稗とアキノキリンソウの迷路と化していた。

マークがひょいと指さしたので、ベンはその方角を目で追った。雑草の中に一本の小径が白々と踏みかためられていた。それは芝生を横切って道路からポーチまで続いていた。やがてその小径も後方に遠ざかった。ベンは胸のつかえがとれたようにほっと一息ついた。最悪の事態との対決が終わったのだ。

バーンズ・ロードをはるか先まで行って、ハーモニー・ヒル墓地からほど遠くない場所で車を停めて外へ出た。そこから歩いて森の中に入りこんだ。足の下で下生えがぴしっぴしっと乾いた音をたてて折れた。ジンに似た杜松《ねず》の実の匂いが鼻をつき、生き残りのイナゴどもがかさこそと音をたてた。やがて二人は小高い丘に達した。そこから下を見おろすと、細長く切り開かれた森を通るセントラル・メイン電力の送電線が、冷たい風の中で日の光にきらめいていた。森の木々はあちこちで色づきはじめていた。

「年寄りの話では、火事はこの場所から始まったそうだ」と、ベンがいった。「一九五一年のことだ。風は西から吹いていた。原因は煙草の火の不始末らしい。一本のちっぽけな煙草だ。火はマーシュ地区に燃え拡がり、もうだれにも食いとめられなかった」

彼はポケットからポール・モールの箱を取りだして、その紋章の言葉——汝はこの標《しるし》にて打ち勝たん——を感慨をこめてみつめ、やがてセロファンの包装を破った。煙草を一本抜いて火をつけ、マッチを消した。何カ月ぶりかで吸う煙草だが、驚くほどうまかった。

「彼らには彼らの隠れ場がある」と、彼はいった。「だがそれを彼らから取りあげることもできるのだ。彼らの多くは死ぬだろう……いや滅びるというほうが正確かな。だが全部は死なない。わかるか?」

「わかるよ」と、マークが答えた。

「彼らはあまり利口じゃない。隠れ場を失えば、つぎはもう上手に隠れることができないだろう。二人していかにも彼らの隠れていそうな場所をのぞいて歩くだけで充分だ。たぶんセイラムズ・ロットでは、初雪のころまでに吸血鬼退治が終わっているだろう。だがいつまでたっても終わらないかもしれない。どちらとも保証はできない。ただ一つだけいえることは……なにかしら……彼らを追いだし、不意討ちをかけてうろたえさせる手段を講じなければ、チャンスはまったくないということだ」

「ぼくもそう思う」

「これは不愉快で危険な方法だ」

「わかってるよ」

「しかし、火はすべてを浄めるという。浄化こそ大切だ。そう思わないか?」

「思うよ」

ベンは立ちあがった。「そろそろ引きあげよう」

彼は火のついた煙草を枯れ柴とかさかさに乾いた枯葉の上に投げ捨てた。白い煙が杜松の緑をバックにして、二、三フィートの高さまで立ちのぼり、やがて風に吹かれて散った。そこから風下へ二十フィートはなれたところに、枝の入りくんだ大きな倒木が一本転がっていた。

彼らはその場に釘づけになって、魅入られたように煙をみつめていた。はじめ細かった煙がしだいに太くなり、焔の舌があらわれた。小枝に火がまわるにつれて、枯れ柴の山がぽんぽんとかすかな音をたてはじめた。

「今夜は彼らも羊を追いかけたり農場にあらわれたりしないだろう」と、ベンが小声でいった。

「今夜彼らは右往左往して逃げまわるだろう。そして明日は――」

「あなたとぼくで」マークがいい、拳をぎゅっと握りしめた。その顔はもはや青ざめてはいなかった。頬に赤味がさし、目が輝いていた。

彼らは道に戻って車で走り去った。

送電線を見おろす小高い空地では、西から吹いてくる秋の風に煽《あお》られて、枯れ柴の火がしだいに勢いを増していった。

一九七二年十月～一九七五年六月

# 解説　『呪われた町』こそ、御大キングの真正（神聖）処女長編だ！

風間賢二

キングの作家活動初期（七〇年代）傑作3S作品をご存知だろうか。『ザ・スタンド』（*The Stand*, '78）と『シャイニング』（*The Shining*, '77）、そして本書『呪われた町』（*'Salem's Lot*, '75）の三冊である。

キングは、『キャリー』（七四年）で長編デビューし、本作は第二作にあたる。

作家のエッセンスは処女作にすべてそろっているとよくいわれるが、キングの場合は少々事情が異なる。そもそも『キャリー』は長編処女作ではない。この作品が刊行されるまでに、キングは五作の長編を書き上げている。すなわち、『死のロングウォーク』、『ハイスクール・パニック』、『バトルランナー』、『余波』、『闇の中の剣』だ。最初の三点はのちにリチャード・バックマン名義で刊行されることになったが、残りの二点はいまだにお蔵入り状態（キングによれば、さすがに発表できる出来ではないとのこと）。

キングは、デビュー作でいきなり売れたシンデレラボーイではない。出世作『キャリー』も、時代精神の要請、オカルト・ブーム、幸運、映画化、そして作家としての優れた資質などが複合した結果と言える。果たして、『キャリー』は〈恐怖の帝王〉や〈アメリカ人がもっとも愛するブギーマン〉としての超ベストセラー作家キングのまさにキングらしい作品と言えるだろうか？　これぞキングと胸を張って推奨できる作品をひとつあげてと言われて、『キャリー』に貴重な一票を投じるキング・ファンは、おそらくいないと思われる。

それにしても、まさにクォンタム・ジャンプではなかろうか。『キャリー』から次作『呪われた町』への質量の変化は。同じ作家が短期間に執筆したとは思えない。そもそも『呪われた町』ほどの作品をものすることができる作家としての機がすでに熟していて、それが創作環境の変化によって開花したのだろうか。

キングは、『キャリー』創作の時期、昼は高校教師を務め、放課後はクリーニング工場でアルバイトをし、帰宅後は幼い娘と妻の相手をして、家族が寝てからようやく執筆するという創作スケジュールだった。しかも、『キャリー』は当初、短編の構想だったので、それを長編にするためにいろいろと工夫して付け足したという経緯がある。それに比し、『呪われた町』は、『キャリー』の出版契約によってまとまったお金が入り、それまでの手狭なトレイラーハウス暮らしから、まっとうなアパートの一室で専業作家として思う存分に才能を発揮して創作できるようになったからだろうか。

金銭面と時間の余裕ができたからか、キングは長編第二作として『呪われた町』のほかにも同時期に長編を仕上げている。その作品は、『最後の抵抗』か『ブレイズ』（未訳）のいずれかだ。どちらを執筆したのかはっきりしないのは、キングがエッセイやインタビューによって口にするタイトルがまちまちだからだ。いずれにしろ、それら二作品はのちにリチャード・バックマン名義で刊行されることになる。

ともあれ、キングは『呪われた町』と『最後の抵抗』（あるいは『ブレイズ』）のいずれを次作として刊行すべきかをエージェントにそれぞれの内容を話して相談したところ、即座に『呪われた町』に決定した。理由は簡単、『最後の抵抗』（あるいは『ブレイズ』）はリアルな普通小説で地味（とはいえ、バックマンらしい異色のサイコ・サスペンス）だが、スーパーナチュラル・ホラー『呪われた町』のほうが時流に即していて売れそうだから。

『呪われた町』の原題は*'Salem's Lot*だが、当初は*Second Coming*だった。辞書によれば、「キリストの再臨」という意味でつかわれる。しかし、キングの妻タビサによる「なんか下品なセックス本のタイトルみたい」（二度イク、とも読める）の発言で却下。そう考えてしまうタビサがかなりヤラしい。そこで編集者が物語の舞台である*Jerusalem's Lot*を提案。だが、それだと宗教本（聖地エルサレム）と勘違いされそうだということで、省略形の*'Salem's Lot*になったしだい。

ジェルーサレムズ・ロットは町の名前で、そこの住民は略してセイラムズ・ロットと呼んでいる。つまり、本書の真の主人公はセイラムズ・ロット（ジェルーサレムズ・ロット）というスモール・タウンそのものなのだ。メイン州にあるこのジェルーサレムズ・ロットは実際の地図には存在しない。

そう、キング・ワールドでおなじみの架空の町キャッスル・ロック（『デッド・ゾーン』、『クージョ』、『ダーク・ハーフ』、『ニードフル・シングス』など）やデリー（『ＩＴ』、『不眠症』、『骨の袋』、『ドリームキャッチャー』など）の雛形《ひながた》がジェルーサレムズ・ロットである。

本書の前半三分の一は、このスモール・タウンについてと、そこの住人についてのさまざまなエピソードに費やされる。まず本書は、アメリカ文学伝統のスモール・タウンものに棹《さお》さす作品である。

アメリカで最初にノーベル文学賞の栄誉に輝いたのはシンクレア・ルイス（一九三〇年受賞）だ。かれの代表作『本町通り』（二〇年）に、「この本町通りは、いたるところの本町通りの延長である」という一節があるように、全米各地に無数にあるスモール・タウンは、のどかで静かな牧歌的世界を背景に家庭と共同体と社会の基盤として機能しながらアメリカの理想と精神とモラルを形成する場である。

表向きはそのように見なされているスモール・タウンだが、実は深い闇を抱えた悪の温床であり、アメリカン・ドリームどころかアメリカン・ナイトメアを生み出しているトポスであることを、先の『本町通り』をはじめとして、シャーウッド・アンダーソン『ワインズバーグ、オハイオ』やソーントン・ワイルダー『わが町』といった純文学にとどまらず、ブラッドベリ『何かが道をやってくる』やアイラ・レヴィン『ステップフォードの妻たち』、そして大ベストセラーにしてTVドラマや映画になって六〇年代アメリカで爆発的な人気を得たグレース・メタリアス『ペイトン・プレイス』などが語っている。

ここで改めて本書のスモール・タウンの名前に注目してみる。ジェルーサレムと名付けられた巨大な豚が柵を破って逃亡し、森の中で狂暴な野獣になったので、そいつ（ジェルーサレム）の縄張り（ロット）には近づくな、といった話に町の名は由来する。聖地ジェルーサレム（エルサレム）が危険な地となった皮肉。その名が簡略化されたセイラムとなると、連想されるのは魔女狩りで有名な町の名である。完全に忌まわしい場所だ。このスモール・タウンは誕生したときから邪悪な場所（バッドプレース）なのだ。ジェルーサレムズ・ロットの歴史を紐解けば、そのことはさらに了解できる。

**一七一〇**　メイン州南部にピューリタンの入植者たちが町を興《おこ》す。リーダーのジェームズ・ブーンは聖職者だが、〈蛆〉として知られる魔物を崇拝するカルトの教祖となり、信者の女たちをはらませる。

**一七四一**　当初は〈司祭の休息所〉、のちに〈司祭の秘密の場所〉と呼ばれる村落が付近に作られる。

**一七六五**　公式に町として独立（このときにジェルーサレムズ・ロットと名付けられる）。

**一七八二**　邪教集団の教祖ジェームズ・ブーンの子孫ロバートとフィリップ兄弟が〈司祭の秘密の場所〉の近くにチャペルウェイトと称する屋敷を建てる。かれらは当時、ジェームズが自分たちの先祖とは知らなかった。

**一七八九**　十月二十七日、フィリップ・ブーンがまだ存続していた邪教集団に拉致されるが、ロバートがそれを追って教会に行くと、そこにジェームズと〈蛆〉がいる。そのあとでふたりの兄弟、およびジェームズやカルト教団の信者たち、そして〈蛆〉がどうなったのかは不明。一夜にしてジェルーサレムズ・ロットはもぬけの殻となり、ゴーストタウンと化したからである。

**一八五〇**　ロバートの孫がチャペルウェイトに移住し、そこで一族の歴史が綴られた文書を偶然見つける。同時に、〈司祭の秘密の場所〉の住民たちのかれに対する態度が自分の先祖の忌まわしい出来事を悟らせる。その年の十月二十七日、件《くだん》の〈蛆〉とゾンビのようになったジェームズと出会う。そいつらはジェルーサレムズ・ロットの見捨てられた教会の地下に潜んでいたのだ。

**一八九六**　この頃までには、ロットの歴史を覆っていた邪悪な影はほとんど忘却されるか、囁かれるていどのものとなり、ゴーストタウンに新たな住民が定着した。この年、以前はポートランド・ポスト・ロードとして知られていた本通りは地元の政治家にちなんでジョイントナー・アヴェニューと改名される。

**一九二八**　ニューイングランドのトラック運送会社の社長（その実態はマフィアの殺し屋）ヒューバート・マーステンが妻のバーディとともにセイラムズ・ロットに隠居する。もちろん、〈ファミリー〉とのつながりは切れていない。

**一九三九**　夏のある日、不可解なことに、突然ヒューバートは妻を射殺したのちに自ら縊死《いし》する。ヒューバートは生前、ヒトラーの台頭した時期のドイツで暮らしていた謎の男と関係があったことが、のちに判明する。その謎の男の名は、カート・バーロー。

**一九五一**　九歳のベン・ミアーズは度胸試しのために、幽霊屋敷と噂されるマーステン館に侵入し、二階で首を吊っているヒューバート・マーステンの幽霊を目撃。その体験がトラウマとなる。

**一九七一**　十月のある日、ブーン一族の末裔、ジェームズ・ロバート・ブーンがチャペルウエイトに住居をかまえる。それもかつての邪教集団の教会が建っていた付近に。

**一九七五**　九月五日にベン・ミアーズは少年時代に四年間生活したロットに戻ってくる。成長して作家になったかれは、新作を執筆するために長期滞在を考え、戯れにマーステン館を借りて宿代わりにしようかと思うが、すでにふたりの謎のヨーロッパ人が購入して住むことになっていた。

以上が本書の物語が始まるまでのジェルーサレムズ・ロットのおおまかな歴史だ。そしてこの略史からキングが本書のタイトルを当初は *Second Coming* としていたことがうなずける。「キリストの再臨」ではない。その意味に準じれば、「悪魔の再臨」といったところ。正確には、「悪の力の回帰」だろう。最初がジェームズ・ブーンの邪教集団。その再臨・回帰が本書で語られるというわけだ。一度目の謎の災厄でロットはゴーストタウンになる。そして二度目の今回も……。

妬《ねた》み、嫉妬、憎悪、嫌悪、嘘、中傷、誹謗《ひぼう》、貪欲、怒りといったささやかなものから人種差別、男尊女卑、性的虐待、近親相姦、幼児虐待、家庭内暴力、アルコール依存症、不倫、狂気といった大きな問題まで、平凡で活気のない日常の背後では様々な大小の悪が執拗に行われている。それがジェルーサレムズ・ロットの住人であり、かれらが作る共同体だ。もちろんそのスモール・タウンは理想の国アメリカを反転させた縮図でもある。

悪の温床であるジェルーサレムズ・ロット、悪霊に取り憑かれた場所（バッドプレース）としてのスモール・タウンが凝縮された具現化がマーステン館である。マーステン（Marsten）はモンスター（Monster）の発音のアナグラムだろう。その伝でいけば、悪の象徴であるふたりの謎のヨーロッパ人、バーロー（Barlow）とストレイカー（Straker）は、ブラム

(Bram)・ストーカー(Stoker)のアナグラムである。

そうしたことから勘のいい読者は、これは吸血鬼ものだ！　と気づいたのにちがいない。いや、もちろんそれは本書が最初に刊行された一九七五年当時の話である。なにしろ本書のタイトルは *Salem's Lot* である。なんのことかわからないし、どんな内容か見当もつかない。モダンホラーの書き手として、キングと双璧をなすピーター・ストラウブは、本書を読んで、カート・バーローが正体を現して相手に襲いかかる場面で、度肝を抜かれた。「なんと、吸血鬼か！　そういう話だったのか！」

ブラム・ストーカーの『吸血鬼ドラキュラ』も刊行当時は、読者に同じ驚愕をもたらしたのだ。原題は単に *Dracula* である。やはりなんのことかわからないし、どんな内容か見当もつかない。物語の中盤でようやく犯人が吸血鬼ということがわかるミステリー・スタイルの物語だ。したがって日本版はタイトルからして壮大なネタバラシをしていることになる。まあ、今日ではドラキュラが吸血鬼であることを知らない人はいないからかまわないが。

話を元に戻すと、悪霊に取り憑かれた場所〈バッドプレース〉としてのマーステン館は、のちの『ＩＴ』のニーボルト通り二九番地の廃屋や〈ダークタワー〉四巻『荒地』のダッチ・ヒル館、そして『シャイニング』のオーバールック・ホテルなどの原型である。本書で下敷きになっているのは、シャーリー・ジャクソンの名作『丘の屋敷』(五九年、本書中では『丘の上の幽霊屋敷』)だ。

マーステン館の借主にして〈バーロー&ストレイカー商会〉の表(昼)の顔であるストレイカーの中古家具店主としての御婦人方の受けの良さと働きぶりは、『ニードフル・シングス』

の謎の雑貨店の主人リーランド・ゴーントに通じる。『ニードフル・シングス』は、キングのお気に入りの架空の町キャッスル・ロックが崩壊に至るまでの悪夢を語っているが、スモール・タウンものとしての『呪われた町』の発展形態として推奨したい。

前半の物語から一転して、『呪われた町』の後半は、いうまでもなく『吸血鬼ドラキュラ』タイプの吸血鬼ホラーである。

キングが本書のアイデアを得たのは、妻と友人との三人で昼食をとっているさいの雑談からだった。現代アメリカにドラキュラ伯爵が蘇ってやってきたらどうかな？　とキングが切り出したら、妻のタビサがこう答えた。「不法移民としてすぐにつかまるか、大都会でタクシーにはねられてしまうかね」すると友人がこう言った。「でも、メイン州の辺鄙《へんぴ》な田舎町にやってきたら、どうなるかわからないんじゃないかな」

そう、人口千人から三千人ていどのスモール・タウンでは何が起きても外部には気づかれない。広大な全米に散在する無数のスモール・タウンは一種の陸の孤島、隔絶された空間なのだ。誰かがいなくなっても、また見知らぬ誰かが現れてもたいしたことじゃない。たとえ死者が蘇っても。

一方、内部では田舎の村社会の噂・ゴシップ好きは尋常ではない。またたくまに噂は広まる。その伝染性の強さはさながら流行り病。吸血鬼というウィルスが爆発的に感染するにはもってこいの舞台だ。

『呪われた町』がおもしろいのは、『吸血鬼ドラキュラ』の衣裳を現代風にしながら、吸血鬼を伝統的な他者としての悪、外からの侵略者としての脅威として描くよりも、すでに悪霊に取り憑かれている場所が住民そのものとなっている町での内なる悪の万華鏡をメインに語っている点だ。つまり吸血鬼がジェルーサレムズ・ロットを植民地化するために目をつけたのではない。そのスモール・タウンに昔から潜む邪悪な精霊が吸血鬼を招いたのである。邪悪な精霊、それはかつてカルト教団が崇めていた〈蛆〉かもしれない。その〈蛆〉が別の形態をとると、デリーという名のスモール・タウンの地下に太古から潜む『ＩＴ』として表象される。

ところでいま、〝吸血鬼を招いた〟と述べたが、なぜ吸血鬼は招待されないと他人の家（領域）に入れないのだろうか？

一説には、吸血鬼は悪魔だと考えられている。悪魔は狡猾である。奴の誘惑はとてつもなく巧妙だ。自分がとがめられることなく相手に罪を犯させる。「自分は何も悪いことはしてません、あんたが自ら進んでしたことです、文句を言わないでください、いわば自業自得です」というわけだ。悪魔は不法侵入をしない。礼節を保つ。相手が門戸を開いて、足を踏み入れるのを許可してくれるのを待つ。悪魔は悪くない、咎《とが》は誤った判断をくだした相手にある。そんな罪を犯した相手に罰をくわえるのが悪魔の役割だ。魂を地獄に封じ込める＝吸血鬼化するという刑罰である。

本書では、この〝吸血鬼を招き入れる〟ということがひとつの重要なキー概念になっている。このことは、ストレイカーがマーステン館と店舗を購入してジェルーサレムズ・ロットに入り込むさいの不動産屋との契約の方法からすでに語られている。あるいは、吸血鬼となった友人がマーク・ペトリーの二階の寝室に訪れる有名な場面。

要するに、誘惑VS自己抑制力、運命VS自由意志の問題である。人間の行動には自由意志があるのか、それともすでに運命によって決定づけられているのか。これは自己責任の問題にかかわってくる。悪と善のいずれかを自己の意志で選択できるなら、そこに責任とそれにともなう義務が生じる。だが、悪を行おうが善をなそうが、はなから決まっている（運命づけられている）のなら、なんら自己責任は生じない。責任がいっさい生じないのなら、モラルも必要ないのでは？ といった、人間が秩序だった社会を営むうえで根源的な問題が、そこにはある。ちなみに、この〝吸血鬼を招き入れる〟ことを問題化した作品として、ヨン・アイヴィデ・リンドクヴィスト『ＭＯＲＳＥ——モールス』（映画化『ぼくのエリ 200歳の少女』）がある。

『呪われた町』以降は従来の『吸血鬼ドラキュラ』型＝外部からの侵略者としてのヴァンパイア小説は敬遠されるようになった。キングがそのタイプの吸血鬼物語を『呪われた町』で総決算し、結果的に終止符を打った形になったからだ。つまり、キングはドラキュラ・タイプの物語の金字塔を打ち建てたのだ。後続の作家たちは、その聳《そび》え立つ塔を前にして首を垂れて退散するしかない。この塔を凌駕する建築物を設計することは不可能だ、と思い知らされながら。

そこで登場したのが、アン・ライス『夜明けのヴァンパイア』（七六年）である。悩める美青年吸血鬼だ。退廃的でお耽美《たんび》なＢＬ系吸血鬼像。このニュータイプのおかげで、今日ではヴァンパイアというと、恐怖のモンスターより憂いに満ちた美青年を思い浮かべる若い人が多い。先にあげたスウェーデン産ホラー『ＭＯＲＳＥ——モールス』（二〇〇四年）もそうした新種の吸血鬼ものである（こちらの主要キャラは少年と少女だが）。あるいは映画でもおなじみのＹＡ小説『トワイライト』や人気ＴＶドラマ『トゥルーブラッド』に登場するような吸血鬼一族。

といった、ニュータイプ・ヴァンパイアの話はさておき、『呪われた町』がモダンホラー史上、吸血鬼小説におけるメルクマール的な作品であることはまちがいない。当然、本文にはそれまでの吸血鬼作品への言及が散見されるが、とりわけ影響を受けているのは、『吸血鬼ドラキュラ』は言うまでもなく、キングが敬愛してやまないリチャード・マシスンが五四年に刊行した吸血鬼百科全書小説『アイ・アム・レジェンド（地球最後の男）』（映画化同タイトル）だ。

同様にプロットやストーリー展開、アイデアのインスピレーション源にかなりなっている作品が、五五年にジャック・フィニイが発表したＳＦ『盗まれた街』（映画化『ボディ・スナッチャー』）である。

『盗まれた街』は〈外宇宙からの侵略〉ものの古典で、作中に登場するエイリアンを吸血鬼に変換したら、ほとんど『呪われた町』である。どちらもエイリアンや吸血鬼に変化させられるという現象をメタファーにして、順応性・協調性・画一性・個別性の剝奪といった恐怖を描いている。『盗まれた街』を下敷きにしている『呪われた町』、なかなかよくできた邦題だ。

『盗まれた街』は、五〇年代の共産主義者の洗脳や赤狩りに対する国民のパラノイアを表象しているといわれるが、キングが『呪われた町』を執筆した要因のひとつがそのパラノイアだった。ただし、キングの場合は当時（七〇年代）の世間を騒がせたウォーターゲイト事件をきっかけに起こったパラノイアだ。ある政府の高官による言葉、「もし本当になにかが起きているのならば、それはいったいなんなんだ？」、および「自分たちはなにか大きな力（政府）にコントロールされているのかもしれない」といった国民の強迫観念が、闇の中でひっそりと行われる吸血鬼化現象とそれを企図する吸血鬼王の存在をキングに思いつかせたらしい。

キングの生まれ育ったメイン州に構築された今日《こんにち》の架空のスモール・タウンが舞台。その忌まわしい場所（バッドプレース）とそこで暮らすどこにでもいるありふれた普通の人々の生活をゆっくりとしたテンポで詳細に語り、物語にリアリティを持たせていく。現実味あふれる平凡な人間が突如、突拍子もない異常な状況に封じ込められる。その結果、人々の日々抑圧されていた闇の部分が触発され、想像もできなかった惨劇が次々に生じ、最終的に壮絶な悲劇で幕を閉じる。映画や小説におけるひとつのナラティヴである『グランド・ホテル』スタイルの群像劇、そこから生じるマルチプロット、主要キャラが作家と子供で、ふたりの関係が父と息子を想起させるといった設定、推進力のある巧みなストーリーテリング、奇想天外な発想、自由奔放な想像力、そして大衆神話（B級映画やTVドラマ、コミック、俗悪娯楽小説、ポップ・ミュージック）を数多く挿入することで、キャンプ感覚を持ち合わせている読者への目くばせも忘れない。これらキング印の要素をすべて備えている本書は、まさに今ある〈ホラーのブランドネーム〉にして稀代のベストセラー作家キングの実質的な処女作と称していいのではないだろうか。

本書の作風をより文学的に高めたのが3Sの二つ目『シャイニング』であり、質量ともに最高潮に達したのが3Sの三作目『ザ・スタンド』である。極論だが、キングは以上の三作で、つまり七〇年代で完成していると言えるのではないだろうか。あとは今日にいたるまで3Sのバリエーションにすぎない。

申し遅れたが、本書には二編のスピンオフ短編がある。ひとつは、「呪われた村〈ジェルサレムズ・ロット〉」で、これは先に記したジェルーサレムズ・ロットの歴史がラヴクラフト風に語られる。もう一篇「〈ジェルサレムズ・ロット〉の怪」は、本書の後日譚である。これら二編はキングの第一短編集『深夜勤務』（日本語版は『トウモロコシ畑の子供たち』との二分冊）に収録されている。

また本編を読了された方は、ヴァンパイア・ハンターの仲間となったキャラハン神父の行方が気になっているのではないだろうか。実は、キング自身もキャラハン神父はお気に入りのキャラクターだったらしく、かれのその後の生きざまが気がかりでしかたなかった。『呪われた町』の続編を執筆してくれというファンからの熱心な要望に、キングは当初こう答えていた。自分は自作の続編はぜったいに書かない。自作のリサイクルを始めたら、作家としては終わっているから（と語っていたのも今は昔、結局、『シャイニング』の続編『ドクター・スリープ』を創作した）。

しかし、キャラハン神父のことがたえず念頭から離れない。そこでキングは、かれを他の物語に登場させることにした。キング・ワールドの枢軸〈ダークタワー〉の第五巻『カーラの狼』からシリーズ最終巻の第七巻『暗黒の塔』まで。キャラハン神父は〈旅の仲間〉のひとりとして大活躍する。ことに『カーラの狼』は、本書の実質上の続編の趣がある。キャラハン神父がロットを去ったのちの放浪の日々に出会った吸血鬼のさまざまなタイプが解説されたり、作家ベンとマーク少年のその後の消息にも触れられている。興味のある向きは、ぜひ一読を。

最後に本書の映像化作品について。現在までに二度TVドラマ化されている。最初は一九七九年、『悪魔のいけにえ』のトビー・フーパーがメガホンを取った『死霊伝説』。二度目は二〇〇四年、『アビス』や『バックドラフト』で撮影監督を務めたミカエル・サロモンの監督作品

『死霊伝説　セーラムズ・ロット』。残念ながらどちらも評価はよくない。とはいえ、トビー・フーパー版は今日カルト作品化している。

カルト作品といえば、ホラーのジャンルでは『悪魔の赤ちゃん』がその種のひとつにあげられるが、そのラリー・コーエン監督がトビー・フーパー監督版『死霊伝説』の続編として、一九八七年に『新・死霊伝説』を勝手に制作している。

七九年版も〇四年版も原作をかなり脚色した、あらすじ紹介的な作品に仕上がっていたのが不評だったが、期待できそうなニュースが昨年発表された。三度目の映像化が決定したのだ。今回は大スクリーンでの公開だ。しかも、『ソウ』や『死霊館』シリーズで知られるジェームズ・ワンが製作、そのワンと相性のよい脚本家（『死霊館』や『ＩＴ』）として著名なゲイリー・ドーベルマンが脚本・監督を担当。他に製作陣として、『ＩＴ』のメンバーが加わるとのこと。今のところ配役は未定だが、鶴首《かくしゅ》して完成を待つ。

（文芸評論家）

底本　二〇一一年十一月刊・集英社文庫『呪われた町　下』

文春文庫

呪《のろ》われた町《まち》 下

定価はカバーに
表示してあります

2020年6月10日 第1刷
2024年9月10日 第2刷

著 者 スティーヴン・キング
訳 者 永《なが》井《い》 淳《じゅん》
発行者 大沼貴之
発行所 株式会社 文藝春秋

東京都千代田区紀尾井町3-23 〒102-8008
TEL 03・3265・1211㈹
文藝春秋ホームページ https://www.bunshun.co.jp
落丁、乱丁本は、お手数ですが小社製作部宛お送り下さい。送料小社負担でお取替致します。

印刷製本・TOPPANクロレ

Printed in Japan
ISBN978-4-16-791519-3

（　）内は解説者。品切の節はご容赦下さい。

陳　浩基（天野健太郎　訳）
**13・67**（上下）
華文ミステリーの到達点を示す記念碑的傑作が、ついに文庫化！　2013年から1967年にかけて名刑事クワンの警察人生を遡りながら香港社会の変化も辿っていく。（佳多山大地）
チ-12-2

C・J・チューダー（中谷友紀子　訳）
**白墨人形**
三十年前、僕たちを震え上がらせたバラバラ殺人が今、甦る。白墨で描かれた不気味な人形が導く戦慄の真相とは？　S・キング大推薦、詩情と恐怖が交錯するデビュー作。（風間賢二）
チ-13-1

ジェフリー・ディーヴァー（池田真紀子　訳）
**ウォッチメイカー**（上下）
残忍な殺人現場に残されたアンティーク時計。被害者候補はあと八人…尋問の天才ダンスとともに、ライムは犯人阻止に奔走する。二〇〇七年のミステリ各賞に輝いた傑作！（児玉　清）
テ-11-17

ボストン・テラン（田口俊樹　訳）
**その犬の歩むところ**
その犬の名はギヴ。傷だらけで発見されたその犬の過去に何があったのか。この世界の悲しみに立ち向かった人々のそばに寄り添った気高い犬の姿を万感の思いをこめて描く感動の物語。
テ-12-5

セバスチャン・フィツェック（酒寄進一　訳）
**乗客ナンバー23の消失**
乗客の失踪が相次ぐ豪華客船〈海のスルタン〉号。消えた妻子の行方を追うため、乗船した捜査官に次々に不可解な出来事が。ドイツのベストセラー作家による、閉鎖空間サスペンス。
フ-34-1

ウィリアム・ボイル（鈴木美朋　訳）
**わたしたちに手を出すな**
ハンマーを持った冷血の殺し屋が追ってくる。逃避行をともにすることになった老婦人と孫娘と勇猛な元ポルノ女優。米ミステリー界の新鋭が女たちの絆を力強く謳った傑作。（王谷　晶）
ホ-11-1

ピエール・ルメートル（橘　明美　訳）
**その女アレックス**
監禁され、死を目前にした女アレックス――彼女が秘める壮絶な計画とは？　「このミス」1位ほか全ミステリランキングを制覇した究極のサスペンス。あなたの予測はすべて裏切られる。
ル-6-1

（　）内は解説者。品切の節はご容赦下さい。

**死のドレスを花婿に**
ピエール・ルメートル（吉田恒雄 訳）

狂気に駆られて逃亡するソフィー。かつて幸福だった聡明な女は、なぜ全てを失ったのか。悪夢の果てに明らかになる戦慄の悪意！　『その女アレックス』の原点たる傑作。（千街晶之）

ル-6-2

**悲しみのイレーヌ**
ピエール・ルメートル（橘　明美 訳）

凄惨な連続殺人の捜査を開始したヴェルーヴェン警部は、やがて恐るべき共通点に気づく――『その女アレックス』の刑事たちを巻き込む最悪の犯罪計画とは。鬼才のデビュー作。（杉江松恋）

ル-6-3

**傷だらけのカミーユ**
ピエール・ルメートル（橘　明美 訳）

カミーユ警部の恋人が強盗に襲われ、重傷を負った。執拗に彼女の命を狙う強盗をカミーユは単身追う。『悲しみのイレーヌ』『その女アレックス』に続く三部作完結編。（池上冬樹）

ル-6-4

**わが母なるロージー**
ピエール・ルメートル（橘　明美 訳）

『その女アレックス』のカミーユ警部、ただ一度の復活。パリで爆発事件が発生。名乗り出た犯人はまだ爆弾が仕掛けてあるという。真の動機が明らかになるラスト1ページ！（吉野　仁）

ル-6-5

**監禁面接**
ピエール・ルメートル（橘　明美 訳）

失業中の57歳・アランがついに再就職の最終試験に残る。だがその内容は異様なものだった――。どんづまり人生の一発逆転はなるか？　ノンストップ再就職サスペンス！（諸田玲子）

ル-6-6

**魔王の島**
ジェローム・ルブリ（坂田雪子・青木智美 訳）

その孤島には魔王がいる。その島の忌まわしい秘密とは――彼女の話は信じるな。これは誰かが誰かを騙すために紡がれた物語。恐怖と不安の底に驚愕の真相を隠すサイコ・ミステリ！

ル-8-1

**魔術師の匣**（上下）
カミラ・レックバリ　ヘンリック・フェキセウス（富山クラーソン陽子 訳）

奇術に見立てた連続殺人がストックホルムを揺るがす。事件に挑む生きづらさを抱えた女性刑事と男性奇術師。北欧ミステリの女王が最強メンタリストとのタッグで贈る新シリーズ開幕！

レ-6-1

（　）内は解説者。品切の節はご容赦下さい。

**ペット・セマタリー**（上下）
スティーヴン・キング（深町眞理子 訳）
競争社会を逃れてメイン州の田舎に越してきた医師一家を襲う怪異。モダン・ホラーの第一人者が〝死者のよみがえり〟のテーマに真っ向から挑んだ、恐ろしくも哀切な家族愛の物語。
キ-2-4

**ＩＴ**（全四冊）
スティーヴン・キング（小尾芙佐 訳）
少年の日に体験したあの恐怖の正体は何だったのか？　二十七年後、薄れた記憶の彼方に引き寄せられるように故郷の町に戻り、ＩＴ（それ）と対決せんとする七人を待ち受けるものは？
キ-2-8

**シャイニング**（上下）
スティーヴン・キング（深町眞理子 訳）
コロラド山中の美しいリゾート・ホテルに、作家とその家族がひと冬の管理人として住み込んだ――。S・キューブリックによる映画化作品も有名な「幽霊屋敷」ものの金字塔。（桜庭一樹）
キ-2-31

**夜がはじまるとき**
スティーヴン・キング（白石　朗 他訳）
医者のもとを訪れた患者が語る鬼気迫る怪異譚「N」、猫を殺せと依頼された殺し屋を襲う恐怖の物語「魔性の猫」など全六篇収録。巨匠の贈る感涙、恐怖、昂奮をご堪能あれ。（ｃｏｃｏ）
キ-2-35

**ジョイランド**
スティーヴン・キング（土屋　晃 訳）
恋人に振られた夏を遊園地でのバイトで過ごす僕。生涯の友人にも出会えた僕は、やがて過去に幽霊屋敷で殺人を犯した連続殺人鬼が近くに潜んでいることを知る。巨匠の青春ミステリー。
キ-2-48

**11／22／63**（全三冊）
スティーヴン・キング（白石　朗 訳）
ケネディ大統領暗殺を阻止するために僕はタイムトンネルを抜けた…巨匠がありったけの物語を詰めこんで、「このミス」他国内ミステリーランキングを制覇した畢生の傑作。（大森　望）
キ-2-49

**ドクター・スリープ**（上下）
スティーヴン・キング（白石　朗 訳）
〈景観荘〉の悲劇から30年。今もダニーを襲う悪しきものども。超能力〝かがやき〟を持つ少女との出会いが新たな惨劇への扉を開く。名作『シャイニング』の圧倒的続編！（有栖川有栖）
キ-2-52

（　）内は解説者。品切の節はご容赦下さい。

**ミスト**
スティーヴン・キング（矢野浩三郎　他訳）
短編傑作選
町を覆った奇妙な濃霧。中に踏み入った者は「何か」に襲われる……。映画化、ドラマ化された名作「霧」他、初期短編からよりぬいた傑作選。スティーヴン・キング未体験者におすすめ。
キ-2-54

**ミスター・メルセデス**（上下）
スティーヴン・キング（白石　朗　訳）
暴走車で群衆に突っ込み、大量殺人を犯して消えた男。そいつを追って退職刑事が執念の捜査を開始する。米最大のミステリー賞、エドガー賞を受賞した傑作。ドラマ化。（千街晶之）
キ-2-55

**ファインダーズ・キーパーズ**（上下）
スティーヴン・キング（白石　朗　訳）
少年が発掘したのは大金と巨匠の幻の原稿。だがそれを埋めた強盗が出獄、少年へ魔手を……。健気な少年を守るため元刑事が立ち上がる。キングが小説への愛を謳う力作。（堂場瞬一）
キ-2-57

**呪われた町**（上下）
スティーヴン・キング（永井　淳　訳）
荒れ果てた屋敷が丘の頂から見下ろす町、セイラムズ・ロット。小さな町に不吉な失踪と死が続発する。丘の上の屋敷に潜むのは何者か？　史上最強の吸血鬼ホラー。（風間賢二）
キ-2-59

**マイル81**
スティーヴン・キング（風間賢二・白石　朗　訳）
わるい夢たちのバザールⅠ
廃墟のパーキングエリアに駐まる車に近づいた者を襲う恐怖を描く表題作、死刑囚の語るおぞましい物語「悪ガキ」他全十編。ホラーから文芸系の小説まで巨匠の筆が冴える短編集その1。
キ-2-61

**夏の雷鳴**
スティーヴン・キング（風間賢二　訳）
わるい夢たちのバザールⅡ
滅びゆく世界を静かに見つめる二人の男と一匹の犬。美しく悲しい表題作、見事な語りで花火合戦の末路を描く「酔いどれ花火」他全十編。著者自身による自作解説も楽しい短編集その2。
キ-2-62

**任務の終わり**（上下）
スティーヴン・キング（白石　朗　訳）
昏睡状態の殺人鬼メルセデス・キラー。その脳内には新たな大量殺人の計画が。謎の連続自殺の調査を始めた退職刑事ホッジズは恐るべき真相に気づくが。三部作完結編。（三津田信三）
キ-2-63

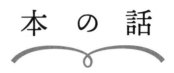